안현일 판타지 장편 소설

페나인의 상인들

The Merchants of Penaine

페나인의 상인들 6

안현일 판타지 장편 소설

초판 1쇄 찍은 날 § 2002년 4월 8일
초판 1쇄 펴낸 날 § 2002년 4월 15일

지은이 § 안현일
펴낸이 § 서경석

편집장 § 문혜영
편집책임 § 김희정
편집 § 장상수 · 박영주 · 권민정 · 이종민
마케팅 § 정필 · 강양원 · 김규진 · 안진원

펴낸곳 § 도서출판 청어람
등록번호 § 제1081-1-89호
등록일자 § 1999. 5. 31
어람번호 § 제1-0229호

주소 § 경기도 부천시 원미구 심곡1동 350-1 남성B/D 3F (우) 420-011
전화 § 032-656-4452 팩스 § 032-656-4453
e-mail § eoram99@chollian.net

ⓒ 안현일, 2001

값 7,500원

ISBN 89-5505-206-5 (SET)
ISBN 89-5505-343-6 04810

안현일 판타지 장편 소설

페니인의 상인들

The Merchants of Penaine

 6 땅의 마법사

도서출판
청어람

✿ 목차

할튼은 능숙한 솜씨로 나이프와 포크를 휘두르다가 잠시 식탁을 둘러봤다. 자신의 할당량을 그대로 남겨두고 있는 히드리크를 쳐다보며 할튼은 슬쩍 미소를 지었다. 여전히 그의 동맹자는 불안한 표정이었다. 옆에 놓인 냅킨으로 입을 닦은 후 할튼은 물었다.

"왜 드시지 않습니까?"

"글쎄요……."

히드리크는 주저하며 천천히 대답했다.

"본대가 아직 도착하지 않은 상황에서 오붓한 식사라니… 아, 뭐 나쁘다는 뜻은 아닙니다. 하지만 경께서 이곳에 있다는 것을 적들이 알아챈다면 곧바로 군대가 공격해 올 것입니다."

"그 점이 걱정스럽습니까?"

할튼의 입가엔 여전히 미소가 맺혔다.

"말씀드렸을 텐데요, 군대는 오지 않는다고."

"대체 그 확신은 무엇을 근거로 한 것입니까?"

속삭이듯 말을 건넸지만 그 안에는 답답함과 불신이 가득 찼다. 그리고 할튼은 그 질문에 대답하기 전에 천천히 의자 뒤로 기대어 앉았다. 쥐고 있던 나이프와 포크를 내려놓고 가볍게 팔걸이에 손을 올려놓으며 그는 잠시 휴식을 취했다.

"인간과 오크의 전투엔 어떤 차이가 있을까요?"

느닷없이 할튼이 물었다.

그리고 갑작스런 질문에, 그것도 전투에 관련된 질문에 히드리크는 대꾸하지 못했다. 그저 멀거니 할튼을 바라보는 동안 별로 기대하지 않았다는 듯 할튼은 미소와 함께 다음 말을 이었다.

"전투를 할 때 가장 중요한 것은 아군의 피해를 최소화하면서 적군에게 최대의 피해를 입히는 것입니다. 전략이든 전술이든 결국 이 진리를 벗어나지는 않지요. 적군은 분산시키고 아군은 응집하는 것! 많은 병력으로 소수의 적을 물리치는 것도 이 원칙을 가장 효과적으로 사용하는 것이기 때문입니다. 인간이든 오크든 결국 그 차이는 없더군요."

씁쓸한 미소를 지으며 할튼은 중얼거렸다.

"모스 섬에서 그 점은 확실히 배웠습니다."

"그렇다면 경계선 지금 적들은 분산되고 우린 응집되어 있다는 겁니까?"

주변을 훑어보며 히드리크는 의아했다.

지금 이 식탁에 앉은 이는 할튼과 히드리크 이외에 크리스틴과 모르트, 파머가 전부였다. 모두 6돌격기병단의 일원이었고 할튼의 본대는 아직 윈저에 있었다. 반대로 여기에서 얼마 떨어지지 않은 페로즈 성에는 근위대 팔만의 병력이 당당하게 버티고 있었다. 누가 봐도 분산된 것은 할튼이었고 근위대는 응집되어 있었다.

"분산이란 것이 꼭 병력을 쪼개는 것만은 아닙니다, 히드리크."

할튼의 친절한 설명이 이어졌다.

"일반적으로 알려지길, 오크란 것들은 그저 수십에서 수백 마리씩 몰려다니며 파괴를 일삼는 것으로만 알고 있지만 오래 싸워보니 그것만도 아니란 것을 깨달았습니다. 요컨대 수십이든 수백이든 오크의 무리가 있으면 그 안에는 리더 격의 오크가 있습니다. 또한 서로 떨어져 있어도 소리를 지르거나 나무를 두들겨 같은 편에게 연락을 취하기도 합니다."

할튼은 몸을 약간 앞으로 숙여 탁자 위에 팔을 걸쳤다.

"수백의 오크라도 리더를 죽이면 뿔뿔이 흩어집니다. 또한 서로 연락이 닿지 않는 곳에 격리시켜 몰살시킬 수도 있습니다. 물론 오크의 전투 방식은 보다 원시적이고 체계적이지 못합니다만."

잠깐 말을 끊으며 할튼은 씩 웃었다.

"하지만 전투라는 것에 있어선 인간이나 오크나 별반 차이는 없답니다."

그의 설명을 듣고 히드리크는 잠시 생각에 잠겼다. 이윽고 눈을 들어 할튼을 바라보며 다음 질문을 던졌다.

"성에서 빠져나오기 전에 수정구를 전부 부숴달라는 요청은 그것과 관련된 것입니까?"

"이해가 빠르시군요."

할튼의 얼굴에 미소가 번졌다.

"오크는 단순해서 소리를 지르거나 나무를 두드리는 정도밖에는 서로 간에 연락을 할 수 있는 방법이 없습니다. 하지만 인간은 다르지요. 뿔고둥을 불고 군악대로 신호를 보내기도 하며 전령이 달리고 봉화와 깃발로 수신호를 합니다. 그중에 가장 빠르고 정확한 방법은 무엇일까요?"

"마법… 이라는 겁니까?"

"그렇습니다. 6써클 마법사 이상이 상호 간에 있어야 한다는, 조금 복잡하긴 하지만 가장 확실하고 빠른 전달이지요. 이를테면 수도에서 멀리 떨어진 곳이라도 전황에 대해 쉽게 알 수 있고 명령 또한 체계화되어 단번에 이루어질 수 있단 말입니다. 물론 서로 간의 정보도 빠르게 전달되겠지요. 하지만 히드리크께서 수정구를 부순 덕분에 지금 적들은 의사 소통을 전혀 할 수 없게 되었습니다. 당분간일지라도."

"하지만 아까 얘기한 대로……."

의심쩍은 듯 히드리크가 반박했다.

"전령이라던가 봉화 같은 방법이 있지 않습니까?"

"오! 저런! 그건 절대 사용 못해요, 지금 수도를 장악하고 있는 자가 기리안이라면."

당연하다는 듯 어깨를 으쓱거리는 할튼이었다. 그의 태도에 히드리크의 눈동자가 커졌다.

"어째서 말입니까?"

"전해야 할 소식이 엄청난 것이니까요. 국왕 암살이란 건 그런 겁니다. 사실 수정구를 부수지 않았어도 사용할 수 없었을 겁니다. 물론 이것도 기리안이 수도를 장악한다는 전제 하이지만."

"잘 모르겠군요. 이해가 안 가요."

히드리크는 고개를 저으며 대답했다.

"쉽습니다. 아주 간단해요."

정말 그런 것인지 할튼의 음성은 경쾌하기까지 했다.

"사람을 알고 때를 알면 되는 겁니다."

"사람을… 안다?"

"그렇습니다. 기리안을 알기 때문에 하는 말입니다. 그로서는 결코 수도의 병력을 응집할 수 없습니다. 물론 타 영지의 세력을 규합한다는 것도 불가능하죠."

"기리안은 근위대를 장악할 수 없다? 그런 뜻입니까?"

"그렇죠. 그는 절대 장악할 수 없을 겁니다. 설사 근위대의 지휘관들 대부분이 콘버드 출신이라고 해도 말입니다. 게다가 수도에는 근위대만 있는 것이 아니죠. 친위대도 있고 위클리프 출신의 많은 귀족들도 떡하니 버티고 있습니다. 그들 모두를 납득시키면서 군대를 움직일 수 있는 사람이 못 됩니다, 기리안은!"

"호오……."

히드리크가 고개를 끄덕이며 수긍했다.

"그러니까 서로 간에 의사 소통을 할 수 없으니 적은 분산된 것이라, 이런 뜻이로군요? 한데 기리안이라면 수정구가 있다 해도 사용하지 않을 거라면서 왜 그걸 부숴야 한다는 겁니까?"

"만일을 대비해서라는 거겠지요. 수도에 있는 우리의 적은 기리안뿐이 아니니까요."

'오호' 하며 히드리크는 더욱 깊이 고개를 끄덕였다.

그러다가 문득 할튼이 도착한 직후에 자신이 했던 일을 떠올렸다. 할튼은 도착한 후에 히드리크에게 다른 요청을 했었다. 국왕이 죽은 것에 대해 페나인 각지로 알려달라는 것이었다. 서로 간에 연락이 닿지 않도록 조치해 놓고 그건 또 왜 알리려 할까?

"그럼 그간 제가 한 일은 무엇과 관련된 것입니까?"

"여러 가지 의미가 있는 것이지요."

할튼의 눈빛이 빛났다.

"적들의 연락 방법은 끊겼지만 우리에게 유리한 소문은 충분히 전해져야 하니까요. 두고 보십시오, 수도의 혼란은 이제 곧 전국으로 퍼질테니까요."

할튼은 다시 나이프와 포크를 집어 들었다. 그리고 벌써 차갑게 식은 스테이크를 아무런 감정 없이 썰기 시작했다. 한 조각 입에 넣으며 할튼은 '쿡' 하고 웃었다.

"그런 엄청난 소문을 접한 후 마지막 대제후는 과연 어떻게 나올 것인가?"

"이게 무슨 짓입니까, 기리안 콘버드 대공!"

대사에 어울리는 굵직한 외침, 게다가 마스터로서의 품격이 말하듯 우람한 체구의 케리드윈은 당당하게 정면을 노려봤다.

그의 앞에 케리드윈에게 전혀 뒤지지 않는 체구의, 그러나 케리드윈과는 달리 우람한 비곗덩어리지만 기리안은 전혀 위축됨없이 그를 바라봤다. 그의 뒤에 있던 맥클리스가 대신 대답했다.

"몰라서 묻는가?"

"왕성에 근위대를 주둔시키다니, 무슨 뜻입니까?"

케리드윈의 뒤에서 시뻘건 얼굴로 로버트가 대꾸했다.

"친위대가 해야 할 일을 제대로 하지 못하는데 근위대가 나서는 것이 뭐가 잘못이란 말인가?"

"……."

순간 로버트의 얼굴이 더욱 벌게졌다. 주먹을 부르르 떨며 언제라도 검을 뽑겠다는 태세였지만 이내 기리안이 나섰다.

"모두들 그만두시오."

"그만둬야 할 것은 기리안 대공이라고 생각됩니다만."

침착하게 케리드윈이 그 말을 받았다.

그러나 기리안은 아무런 표정 변화 없이 케리드윈을 바라볼 뿐이었다. 얼굴 가득 '내가 뭘?' 하는 특유의 능글맞은 표정이 전부였다. 순간 케리드윈의 손끝이 살짝 움직이며 뒤에 몰려 서 있는 친위대를 제지했다. 분노한 기색이 역력한 친위대의 기사들이었지만 그의 간단한 손짓에 모두들 한 걸음 물러섰다.

반대로 맥클리스를 포함한 근위대의 기사들은 한 발자국 나서며 기리안을 보호했다.

"작위로 밀어붙이겠다는 생각은 아니겠지요, 기리안 대공? 물론 친위대엔 백작 위를 가진 제가 최고 담당자입니다. 하지만 근위대 역시 현재로선 백작의 작위를 가진 분이 최고 아닙니까? 엄밀히 따지면 기리안 대공께서는 근위대와 상관이 없으니 말입니다."

"아니지."

기리안은 입가에 살짝 미소가 어렸다.

"현재 근위대장은 새로 부임한 맥클리스이지 않은가? 작위로 따져도 후작인 맥클리스가 더 높지 않은가?"

"이제 갓 부임한 맥클리스 경이 무슨 일을 한단 말입니까?"

얼른 로버트가 맞받아 고함을 쳤다. 뒤이어 친위대의 기사들 틈바구니에서도 아우성이 터졌다.

"맥클리스 경은 제대로 근위대를 통솔하지도 못하지 않았습니까?"

"그렇습니다. 근위대도 분열된 상황에서 왕성에 창을 들이대다니 어이없는 일입니다!"

동요하고 있는 친위 기사들의 선두에서 버럭 외침이 들렸다.

"모두 조용히 하라!"

바로 케리드윈의 외침이었다. 뒤이어 그는 약간 격앙된 음성으로 외쳤다.

"작위가 중요한 것이 아닙니다! 설사 이 자리에 버나드 후작이 있었다 해도 이럴 수 없다는 것을 말씀드리는 겁니다. 왕성을 수비하는 것은 우리 친위대의 몫이니까요. 이곳에 검을 들고 침입한다는 것, 반란으로 간주해도 되는 겁니까?"

순간 기리안의 얼굴이 굳어졌다.

"그대는 말을 삼가라. 지금 반란을 일으킨 자는 바로 리저드 후작이다."

"그것도 믿을 수 없군요."

케리드윈이 비아냥거렸다.

"처음엔 윌리엄 공작이라고 하더니 이젠 리저드 후작입니까? 다음엔 자신이 반란을 일으킬 수도 있겠군요?"

창!

근위대 기사들 사이에서 검을 뽑는 소리가 들렸다. 이에 질세라 친위대에서도 검을 뽑아 들었다. 하지만 기리안이 손을 들어 양쪽을 제지했다. 그로선 근위대와 친위대의 싸움이 그리 달갑진 않았다. 게다가 친위대에는 마스터가 둘이나 있었으니 비록 소수라고 해도 무시할 수는 없었다.

"말을 조심하게, 케리드윈 막스 백작."

그런 말을 듣고도 기리안의 목소리는 비교적 차분했다.

"저스틴 윈저 대공의 연락이 들어와 있다는 것을 그대도 알고 있지 않은가? 마지막 내용이 무엇이었는지 그대도 알면서 어떻게 그런 말을 하는가?"

"항구에 몬스터를 실은 리저드 후작의 지벽 선단이 도착했다는 것과 대공께서 왕성을 점령하는 것이 무슨 상관이 있다는 겁니까?"

"국왕 폐하를 암살한 히드리크는 분명 리저드의 사주를 받은 것이 분명하지 않은가! 또한 그대들은 국왕 폐하를 지키지 못했으니 이미 엄청난 죄를 범한 것이나 다름없다. 하지만 이런 때에 우리끼리 싸우는 것은 정말 어리석지 않은가? 서로 힘을 합해 대적을 막아야 하지 않겠는가 말이다!"

"물론 그렇습니다."

케리드윈은 잠깐 말을 끊었다가 단호함을 실어 외쳤다.

"그렇다면 왕성에서 근위대를 물러가게 해주십시오."

"한 가지 더 추가하겠습니다, 대공!"

뒤에 있던 로버트가 뒤이어 소리쳤다.

"윌리엄 공작의 반란이 누명이라는 것이 밝혀진 이상 레스터 출신의 기사들을 더 이상 억류시켜선 안 될 것입니다. 그들을 풀어주십시오. 그들 중에는 근위대에 소속된 마스터가 넷이나 있지 않습니까? 이제 갓 부임한 맥클리스로선 근위대의 사정에 어두울 수밖에 없으니 그들을 방면하여 이끌도록 해야 할 것입니다."

케리드윈은 그를 쳐다보며 고개를 한번 끄덕였다.

"옳은 말이다, 로버트."

케리드윈의 눈이 기리안을 향하며 다시 한 번 로버트의 말을 반복했다.

"레스터의 기사들을 방면하십시오."

"그건 안 된다. 윌리엄 공작의 반란에 대한 증거는 충분히 있다. 왕자의 실종에 대해 알고 있었다고 그가 이미 실토하지 않았는가?"

"알고 있던 것과 실종시킨 것은 전혀 다른 의미입니다, 대공."

"분명 중간에 할튼이나 히드리크가 수를 쓴 것이 분명하지 않습니까?"

로버트도 지지 않고 소리쳤다.

"이런 뻔한 것을 모르는 것도 아니면서 왜 레스터 기사들을 풀어주지 않는 겁니까? 힘을 합해야 한다는 대공의 말과 달라도 너무 다르지 않습니까?"

"그것 역시 밝혀지지 않은 것이다. 윌리엄 공작이 반란을 했든 안 했든 지금으로썬 레스터 출신의 기사들을 풀어줄 수 없다. 어느 쪽이든 증거가 불충분하기 때문이다."

"그리고 어느 쪽이든 충분한 증거를 갖추고 있기도 하겠군요?"

케리드윈은 '흥' 하고 냉소했다.

그의 반응에도 기리안은 무심한 표정이었다. 그저 들어도 못 들은 척할 뿐이었다. 그리고 그의 냉담함에 친위대 기사들은 더욱 분노했다. 특히 로버트의 분노는 거의 광분에 가까웠고 입술을 굳게 다문 채 기리안을 노려보는 케리드윈 역시 예사롭지는 않았다.

그 두 사람을 상대하고 있는 맥클리스는 슬쩍 뒤쪽을 살폈다. 근위대 기사들 뒤로 수십 명의 왕립 마법사들이 대기하고 있었다. 언제라도 주문을 발동할 준비를 갖춘 채.

기리안은 윌리엄과 버나드를 쫓아낸 후 군부를 장악하기 위한 첫걸음으로 왕립 마법사 학회에 손을 썼다. 근위대의 최고 지휘관들인 레스터 출신의 마스터 기사 네 명을 억류한 탓에 손쉽게 근위대를 장악할 순 있었지만 반대로 친위대가 걸림돌이 되었다. 친위대에는 아직 두 명의 마스터가 건재했기 때문이다.

분명 근위대의 십만은 친위대의 만 명보다 많은 수였다. 하지만 기병을 제외한 기사들만의 수와 질을 따진다면 친위대가 훨씬 뛰어날 수밖에 없었다. 특히 친위대에 소속된다는 것은 기사로서 최고의 영예에 속하기 때문에 출신 지역보다 국왕의 명령을 우선시했다. 당연히 콘버드 출신이라고 해서 기리안을 편들지는 않았다.

버나드가 있었다면 마스터의 수로 보나 기사의 수로 보나 근위대가 더 위였겠지만 지금은 달랐다. 근위대 자체에서도 기리안의 장악력은 뛰어난 편이 아니었고, 콘버드 출신이 아니라면 대개의 기사들은 뚱한 반응이었다. 그리고 무엇보다 마스터에서 현저한 차이가 났다. 버나드를 비롯해 네 명의 마스터가 졸지에 억류되면서 근위대의 수준은 급격하게 떨어진 것이다.

그 차이를 메우기 위해 기리안은 맥클리스를 데려왔고 왕립 마법사 학회를 구슬려 지원을 받기로 한 것이다. 최소한 수십 명의 마법사들이 지원을 한다면 크루세이더가 많은 근위대가 마스터 둘을 포함한 친위대를 이길 수 있으리라고 기리안은 판단했다. 그리고 그 판단에, 비록 정당한 결투라곤 볼 수 없었지만 맥클리스 역시 동감했다.

"다시 한 번 말하겠습니다, 기리안 대공."

최후 통첩이라도 발하듯 케리드윈의 표정은 비장하게까지 보였다.

"왕궁에서 나가십시오."

"건방지다, 케리드윈 경!"

"그만둬라, 맥클리스."

기리안의 몸이 크게 움직이며 뒤로 물러섰다.

"국왕 폐하께서 왕궁에서 암살을 당하셨다. 이 일에 대해 그대는 책임을 져야 하지 않겠는가? 하지만 전란이 시작된 지금에 잘잘못을 따지기보다는 힘을 합해 적을 막아야 한다고 생각한다."

잠시 말을 끊으며 케리드윈을 바라보는 기리안의 얼굴엔 엄숙함이 흘렀다.

"그대의 죄, 전쟁터에서 공훈을 세워 갚아야 할 것이야. 난 그 기회를 주기 위해서 대신 왕성을 수비하겠다는 것이네."

"솔직하게 말씀하시죠, 기리안 대공. 왕가에 남은 최후의 인물, 왕비님을 손에 넣으려는 수작이 아닙니까?"

"말을 삼가라, 로버트 핸더 경!"

격분한 듯 맥클리스의 검이 뽑혔다.

동시에 로버트의 양손에도 거대한 바스타드 소드가 쥐어졌다. 뒤이어 대치하고 있던 기사들 사이로 검을 뽑는 소리가 요란하게 퍼졌고 주문을 암송하며 캐스팅을 하는 마법사의 손길도 이어졌다.

그때였다.

밖에서 홀로 들어서는 커다란 문이 부서지듯 열리며 누군가 들어왔다. 갑자기 열린 문으로 홀을 메우고 있던 더운 공기가 순식간에 빠져나가며 바람을 일으켰고, 들어선 이의 망토를 한순간 펄럭이게 만들었다. 붉은 안감의 망토가 휘날리는 채로, 핼쑥한 얼굴이지만 매서운 눈빛의 사나이는 당당하게 홀로 들어섰다.

그리고 떨리는 목소리로 그는 기사들을 둘러보며 외쳤다.

"국왕 폐하께서 암살당하셨다는 것이 사실인가?"

"카……."

"카르디프… 후작?"

그를 알아본 기사들이 놀라 입을 벌리는 동안 기리안 역시 경악했다. 대체 스고우에 있어야 할 사람이 왜 수도에, 그것도 국왕이 암살당했다는 사실을 알고 있단 말인가.

"사실이냐고 묻고 있다!"

카르디프의 일갈에 기사들은 정신을 차렸다. 그렇지만 질문에 대해선 여전히 주저했다. 슬쩍 기리안의 눈치를 살피며 대답하길 꺼렸다.

기사들의 반응을 살피던 카르디프의 얼굴은 곧 설마에서 확신으로 바뀌었다. 그리고 기리안을 뚫어져라 쳐다봤다.

"듣자니 벌써 열흘이 되었다던데 왜 알리지 않았습니까, 기리안 대공!"

"알릴 수 없었네."

어깨를 으쓱하며 기리안은 변명했다.

"궁정과 왕립 마법사 학회에 있던 수정구를 히드리크가 모두 부쉈다네. 하여 알릴 수 없었네. 미안하이."

카르디프는 황당하다는 듯 입을 쩍 벌렸다.

"그걸 지금 대답이라고 하는 겁니까? 설마 히드리크란 마법사가 수도에 있는 모든 수정구를 부수기라도 했답니까? 아니면 대공께서는 겨우 수정구 하나 구할 능력도 없는 겁니까?"

"알다시피 마법에 사용되는 수정구는 일반의 것과 달라서 말이지……."

"…의도적이었군요, 기리안 대공."

카르디프의 날카로운 지적에 기리안의 몸이 움찔했다. 그러나 여전히 표정 하나 바뀌지 않은 채 그는 대꾸했다.

"왕자는 실종되고 국왕 폐하는 암살당하셨네. 수도는 이미 충분할 정도로 혼란스러운데 굳이 전국적으로 퍼뜨릴 필요는 없다고 판단했네. 이해해 주게."

잠시 기리안을 노려보던 카르디프는 곧 홀 주위를 쓱 훑어봤다. 근위대의 기사들과 친위대의 기사들이 갈라지듯 양쪽에 서서 검을 뽑아 들고 대치하고 있는 상황, 대충 눈치 챈 카르디프는 '흥' 하고 코웃음을 쳤다.

"이게 지금 뭐 하는 꼴입니까?"

오른발을 들어 쿵 소리가 나게 바닥을 차며 카르디프는 외쳤다.

"페나인 남부 일대에 수천의 오크가 나타나 짓밟고 있다는데 이게 지금 뭐 하는 짓이냔 말이오!"

"말을 삼가시오, 카르디프 후작!"

"그대야말로 닥쳐라! 기껏해야 영주 대리인 주제에 감히 대제후인 내게 말대꾸를 하는 거냐!"

검을 쥔 맥클리스의 손이 부르르 떨렸다. 그 모습을 보며 카르디프는 망토를 뒤로 넘겨 언제라도 검을 뽑을 수 있게 준비했다.

"마스터가 되더니 눈에 뵈는 게 없는 모양이구나, 콘버드의 애송이!"

"뭐라고?"

분개한 맥클리스가 달려나가려 하자 얼른 기리안이 앞을 막았다. 눈짓으로 그를 제지하자 맥클리스는 검을 거두며 이를 부드득 갈았다.

잠자코 있던 케리드윈이 앞으로 나섰다.

"이 자리에 카르디프 후작께서 오신 건 참으로 다행입니다. 어떻게 소문을 들었는지 모르겠습니다만 우선 기리안 대공을 막아주시길 청합니다."

"어떻게 막아주길 바라는 건가, 케리드윈 경?"

"지금 기리안 대공께선 근위대를 이끌고 왕성을 점거하다시피 하셨습니다. 친위대로선 이를 묵과할 수 없어 지금 이런 상황을 연출하고 있는 겁니다. 제삼자의 입장이신 카르디프 후작께서 올바로 잡아주신다면 감사하겠습니다."

말이 끝남과 동시에 케리드윈은 '흥' 하는 냉소를 대답으로 받아냈다.

"국왕 폐하께서 암살당하는 동안 그대들은 어디서 무엇을 했나? 그런 주제에 내게 도움을 청하는 것인가?"

일순 친위대의 분위기가 싸늘하게 가라앉았다. 조금 전까지만 해도 오십 대 오십으로 팽팽한 균형이었지만 카르디프가 기리안의 손을 들어주기라도 한다면 한순간에 역전되는 것이다. 카르디프 역시 숙련의 경지에 오른 마스터였기 때문이다. 게다가 근위 기사 뒤로는 수십 명의 마법사가 언제라도 마법을 발사할 준비를 갖췄다.

반면에 기리안의 얼굴은 환하게 펴졌다.

"카르디프 후작, 미처 연락을 못해 미안하지만 우선은 나를 도와주기 바라네. 국왕 폐하와 왕자 전하가 없는 지금 페나인을 이끌 레니아 왕비를 안전하게 모시는 것이 가장 선결되어야 할 일일세."

"대공께선 무슨 헛소리를 하는 겁니까?"

카르디프의 대답에 기리안을 포함한 근위대의 분위기도 싸늘하게 가라앉았다.

"설마 하니 근위대가 어디에 있어야 할지 모르고 있는 겁니까? 돌격 기병단이 없는 이상 근위대가 전투를 수행해야 하는 것이 당연한 것 아니던가요? 근위대는 페나인 남부, 윈저로 출진하고 있어야 하지 않느냔 말입니다!"

카르디프의 독기 어린 말에 근위대도 친위대도 대꾸할 말이 없었다.

"지금 이곳에서 권력 다툼이나 하고 있는 동안 몬스터가 사방으로 퍼져 나가고 있지 않습니까? 대체 이게 뭐 하는 짓들이오!"

분을 참지 못해 씩씩거리는 카르디프의 말에 누구 하나 나서지 못했다. 다만 잠자코 듣고 있던 케리드윈이 앞으로 나섰다.

"후작께서 모르고 있는 것이 하나 있습니다. 지금 남부 일대에 퍼진 오크를 이끄는 것은 바로 할튼 후작입니다."

그의 말에 카르디프는 이내 아연한 표정으로 바뀌었다. 도저히 믿을 수 없는 말을 들었다는 듯 황당해하던 그는 고개를 저으며 되물었다.

"지금 뭐라고 했소? 이 몬스터 소동에 할튼 경이 개입되었단 말이오?"

"그렇습니다."

"그게 말이 되는가? 어떻게 할튼 경이 오크를 제어한단 말이오?"

"하지만 사실이네, 카르디프 경. 지금 상황은 단순한 오크의 침입이 아니란 말일세. 이건 분명히 말하건대……."

기리안은 힘주어 말했다.

"반란이네."

"그, 그런……!"

카르디프의 얼굴이 순식간에 새하얗게 바뀌었다. 그리고 곧 이어 시뻘겋게 바뀔 정도로 흥분하여 더욱 목청을 높였다.

"그럼 나가서 적과 싸워야 하지 않습니까? 대공께서는 적과 아군도 구별할 줄 모르는 겁니까?"

"우선 안을 정비해야 할 것 아닌가?"

되도록 감정을 드러내지 않던 기리안도 뜻밖에 인물의 등장이라는 점과 계속된 추궁에 화가 치민 듯 벌컥 언성을 높였다.

"이게 안을 정비하는 겁니까? 내가 보기엔 권력 다툼으로밖에 보이지 않습니다!"

카르디프의 일갈에 친위 기사들이 동시에 고개를 끄덕여 찬동을 표시했다.

책망하는 카르디프의 눈빛이 기리안을 향했다. 질책하는 케리드원과 로버트, 친위 기사들의 눈빛이 기리안을 향했다. 명령을 기다리는 맥클리스와 근위 기사들의 눈빛도 기리안을 향했다. 그 모든 시선을 한 몸에 받으며 기리안은 땀을 삐질거렸다.

그리고 그 순간 열려 있는 문으로 한 명의 병사가 뛰어들었다.

"대공 전하!"

바닥에 쓰러지듯 주저앉은 병사의 몰골은 엄청나게 먼 거리를 단숨에 달려온 듯한 전령과 유사했다. 그리고 대부분의 기사들은 그 병사의 갑옷과 쥐고 있는 인장을 확인했다.

갑옷에 그려진 문장은 콘버드의 그것, 그리고 쥐고 있는 인장은 전령이 가질 수 있는 최고의 그것. 최고위 상관, 여기서는 콘버드의 대제후인 기리안 콘버드 대공에게 직통으로 달려갈 수 있는 인장이 그의 손에 쥐어져 있었다.

인장 하나만 가지고도 '콘버드에 엄청난 일이 벌어졌어요' 라는 뜻이 담긴 것이다. 그리고 홀에 있는 모두가 한순간에 위험을 감지한 대로 지친 전령은 비명을 질렀다.

"콘버드가 침공을 당했사옵니다!"

"…뭐, 뭐라고?!"

"어마어마한 대군이 북쪽 관문을 넘어 침략했사옵니다. 아마 지금쯤이면 콘버드 성에 적군이 육박했을 것입니다!"

"무슨 소린가? 콘버드 북쪽이라면 칼버딘 령이 있지 않은가? 그곳을 통과하지 않고 무슨 적군이 공격해 들어왔단 말인가?"

"아니옵니다, 대공 전하. 침략한 자들은… 바로 칼버딘의 군대였습니다."

"……"

기리안의 얼굴이 새파랗게 질렸다.

뒤이어 카르디프가 확인하듯 물었다.

"제대로 확인한 것인가? 칼버딘의 문장이 확실했는가 말이다!"

"틀림없사옵니다. 칼버딘의 군대는 주브노 백작을 선두로 거침없이 관문을 공격하였으며 파죽지세로 남하하고 있사옵니다."

"서, 설마……!"

콘버드에서 전령이 가져온 소식은 기사들 사이에 엄청난 파문을 던졌다. 기리안 대공도, 카르디프 후작도, 맥클리스 후작도 경악했다. 케리드윈도, 로버트도, 친위 기사도, 근위 기사도, 심지어는 마법사들도 열심히 외운 주문을 한순간에 날릴 정도로 놀랐다.

그리고 뒤이어 엄청난 착란 증세가 전염병처럼 그들 사이로 감돌았다.

"빛과 그림자처럼……."

할튼은 읊조렸다.

어느새 저녁 식사를 끝낸 할튼과 히드리크는 따뜻한 벽난로에 마주 앉아 은은한 향기의 홍차를 홀짝였다. 그리고 그때까지도 할튼의 설명은 계속되었다.

"내게 시선이 모인 틈을 타 우리의 친애하는 동맹자께서는 그들의 뒤통수를 치는 겁니다."

할튼의 웃음소리가 잠시 방 안을 울렸다.

"어떻게 할까요, 기리안과 카르디프는?"

그의 질문에 문득 생각났다는 듯 히드리크는 걱정스럽게 답했다.

"다른 사람은 몰라도 카르디프 후작이 수도에 왔다면 상황이 바뀔 수도 있을 겁니다. 누가 뭐래도 군사학에 있어서 페나인에서 두 번째로 꼽히는 인물 아닙니까? 십여 년 전에 근위대장 직에 윌리엄 공작과 함께 거론되었던 만큼."

"잘못 알고 있군요."

할튼은 손가락으로 입술을 매만졌다.

"군사학에 있어서 카르디프는 네 번째일 겁니다. 버나드와 윌리엄, 그리고……."

할튼의 입매가 살짝 올라갔다. 그리고 약간은 자랑스러운 어조로 덧붙였다.

"제가 있으니까요."

"그렇다 해도 카르디프의 입성은 꽤 위협적이지 않겠습니까?"

"천만에! 그래도 어쩔 수 없을 겁니다. 십여 년 전에 그는 윌리엄 공작에게 양보하며 분명히 말했지요. '공작과 나는 군무에 능하다는 공통점이 있다. 하지만 지금 수도에 필요한 사람은 정무에 밝은 사람이어야 한다. 윈저 대공이 물러난 지 십 년. 그분을 다시 불러올 생각이 아니라면 정무에 밝은 사람을 끌어들여야 할 것이다. 분명히 말하건대, 그 조건에 난 합당하지 못하다. 하지만 윌리엄 공작이라면 충분히 해낼 수 있을 것이다'라고 말입니다. 그것은 결코 그가 겸손하기 때문이 아닙니다."

"그렇다면?"

"자신의 능력을 잘 알고 있는 거죠. 그는 거기까지가 한계란 얘기입니다. 그리고 지금 상황에 필요한 것은 군사학만이 아니란 뜻이죠. 군대를 통솔하는 것에 있어선 확실히 카르디프의 능력은 위협적일 겁니다. 하지만 지금 필요한 것은 혼란을 막고 힘을 모을 수 있는 것, 바로 정치적인 역량이 동시에 필요한 겁니다. 그런 면에서 기리안과 카르디프는 각자 하나씩은 갖췄지만 나머지는 갖추지 못했습니다. 게다가 두 사람은 똑같은 대제후, 서로를 견제할 수밖에 없는 입장이니……."

더 말을 잇지 않은 채 할튼은 큭큭거리며 웃었다.

"게다가 우리의 친애하는 동맹자께서 군대를 몰아 남하하고 있지 않습니까?"

"그건 또 무슨 소리입니까?"

"그 두 사람은 수도에서 권력 다툼이나 하고 있을 때가 아니란 얘깁니다. 자칫하면 자신의 지지 기반이 송두리째 날아갈 판인데 페로즈 성에서 어영부영 짓뭉개고 있을 수는 없지 않습니까?"

"아하, 그렇군요."

히드리크의 고개가 끄덕여졌다.

"아마……."

앞으로의 상황을 예언이라도 하듯 할튼은 천장을 응시하며 천천히 중얼거렸다.

"근위대가 흩어질 겁니다. 콘버드를 지키기 위해 반수 이상이 달려가겠지요. 그것도 기리안의 명령에 마지못해서. 카르디프는 자신의 영지를 지키기 위해 돌아갈 테고."

할튼은 똑바로 히드리크를 바라봤다.

저녁부터 시작된 그의 군사학 강의도 슬슬 끝이 보였다. 이미 히드리크의 불안감은 사라진 지 오래였고 이젠 순수한 호기심으로 그의 말을 경청하는 중이었다.

"레스터로, 콘버드로 근위대가 분산될 테니 결국 내가 물리쳐야 할 근위대는 사만 정도에 불과합니다. 물론 친위대 만 명도 포함해야 할 테고. 그리고 우리의 친애하는 동맹자 칼버딘 후작께서 사만의 병력과 콘버드를 제압하면 되는 것이지요. 나머진 수도 함락과 함께 백.기."

"훌륭한 작전이군요. 이제 저도 안심이 됩니다."

흡족한 듯 히드리크는 미소를 지었다.

물론 그가 원하는 것보다 혼란이 가중되지 않는다는 점과 스고우 령이 전란에 휩싸이지 않을 수도 있다는 것이 불만이었지만 내색하진 않았다. 전쟁터라는 것은 얼마든지 바뀔 수 있는 가변성을 지니고 있으니까.

"안심하셨다니 다행입니다. 자아, 이제 밤도 늦었으니 그만 자도록 하지요."

찻잔을 내려놓으며 할튼이 일어섰다.

뒤이어 히드리크가 일어섰고 두 사람은 짧은 목례와 함께 각자의 잠자리로 발걸음을 옮겼다.

이십 년 만에 들어선 침실은 꽤 많이 변했다. 옛 가구는 하나도 남지 않았고 벽은 누렇게 변색되었다. 하지만 할튼은 그다지 불쾌하지 않았다. 그에게 있어선 주위의 아름다움이나 청결함 따위 신경 쓰지 않은 지 오래였다. 단지 그런 생활을 동경했기에 고가의 도자기를 모으거나 깔끔한 것을 좋아했을 뿐 실제는 오크의 시체를 옆에 두고도 버젓이 식사를 할 정도였다.

그러나 침실에 들어선 순간, 그는 그 썰렁할 정도의 황량함에 잠깐 한숨을 쉬었다. 주변을 쓱 훑어본 후에 침대로 걸어가며 그는 나지막하게 중얼거렸다.

"언제 왔는가, 나지드여?"

"조금 전에 도착했습니다, 폐하."

어둠 속에서 은밀한 목소리가 흘러나왔다. 침대 옆에 있는 촛대에 불이 밝혀지자 창가 옆에 검은 로브를 걸친 나지드의 모습이 나타났다.

조금 전까지 히드리크와 담소를 나누던 모습이라곤 상상할 수 없을 정도로 할튼의 얼굴은 냉랭했다.

"무슨 일인가? 윈저에서의 일이 벌써 마무리된 것은 아닐 텐데?"

"레스터 남부를 휩쓸던 오크 군단이 타격을 입었기에 보고를 하러 왔습니다."

"타격?"

"그렇습니다. 중부 지대로 들어가는 길에 작은 협곡을 만난 것 같은데 그곳을 수비하던 군대가 불을 지르는 바람에 진격이 늦어지고 있단 보고입니다."

"겨우 불 때문에 진격을 못하다니? 그대가 만든 좀비는 불에도 죽지 않는다 하지 않았던가?"

"그렇습니다, 폐하. 불에 피와 살이 타면 뼈가 드러나며 스켈레톤으로 바뀐다 하였사옵니다."

"하면 무엇이 문제이지?"

"말씀드렸다시피 협곡에 불을 질렀기 때문입니다. 열기에 협곡이 붕괴하여 길이 막혀 먼 거리를 돌아가야 할 것 같습니다."

"그런가? 흐음……."

잠시 궁리하던 할튼은 곧 눈빛을 빛냈다.

"대포를 사용하면 어떻겠는가?"

"아무리 대포라 하여도 무너진 바위를 뚫을 순 없을 겁니다. 게다가……."

나지드는 말끝을 흐렸다. 항상 자신만만한 모습을 보이던 것과 대조적인 탓에 할튼은 의아하게 생각했다. 그저 눈짓으로 다음 말을 재촉하자 나지드는 주저하듯 입을 열었다.

"대포가 모두 부서진 것 같습니다."

"뭐라? 어째서 말인가?"

"잘은 모르겠지만… 기병의 돌진에 대포를 잃은 것 같습니다."

"호오? 레스터 기사단의 솜씨일까? 흐음, 아무리 검사 제일의 레스터라도 대부분의 유능한 기사들은 수도로 갔을 테니 기사단의 짓은 아니겠군. 하면 근위대?"

중얼거리는 할튼은 절로 이맛살을 찌푸렸다.

어느 쪽이든 그다지 반가운 소식은 아니었다. 그에겐 대포를 제조할 능력이 없었다. 대포도, 화약도, 포탄도 전부 야론으로부터 들여온 것이다. 그 수와 양이 한정적인만큼 적재적소에 배치하여 유용하게 써먹어야만 했다. 레스터로 보낸 오크 군단에 다섯 대의 대포를 구비시킨 것은 협곡에서의 전투에서 잃어버리려던 게 아니었다. 근위대가 집결해 있는 포란 성과 레스터 성의 성벽을 부수기 위함이었다. 한데 그것을 성 전투도 아닌 야전에서 잃었다니 입맛이 쓸 수밖에 없었다.

게다가 대포의 중요성을 아는 만큼 철저하게 후방에 배치했다. 적군이 대포를 부수려면 전방에 배치한 오크를 뚫고 들어와야 한다는 계산이니, 결국 적군의 전력이 예상외로 강하다는 결론이 나온다.

"할 수 없지. 조만간 레스터에 있는 근위대에도 국왕이 죽었다는 소문이 퍼질 테니 그때가 되면 사기가 저하되어 금세 물리칠 수 있을 거야. 더 이상 레스터 쪽으로 대포를 돌릴 여유는 없네."

"그리하겠습니다."

"대신 돌격단 일만의 병력을 재투입한다."

짤막한 명령과 함께 할튼은 나지드를 주시했다.

"물론 새 병력은 도착했겠지?"

"물론입니다, 폐하. 이미 며칠 전에 오만의 병력이 항구에 내렸고 지금은 윈저 성 주위의 벌판에 매장되어 있습니다."

"매장이라……."

두 사람이 말한 새 병력이란 오크 퇴치를 위해 모스 섬으로 들어갔던 돌격기병단 오만을 말했다. 그들은 섬에서 죽은 후 곧바로 좀비로 재생되었다. 그러나 시간이 부족했던 터라 새로 좀비가 된 오만 명은 낮에는 힘이 미약했다. 그리하여 나지드는 성 주위에 각자 땅을 파고 들어가도록 지시했던 것이다.

"한데 어느 부대를 투입할까요?"

"음, 분명… 1, 2돌격기병단이 레스터 출신이었지? 후훗, 재미있군. 1돌격기병단을 투입하라."

"그거 좋은 생각이군요. '레스터의 운명은 레스터의 손에' 라는 것인가요?"

"바로 그거다."

"폐하께서도 짓궂으시군요."

동시에 두 사람은 음흉한 웃음을 터뜨렸다.

    자신들을 브리튼 대학 교수라고 소개한, 윈저에서 온 네 명의 자유민에 대하여 아벤은 매우 만족했다. 며칠이 안 되는 짧은 만남과 대화에서 그들이 매우 학식이 뛰어나고 다양한 정보를 가졌으며 또한 유능하다는 것을 알아챘다. 각자의 전공 분야에 대해선 거의 타의 추종을 불허했지만, 특히 아벤이 감탄한 부분은 그들의 공통된 능력이었다.

    그들은 아벤이 지금껏 보아온 그 누구보다도 훨씬 뛰어난 부관들이었다. 정보 수집과 분석, 예측에 있어서 놀라운 능력을 보였고 그것은 곧바로 포란 성에 근거를 마련한 버나드의 힘이 될 것이 틀림없었다.

    그러나 국왕이 히드리크에게 암살당했다는 괴문서와 소문이 돌기 시작한 지 며칠이 안 되어 포란 성은 침통한 분위기였다. 어떤 경로를 통했는지 알 수 없지만 이미 포란 마을에서도 널리 알려진 소문이었기에 아벤으로선 속수무책이었다.

"이럴 때는 맨스람이 있으면 좋은데 말이야."

혼잣말로 중얼거리자 앞에 있던 바론이 고개를 들었다.

"뭐라고 하셨습니까?"

"아니, 아무것도 아닐세."

아벤은 씁쓸히 대답하며 자리에서 일어났다.

무표정한 눈빛으로 아벤을 지켜보던 바론은 다시 자신의 직무를 위해 책상으로 눈을 돌렸다. 그의 앞에 놓인 서류는 현재 포란 성으로 들어오고 있는 각종 자재들의 품목이 나열되어 있었다. 물론 그 자료들은 대부분 상회를 거쳐 반입된 것으로 차후를 생각하여 시세를 정확히 기재하고 있는 중이었다.

전쟁이란 그런 것이다. 군수품의 대부분은 백성들이 차출하지만 전쟁이 끝나도 어떠한 보상을 입지 못하게 마련이다. 그런 점을 잘 알면서도 알은, 그리고 바론은 전란을 틈타 돈벌이에 나섰다. 그 첫 번째 이유는 그들이 레스터 공작가에 연줄이 닿아 있기 때문이었다. 최소한 공작가를 지원함으로 인해 손해 볼 일은 없으니까. 물론 그것도 전쟁에서 이겼을 경우에 해당되지만.

창밖으로 보이는 성의 풍경은 아벤에게 그다지 유쾌하지 못했다. 여기저기 삼삼오오 모여 수군대는 수비병의 모습은 책임을 다하는 자세론 보이지 않았다. 그들이 얘기하고 있는 것들이 아벤의 추측을 크게 벗어나지 않는다는 것도 우울함을 거들었다.

확실히 그는 성을 담당하는 업무엔 어울리지 않는 인물이었다. 군대가 진군하고 있는 동안 공작을 대신해 성을 지키며 통솔할 능력이 불행하게도 그에겐 없었다. 적어도 윌리엄 공작 밑에 있었던 삼대 백작가 중에서 자신이 가장 못할 것이라고 그는 자조했다.

특히 지금과 같이 괴소문에 의해 성과 마을, 그리고 주변의 영주들이 동요하고 있는 상황에서 아벤으로선 답답함만 치밀 뿐이었다. 이런 일의 적임자는 정보 공작에 능했던 맨스람이 적격이었다. 적어도 과감한 행동의 프란츠만 있었어도…….

하지만 이곳엔 맨스람도 프란츠도 없었다.

"어디에서 뭘 하고 있는 건지……."

아벤은 절로 한숨만 나왔다.

그때 문이 열리며 노만이 들어섰다. 그는 방 안의 분위기를 살피려는 듯 주변을 쓱 훑어보며 당당하게 아벤 앞으로 걸어갔다. 물론 브리튼 대학 선배인 바론에게 인사를 건네는 것도 잊지 않았다.

"무슨 일인가, 노만?"

"소문에 대한 정리가 끝나서 보고드리러 왔습니다. 출처가 불확실하다는 것은 여전합니다만 나름대로 저희가 추측한 것에 의하면… 마법에 의한 것이 아니었을까 합니다."

"마법?"

"네, 아벤 백작. 소문은 비둘기 다리에 매달린 문서로부터입니다. 비둘기라는 건 회귀 본능을 이용해 전서구로 많이 쓰이긴 하지만 아무리 살펴봐도 지금 비둘기들의 행태는 집으로 돌아가는 것으론 보이지 않습니다."

"마법에 의한 조작이었을 것이다, 이런 얘기로군?"

"네, 그렇습니다. 게다가 '히드리크에 의한' 구절도 의미가 있겠죠."

잠시 아벤은 그 말뜻을 헤아렸다. 노만과 그의 동료들의 추측은 마법사인 히드리크가 비둘기를 조종했다는 말로 들렸다.

"이해가 안 가는군. 굳이 자신의 일을 떠벌릴 필요가 있을까?"

"히드리크가 할튼 휘하에 있다면요? 아니, 적어도 손을 잡았다면?"

고개를 갸웃거리던 아벤의 몸이 순간 흠칫했다.

만약 그의 말대로 히드리크가 할튼과 관련되었다면 전쟁을 유리하게 이끌기 위해서 국왕을 암살하는 것은 당연했다. 그리고 국내에 혼란을 일으키기 위해서 그 정보를 전국에 퍼뜨리는 것도 당연했다.

가능성이 있는 얘기였지만 그는 곧 고개를 저었다.

"내가 판단할 문제가 아닌 것 같군. 남쪽에 계신 버나드 공작 각하께서 뭔가 회답을 주시겠지."

"아마 회군 중일 겁니다, 공작께서도."

자신만만한 노만의 대답에 아벤은 물끄러미 그를 쳐다봤다. 그러자 노만은 어깨를 으쓱하며 다시 답했다.

"대포가 있다는 것을 알아채신다면 말입니다. 전투에서 이기더라도 쉽게 진군할 상황은 아니죠. 계속 야전을 하실 생각이 아니라면."

"자네 생각이 옳은지 아닌지 난 모르겠군."

하고 중얼거리던 아벤은 곧 성내에 약한 진동이 느껴지는 것을 감지했다. 그의 두 눈이 가늘게 떨리며 바론을 향했다. 이미 바론도 서류에서 눈을 떼어 천장을 지켜봤다.

마치 지진이라도 난 듯한 약한 진동이 실내를 감돌았다. 그리고 두 사람은 서로 다른 곳에서 지금과 같은 진동을 경험했었다. 아벤은 레스터 성에서, 바론은 포란 마을에서. 만 명의 근위대가 말을 달려 진군해 올 때 이런 비슷한 일을 겪었다. 그리고 누가 먼저랄 것도 없이 이 진동이 어디에서 기인하는지 알아챘다.

아벤은 희미한 미소를 지으며 노만을 바라봤다.

"자네 말이 맞는 것 같군. 공작께서 돌아오신 모양이야."

맡은 바 책무의 막중함을 이제야 벗을 수 있다는 기대감에 아벤의 얼굴엔 절로 미소가 번졌다. 그리고 손을 비비며 그는 씩씩하게 걸었다. 바로 버나드 레스터 공작을 마중하기 위하여!

자네트가 이끄는 기병을 선두로 근위대는 포란 성에 다시 주둔하기 위해 말을 달렸다. 그리고 대부분의 병사들이 미처 갑옷을 풀기도 전에 '국왕 시해 사건'에 대한 소문을 접했다. 간부급의 기사들과 기병들이 아연한 표정을 짓는 동안 중군에 속해 있던 버나드가 도착했고 그를 맞이하기 위해 아벤이 앞으로 나섰다.

"이제 오셨습니까?"

오랜 진군 탓에 핼쑥한 얼굴이었지만 버나드는 당당하게 말에서 내렸다. 그리고 굳은 표정으로 아벤을 향해 물었다.

"소문에 대해 확인했습니까?"

"확인을 할 수는 없었지만 여러 정황으로 따져 확실한 것 같습니다."

"…그렇습니까?"

씁쓸한 듯 버나드는 대꾸했다.

"앞으로의 문제에 대해 회의를 해야 할 것 같습니다. 준비해 주십시오."

"알겠습니다."

아벤이 대답과 함께 물러서려 하자 버나드는 다시 그를 불러 세웠다. 그는 곤혹스런 표정으로 천천히 팔짱을 끼었다. 그리고 마침내 결심한 듯 어렵게 입을 열었다.

"회의 규모는 상당히 커야 할 것 같습니다. 각 군단장과 천기장을 포함, 크루세이더 이상의 검사는 모두 참여하며 소속 집단의 우두머리도 빠짐없이 참석토록 하십시오. 소문은 어느 정도로 퍼졌습니까?"

"주요 성에 딸린 마을로부터 시작되었습니다. 당연히……."

"…포란 시장도 참석토록 하십시오."

버나드의 명령에 아벤은 잠자코 있었다. 이윽고 느릿하게 고개를 끄덕이며 아벤은 중얼거렸다.

"중론을… 모아야 한다는 뜻입니까?"

"그렇습니다."

힘없이 버나드는 대꾸했다.

"지금부터의 전투, 상당히 힘들 테니까요. 이제 우리에겐 기댈 곳이 없으니까요."

"알겠습니다."

대답과 함께 돌아서는 아벤의 얼굴도 그리 밝진 않았다. 버나드 곁에 있던 키렌과 프란츠를 발견하고도 반가움이 들지 않을 정도로 그의 심기는 매우 어두웠다. 그리고 무적의 포커페이스를 자랑하는 아벤의 얼굴은 그 감정을 숨김없이 드러냈다. 마치 현재 레스터가 처한 상황을 표현하듯.

백작부의 작은 홀에 마련된 회의실은 여러 사람이 모여들어 어수선한 분위기였다. 국왕 브라이튼 폰 카프가 암살당했다는 소문을 알고 있었던 자도 알지 못했던 자도 불안한 표정으로 연신 걱정을 털어놓았다. 웅성거림이 잦아든 것은 버나드가 홀에 들어설 때까지 계속됐다.

침통함을 감추기 위해 애쓰며 버나드는 자리에 앉아 좌우를 둘러보았다.

　오른쪽에는 근위대의 천기장들이 이 열로 앉아 있었다. 앞줄은 찰스 휘하의 4근위대가, 그 뒤로 도널드의 7근위대가 있었다. 문이 열리며 뒤늦게 4근위대의 부관인 마크 시모어가 부상당한 몸을 이끌고 들어왔다. 그는 머뭇거리더니 곧 버나드를 향해 경례를 했다.

　"저도 회의에 참석할 수 있도록 해주십시오."

　"앉아라."

　버나드는 짤막하게 말한 후 그를 받아들였다. 마크는 얼른 4근위대의 말석, 제니퍼의 곁에 앉았다.

　버나드는 왼쪽으로 고개를 돌렸다. 바로 곁에 하이렌과 프란츠, 아벤 등 레스터를 담당하는 자들이 앉았다. 그리고 아벤의 뒤로 버나드가 알지 못하는 네 사람이 나란히 앉아 숙연한 표정을 짓고 있었다. 하이렌이 이끄는 레스터 소속의 지휘관들 곁으로 포란 시장이, 상회를 대표하여 알과 레온이 있었고 그 뒤로 바론과 또 한 명의 버나드가 모르는 사람이 있었다. 그 옆으론 캐러디안 숲을 대표하여 로딘과 제프, 키리모아, 타스틴이 있었고 버나드의 맞은편에 키렌과 거너, 알란, 윌, 앤더슨의 친위대 기사가 자리를 잡았다.

　모여야 할 사람들은 얼추 모였다고 판단한 버나드는 천천히 입을 열었다.

　"모두들 알겠지만 현재 상황이 매우 안 좋다."

　잠시 시간을 둔 후에 버나드는 다시 말했다.

　"국왕 폐하께서 암살당하셨다 한다. 흉수는 히드리크. 왕국의 수석 마법사이며 7써클의 마스터이기도 하다. 또한 왕자이신 리처드 전하께선 행방 불명 상태이다."

그 말이 들린 순간 알의 뒤에 앉아 있던 수요의 몸이 움찔했다. 그러나 누구도 그를 주목하지 않았고 버나드의 연설은 계속되었다.

"간단히 말하자면 현재 페나인 왕가는 붕괴되었다. 아직 레니아 왕비에 대한 소식은 없지만 그 역시 장담할 순 없을 것 같다. 수도와의 연락은 여전히 두절 상태이며 짐작컨대……."

버나드는 깊이 한숨을 쉬었다.

"수도는 대혼란 상태일 것이다. 레스터로 올 지원군은 없다."

현재 처한 상황을 설명하던 버나드는 좌중을 훑어보았다. 그 누구도 선뜻 입을 여는 이는 없었다. 반응을 지켜보던 버나드는 팔짱을 끼며 단호하게 외쳤다.

"내가 그대들을 모은 것은 정전이냐, 응전이냐를 선택하기 위해서가 아니다. 상황이 어떻든 우리로선 싸울 수밖에 없다. 그리고 승리해야만 한다. 내 생각에 반대하는 자가 있는가?"

버나드의 질문에 모두들 고개를 저었다.

"좋아. 중론은 모아졌군."

고개를 끄덕인 후 버나드는 자리에서 벌떡 일어섰다. 그리고 좌중을 향해 외쳤다.

"그렇다면 승리할 수 있도록 모두의 힘과 지혜를 모아야 한다! 그대들이 생각하고 있는 책략이 있거든 말하라! 적극 채용하도록 하겠다!"

버나드의 일장 연설은 결국 마지막 한마디로 요약할 수 있었다. 간단히 말하자면 최고 사령관인 버나드에겐 이제 비책이 없으니 아무거라도 얘기해 보란 뜻이었다. 다소 웃기는 부분이었지만 그럼에도 좌중은 아무도 웃지 않았다. 상황이 심각했기 때문도 있었지만 근위대와 친위대의 기사들이 버나드의 방식을 알기 때문이 더 강했다.

그리고 버나드의 말이 끝나기 무섭게 찰스가 손을 들었다.

"공작 각하, 야전을 택해야 한다고 생각합니다."

"그건 옳지 않습니다, 찰스 경. 적은 언데드 계열의 좀비와 스켈레톤을 주력으로 하고 있습니다. 죽여도 죽지 않는 녀석들과 야전에서 붙는다는 것은 몰살을 각오해야 합니다. 제 생각엔 성에 틀어박혀 적의 허점을 찾는 것이 급선무라고 생각합니다."

바로 곁에 있던 다니엘이 반박했다. 그리고 슬쩍 손을 들었다 놨다. 뒤이어 도널드가 손을 들었다.

"적에겐 대포가 있습니다. 그것이 있는 한 성에서 싸우는 것은 안전하지 못합니다. 성벽은 단숨에 붕괴될 것입니다."

이번엔 친위대 소속 키렌의 부하 거너가 손을 들었다.

"대포는 없습니다. 단언하건대 저희가 돌진하여 다섯 대 모두 부쉈습니다."

자네트의 손이 올라갔다.

"그건 모르는 일이지 않나요? 레스터가 적의 주된 전장은 아닐 테니 분명 윈저와 위클리프에도 수십 대의 대포가 있다고 봐야 할 겁니다. 적은 얼마든지 대포를 가져올 수 있다고 보는데요?"

"그렇다면 별동대를 조직해 대포 수송을 막으면 돼! 어차피 적은 대포가 없으면 성벽을 넘을 수 없을 테니까. 안 그래, 자네트?"

이번에도 손을 들지 않은 채 다니엘이 나섰다. 자네트는 매섭게 다니엘을 노려봤다.

"회의 중이야! 발언할 것이 있으면 손을 들고 정중하게 경.어.를 붙이란 말야. 그런 사소한 규칙도 지키지 못해?"

"둘 다 그만 해!"

듣고 있던 버나드가 버럭 소리쳤다. 그 바람에 막 입을 벌려 반박하려던 다니엘은 머쓱한 표정과 함께 물러섰다. 사나운 표정으로 두 사람을 쏘아보던 버나드는 다시 회의를 재개했다.

"근위대는 야전을, 친위대는 성전을 택해야 한다는 말인가?"

"저는 성전입니다."

불쑥 다니엘이 나섰지만 버나드는 깨끗이 무시했다.

"결국 대포라는 것이 문제로군."

턱을 쓰다듬던 버나드는 못마땅한 표정으로 다니엘을 슬쩍 쳐다봤다. 그가 발언한 것 중에 '별동대의 조직'이란 구절이 제법 맘에 들었기 때문이다. 그는 키렌을 향해 물었다.

"별동대를 조직하여 대포의 수송을 막는다는 생각은 어떤가?"

키렌이 손을 들었다.

"좋은 생각이긴 합니다만, 대포가 어디로 올지 알 수 없다는 것이 문제 아닐까요? 게다가 대포는 적에게 있어서도 유용한 무기, 수송 병력도 제법 만만치 않을 텐데 항상 통용될 거란 생각은 들지 않습니다."

"막는 것은 한두 번이면 되지 않겠습니까? 적에게 대포가 남아도는 것이 아니라면."

이번에도 다니엘은 손을 들지 않았다. 곁에 있던 자네트가 그의 옆구리를 쿡 찌른 후 손을 들었다.

"만약 그들에게 대포를 제조할 능력이 있다면 어쩌죠? 그렇다면 굳이 수송을 할 필요도 없게 되잖아요? 그저 마을을 점거하여 대장간을 사용하기만 하면 될 테니까요."

고개를 끄덕여 자네트의 의견에 동의하며 찰스도 손을 들었다.

"그렇게 되면 별동대로 조직한 기사들이 빠져나간 상황에서 성 전투

를 치러야 합니다. 소수의 병력이라고 해도 막강한 전투력을 보유하게
될, 어쩌면 크루세이더 급 이상으로 조직될 별동대를 제외하고 전투를
치를 순 없지 않습니까?"

다시 키렌의 손이 올라갔다.

"하지만 야전도 그리 만만한 것은 아닙니다. 다니엘 경이나 제니퍼
님의 말도 있듯이 적은 스켈레톤이란 말입니다. 우리로선 그것들을 막
을 수 있는 방도가 없지 않습니까?"

도널드가 손을 들었다.

"함정을 설치하거나 강물을 이용한 수공 등 야전을 택할 경우 여러
가지 방법을 시도할 수 있지 않습니까?"

친위대의 알란이 손을 들었다.

"우리가 상대하고 있는 녀석들은 몇백의 스켈레톤이 아닙니다. 그깟
함정으로 과연 몇이나 없앨 수 있겠습니까?"

그러자 찰스가 손을 들며 버나드를 쳐다봤다.

"일전에 공작 각하께서 말씀하신 것이 기억납니다. 뉴카슬 협곡 전
투에서 키렌 경이 대포를 부수기 위하여 적의 지휘부를 강타했을 때
오크 군단의 진군이 멈추었던 것 말입니다. 죽지 않는 스켈레톤이라고
해도 의지가 없는 것들입니다. 결국 지휘부에 있는 자들, 스켈레톤을
조종하는 마법사들을 죽이면 만사 끝나지 않겠습니까?"

버나드는 고개를 끄덕이며 잠시 궁리했다.

잠자코 근위대의 말석에 앉아 있던 마크가 손을 들었다.

"저는 뉴카슬 협곡 전투에 참가하지 않았기에 스켈레톤이란 것이 어
느 정도 전력인지 알 수 없습니다. 다만 책을 통해 주워들은 지식이 전
부일 뿐인데 전해지는 바로는 언데드 계열의 몬스터들은 주술에 의해

되살린 후 조종한다고 되어 있습니다. 그렇다면 그 주술자, 또는 조종하는 자를 찾아 죽이면 깨끗이 해결될 겁니다. 그 방법을 택하려면 적의 지휘부를 공격하기 쉽게 야전을 택하는 것이 옳은 방법입니다."

마크의 말에 근위대 소속의 기사들이 찬동을 표시했다. 그러나 마크의 말은 아직 끝나지 않았다.

"하지만 제가 알기로 뉴카슬 협곡 전투는 낮에 이루어졌습니다. 언데드 계열의 몬스터는 밤에만 움직일 수 있다고 전해지는데 어떻게 낮에 공격을 해왔을까요? 여기엔 우리가 모르는 것, 즉 적 측의 마법사는 개량된 언데드를 만들 수 있다는 뜻이 아닐까요? 우리가 알고 있는 자료는 아주 오래된 것이란 얘기입니다. 우리는 적에 대해서 '여전히' 모르고 있다고 봐야 할 겁니다."

"옳은 말이다, 마크. 그럼 그대는 성전을 주장하는 것인가?"

"그렇습니다, 공작 각하."

도널드의 손이 올라감과 동시에 다급하게 질문했다.

"그럼 대포는?"

마크는 침착하게 손을 들어 그의 질문에 답변했다.

"별동대의 조직에 찬동하는 바입니다. 키렌 경께선 대포의 수송이 이루어질 경우 어디로 올지 모른다고 하셨지만 그 생각은 틀립니다. 저는 레스터로 진군하기 전에 지리에 대해서 나름대로 자료를 수집해 봤기 때문에 대포가 수송될 경로를 유추할 수 있습니다."

마크가 자료를 찾았다는 것은 하이렌을 잡는 것과 동시에 레스터 영지를 장악하기 위해서였다. 그는 잠시 버나드와 하이렌에게 사과의 의미로 고개를 숙였다.

"대포는 의외로 무겁습니다. 야론 인들이 지벡엔 대포를 설치하지만 그보다 작은 선박엔 싣지 않는 이유가 여기에 있습니다. 즉, 강을 건너기 위해선 큰 배가 필요하다는 얘기입니다. 그럼 위클리프로부터는 들어올 수 없게 됩니다. 왜냐하면 윈저와 레스터를 가르는 강 하류는 폭이 넓어 큰 배가 다니지만 중류는 그렇지 못하기 때문입니다. 그보다 상류엔 다리가 있지만 숲과 언덕 같은 지형적인 요소가 있어 역시 무거운 대포를 끌고 가기 힘듭니다. 또한 아직 리저드 군은 거기까지 세력을 펼치지 못했다는 점도 있습니다. 그럼 남은 경로는 한곳, 윈저의 강을 건너 레스터 남부로부터 들어올 수밖에 없습니다. 길은 세 곳인데 뉴카슬 협곡이 무너졌기 때문에 남는 건 두 곳뿐입니다. 뉴카슬 협곡의 좌우로 연결된 길이죠. 한데 동쪽은 아직 레스터의 소영주들이 건재해 있습니다. 아직 리저드 군의 세력이 아니란 얘깁니다. 그럼 이제 남은 길은 한곳뿐이지요."

길고 긴 마크의 설명이 이어지는 동안 모두들 감탄을 금치 못했다. 확실히 근위대 최고의 부관이란 칭송에 걸맞은 분석이었다. 그는 레스터의 지리를 훤히 꿰뚫고 있었다. 모두의 감탄 어린 시선을 한 몸에 받으며 마크는 염려스러운 표정으로 마지막 말을 꺼냈다.

"하지만 적에게 대포를 제조할 능력이 있다면 상황은 크게 바뀔 것입니다, 공작 각하."

'으음' 하고 버나드는 신음했다. 마크의 분석에 근위대의 기사들도 무조건 야전을 주장하지는 않게 되었지만 여전히 성전을 택할 수도 없었다. 적에게 대포가 있다는 것은 그만큼 위협적이었다. 자칫 잘못하면 성벽에 둘러싸여 탈출조차 못하고 전멸당할 수도 있기 때문이었다. 게다가 버나드는 몰랐지만, 이미 윈저 성이 그런 식으로 함락되었다.

문득 버나드의 시야에 아벤이 뒤에 앉은 이와 속삭이는 것이 들어왔다. 처음엔 무슨 일인가 하고 의문을 가졌지만 곧 깨달았다. 이런 식의 회의에 익숙한 자들은 버나드를 잘 아는 자들, 군부에 속한 자들일 수밖에 없었다. 지금까지 발언을 한 이들이 전부 근위대와 친위대의 기사들인 것이 바로 그 증거였다.

오른편에 기사들이 몰려 앉아 있으니 자연히 버나드의 시선도 그쪽으로 향했고 왼쪽은 신경 쓰지 못했다. 그저 아무런 의견이 없는 것으로만 판단했다. 하지만 왼쪽에 앉은 이들 중 태반은 평민이었고 그들이 기사들과 동등하게 회의를 한다는 것을 상상조차 못했을 테니 잠자코 있었음이 분명했다.

버나드의 눈빛이 반짝였다. 원래 이런 식으로 회의를 주재한 가장 큰 이유는 다양한 의견을 수렴하여 보다 좋은 책략을 짜내기 위함이었다. 상당히 효과적이긴 했지만 군부에서도 정착하기까지 꽤 오랜 시일이 걸렸다. 그러나 효과는 기대 이상이었다. 그것을 떠올린 버나드는 곧 손을 뻗어 아벤의 뒤를 가리켰다.

"거기, 말하라."

지목당한 이는 미크였다. 그는 눈을 동그랗게 뜨고 쭈뼛거렸다. 그러나 버나드는 이해한다는 듯 미소를 지으며 다시 반복했다.

"손을 들고 그대의 이름, 소속과 함께 그대의 의견을 말하도록 하라. 뭔가 할 말이 있는 것 같은데?"

"저, 저는……."

머뭇거리며 미크가 손을 들었다.

"미크라고 합니다. 소속은… 윈저 출신으로 브리튼 대학의 기계학 교수입니다. 전에는 행크 베이머 경 휘하에서 정보를 담당했습니다만 현재는 알의 추천으로 아벤 경의 밑에 있습니다."

"아, 됐다. 자기소개는 그 정도로 하고 그대가 아벤 경에게 하던 말은 무엇인가?"

"대포에 관련된 것이었습니다."

"대포?"

아벤이 손을 들었다.

"미크의 말에 의하면 적에게 대포를 제조할 능력은 없을 것이라고 합니다."

그 말에 버나드와 오른편에 있던 기사들이 깜짝 놀랐다.

"어째서 말인가?"

버나드의 질문에 미크는 정중하게 답변했다.

"현재 페나인이 가지고 있는 기술로는 대포를 만들 수 없기 때문입니다."

"그것을 어찌 장담할 수 있는가?"

"제가 만들어봤기 때문에 압니다."

그 말은 확실히 효과가 있었다. 대부분의 사람들이 감탄을 넘어 경악했다.

"그, 그대가… 만들어봤단 말인가?"

"그렇습니다. 대포는 야론 인들의 무기이지만 윈저 대공께선 대포가 달린 지벡을 여러 척 구입하여 저에게 분석할 것을 명하셨습니다. 그렇기 때문에 저는 대포의 구조에 대해 잘 알고 있으며 일찍이 설계 도면을 작성한 바 있습니다."

설명하면서 미크는 점차 자신감을 가졌다. 원래 대학 교수였던 만큼 언변이 뛰어난 것도 한몫하여 그는 점차 모두를 둘러보는 여유까지 생겼다.

"기본적으로 대포는 포신과 화약, 포탄으로 나뉘어집니다. 포신에 화약과 포탄을 넣고 불을 붙여 발사하는데, 화약이 터지면서 생기는 폭발력에 의해 포탄이 날아가는 원리입니다. 포탄은 둥근 공처럼 생겼는데 쇠로 만듭니다. 또한……."

"그건 아무래도 상관없네. 여하튼 그대는 대포를 만들 수 있다는 말인가?"

"…죄송합니다. 대포의 구조에 대해선 알지만 대포를 만들 순 없습니다."

버나드는 크게 실망했다.

"구조를 알면서 왜 만들 수 없단 말인가?"

"포탄과 화약 제조는 성공했습니다만 결정적으로 포신을 만들 수 없기 때문입니다."

문득 건너편에 있던 다니엘이 소리쳤다.

"화약을 만들 수 있단 말인가?"

"그렇습니다. 아직 개량의 여지는 있지만 야론 인들이 가져온 화약에 크게 뒤지진 않습니다."

"놀랍군. 그것만으로도 굉장해. 화약이 있었다면 저스틴 대공의 방어선은 왜 뚫린 거지?"

"애초의 목적이 대포 제작이었기 때문입니다. 포신을 만들 수 없어 화약 제조에 힘쓰지 않았거든요. 그래서 화약은 그리 많지 않았습니다."

대답을 하던 미크는 질끈 입술을 깨물었다. 다니엘의 지적대로 만약 화약을 다량 보유하고 있었다면 그렇게 무참하게 무너지지 않았을지도 몰랐다. 미래를 알 수 없으니 자신을 탓할 수는 없었지만 지금 이 순간 미크는 자책하지 않을 수 없었다.

"포신이란 무엇인가? 왜 만들 수 없는 거지?"

궁금한 듯 버나드가 물었다. 미크는 곧 정신을 차렸다.

"포신은 상반부와 하반부로 나뉩니다. 상반부는 화약과 포탄을 장전하는 곳으로 한쪽이 뚫린 둥근 원통을 생각하시면 됩니다. 하반부는 지지대로써 화약이 터질 때의 반동을 흡수하는 곳입니다. 대개는 땅속 깊이 묻지만 충격이 크기 때문에 이것 역시 철로 제작됩니다. 문제는 상반부의 둥근 원통인데 이것을 단번에 깎아 들어가야 한다는 점입니다. 현재 페나인에는 그런 기술이 없습니다."

"무슨 뜻인지 모르겠군."

버나드의 중얼거림과 함께 다니엘이 처음으로 손을 들고 발언했다.

"나도 대포를 직접 본 적이 있는데, 그럼 그 홈은 원통 상태에서 팠다는 뜻인가?"

"그렇습니다. 제가 시도했던 방법은 쇠로 만든 원통을 반으로 쪼개 각각 홈을 판 후에 합치는 방식이었습니다. 그렇게 하면 일단 겉보기엔 똑같아 보이지만 발사 시에 충격을 이겨내지 못하고 열 개 중 여덟 개는 폭발과 동시에 포신이 부서집니다. 그리고 나머지 두 개 역시 서너 발을 버티지 못했습니다."

미크는 잠시 생각을 정리한 후에 두 손가락을 폈다.

"제가 생각한 방식은 두 가지인데 야론 인들이 선택한 것이 어느 것인지는 정확히 모르겠습니다. 첫 번째는 철을 녹여 형틀 속에 부어 굳히는 것이고 두 번째는 굴착기를 이용해 원통에 홈을 파는 것입니다. 그러나 어느 것이든 우리 페나인엔 없는 기술입니다. 고열의 철물을 견딜 수 있는 형틀을 제조한다는 것도 불가능하고 철덩어리를 뚫을 정도의 굴착기를 제조한다는 것도 불가능하기 때문입니다."

미크는 버나드에게 고개를 돌리며 덧붙였다.

"그렇기 때문에 설사 적에게 대포 기술자가 있다 해도 대포를 제조할 수는 없습니다."

확신 어린 미크의 말이었지만 버나드의 표정은 그리 밝지 않았다.

내심 대포를 만들 수 있지 않을까 기대했던 탓이다. 하지만 확실히 전략을 세우는 데 큰 도움은 되었다. 적에게 대포를 제조할 능력이 없다면 결국 수송밖엔 없었다. 그 경우엔 마크 시모어의 설명처럼 별동대로 하여금 미리 요지를 선점하여 중간에 부술 수 있었다.

버나드는 천천히 고개를 끄덕이며 머리 속으로 전략을 세워 나갔다.

그때 로딘이 손을 들었다.

"드워프라면 어떻습니까? 기계 제작에 있어선 드워프들이 인간들보다 더 뛰어나지 않습니까? 그들은 대포를 만들 수 있지 않을까요?"

그 질문에 미크는 놀라 입을 벌렸다. 잠시 생각을 한 끝에 그는 손을 들었다.

"저는 드워프와 접촉한 적이 없어 그들의 기술 수준을 알지 못합니다. 하지만 가능성이 있을 것 같습니다."

"드워프가 대포를 사용했다는 얘긴 들은 적 없어. 만들 수 있다면 왜 그런 얘기가 없었겠어?"

다니엘이 투덜거렸다. 그러자 곁에 있던 자네트가 그의 뒤통수를 갈겼다.

"그야 당연하지. 드워프는 대포의 구조를 모르니까 만들 수 없는 거 아니겠어?"

두 사람을 향해 눈을 부라려 입을 막은 후에 버나드는 고개를 끄덕였다. 회의의 규칙에 어긋나긴 했지만 두 사람의 말은 분명 시사하는 바가 컸다. 미크는 대포의 구조를 알지만 만들 능력이 없는 것처럼 드워프는 만들 능력은 있지만 구조를 모를 수도 있었다.

버나드는 로딘을 바라봤다.

"아는 드워프라도 있나?"

로딘은 어깨를 으쓱했다.

"카네비스 산 남쪽 중턱에 드워프들이 살고 있습니다. 저희와 약간 친분이 있긴 하지만 과연 도와줄지 의문이군요. 그들은 세상일에 관여하지 않으니까요."

"혹시 카프 마을 북쪽에 살고 있는 드워프를 말하나요? 거기 족장이 아마… 그래, 둔이라고 했어요. 맞나요?"

얼른 레온이 끼어들었다.

"맞아요."

의외라는 듯 로딘은 눈을 동그랗게 뜨고 레온을 바라봤다.

"알고 있었나요?"

"네, 알아요. 우리와 거래하고 있거든요."

레온의 대답과 함께 알이 손을 들었다.

"그들의 도움을 받을 수 있을 것 같습니다, 공작 각하."

"어떻게 말인가?"

알은 미소와 함께 레온을, 아니, 그의 허리춤에 매달린 카논의 세이버를 쳐다봤다.

"잘은 모르겠지만 이 검을 보더니 아무런 조건 없이 우리와 거래를 텄으니까요. 적어도 레온의 부탁이라면 거절하지 않을 것 같습니다."

"그렇지. 언젠가 레온이 카논의 세이버를 만든 드워프를 만났다고 했었는데 바로 그들을 말하는 것이로군."

키렌도 한마디 했다.

"가능성이 조금이라도 있다면 매달려 봐야겠지."

그렇게 중얼거린 후에 버나드는 좌중을 훑어봤다. 이제 결정의 때가 된 것이다. 모두의 의견을 수렴한 버나드가 어떤 결정을 내리고 어떤 방침을 내세울지 근위대와 친위대는 긴장하여 지켜봤다. 왼쪽에 앉아 있던 자들도 기사들의 반응에 덩달아 긴장했다.

뒤이어 버나드는 간단명료하게 말했다.

"성전이다."

그 말이 끝남과 동시에 근위대의 기사들은 분주하게 머리를 굴렸다. 자신이 맡을 곳, 담당해야 할 것들에 대해서 재빨리 계산하는 것이다.

회의가 진행되는 동안엔 자신의 주장을 굽히지 않지만 일단 작전이 세워지면 그것을 성공시키기 위한 것만 생각하는 것, 그것 또한 버나드의 방식이기도 했다. 이것이 군부를 장악한 버나드의 힘이었으며 근위대의 저력이었다. '생각은 깊게, 행동은 신속히'라는 버나드의 철칙은 여전했다.

제일 먼저 생각을 정리한 이는 찰스 채프맨이었다. 그는 프란츠에게 눈을 돌렸다.

"포란 마을의 주민은 총 얼마나 됩니까?"

"약 십만가량 됩니다."

"많지도 적지도 않은 수로군요. 포란 성에 모두 수용할 수 있습니까?"

"가능합니다."

프란츠는 시원하게 답변했다. 군사학은 그 역시 정통해 있었기에 찰스의 질문이 무슨 뜻인지 잘 아는 탓이었다. 그리고 곧바로 포란 시장에게 고개를 돌렸다.

"지금 즉시 포란 시민들을 피난시킬 준비를 하시오."

"알겠습니다, 나리."

찰스는 만족한 듯 버나드를 바라봤다.

"성의 수비는 저희가 담당하겠습니다. 더 지시할 사항이 있습니까?"

"음, 주민들은 하이렌, 네가 맡아라. 별동대의 구성은 키렌과 로딘이 맡도록. 레온과 알은 카네비스 산으로 가서 드워프의 협조를 요청해라. 제니퍼께서 동행해 주십시오."

"그렇게 되면 수도와 연락할 사람이 없습니다, 공작 각하."

얼른 다니엘이 나섰다.

"그보다는 산에서 빨리 돌아오는 것이 더 중요하다. 여기서 그리 멀지 않으니 시일은 오래 걸리지 않을 것이다."

"그럼 저도 다녀올 수 있도록 허락해 주십시오."

당당하게 요구하는 다니엘의 모습에 버나드는 황당해졌다. 그를 몰랐다면 모르되 적어도 버나드가 알기론 다니엘이란 녀석은 '인생은 정열'이라든가 '산다는 것은 여자와 만나기 위한 것'이라든가 '검과 책과 여자 중 최고는 여자' 같은 지론으로 중무장된 녀석이었다.

그러나 새삼 제니퍼를 쳐다보니 확실히 다니엘의 취향에 어울리는 미인이었다. 버나드는 지끈거리는 이마를 지그시 누르며 환히 웃었다.

"그래, 갔다 와라."

다니엘이 뛰어난 능력을 소지하고 있음에도 불구하고 군단장은커녕 부관도 될 수 없었던 이유는 성격 탓이 컸다. 적어도 전투가 시작되기 전까진 다니엘은 군대에서 전혀 필요없는 인물이었다. 그런 다니엘을 버나드는 기분 좋게 내쫓기로 결심했다.

그의 그런 생각을 아는지 모르는지 다니엘은 입이 찢어져라 웃으며 제니퍼에게 윙크하기에 여념이 없었다. 그 모습이 못마땅한지 자네트가 손을 들어 쿡 하고 눈을 찔렀다. '아약' 하며 다니엘이 고함을 지르는 것과 동시에 버나드는 자리에서 일어섰다.

"그럼 회의는 여기까지다. 각자 맡은 바 책무를 다하도록. 잊지 말아야 할 것은 우린 이기기 위해 싸우는 것이란 점이다. 이상!"

구령과 함께 다니엘을 제외한 기사들이 동시에 일어났다. 그리고 각자 위치로 즉시 이동하기 시작했다. 얼결에 따라 일어선 사람들도 곧 정신을 차리며 분주히 움직였다.

기회라고 생각한 알이 혼잡한 틈을 타서 버나드에게 접근했다.

"공작 각하."

어깨 너머 알을 확인하며 버나드가 물었다.

"뭔가?"

"드릴 말씀이 있습니다."

심각한 알의 얼굴에서 뭔가 심상치 않음을 느낀 버나드는 자세를 바로했다.

"중대한 일인가?"

"네, 그렇습니다. 지금 상황을 단번에 뒤집을지도 모릅니다. 물론……."

알은 주변을 훑어보며 목소리를 낮췄다.

"비밀이어야 합니다."

잠시 알을 쳐다보던 버나드는 무겁게 고개를 끄덕였다.

"따라오게."

집무실을 떠올린 버나드가 걸음을 재촉했고 알이 뒤를 따랐다. 그의 곁으로 어느새 수요가 달라붙었다. 그는 눈짓으로 알에게 고마움을 표시하고 엄숙한 표정으로 버나드의 등을 바라봤다.

저벅저벅.

한참을 앞서 걷던 버나드는 걸음을 멈추고 등을 돌렸다. 그리고 냉랭한 눈빛으로 뒤쪽을 노려봤다.

"넌 왜 따라오는 거냐?"

"아, 저, 그게… 중대한 일이란 것이……."

알이 주저하며 말을 잇지 못하는 동안 갑자기 그의 뒤에서 또 다른 목소리가 들렸다.

"저 빼고 또 무슨 비밀 이야기를 나누려는 거죠?"

깜짝 놀라 뒤돌아보니 어느새 청빛 머리칼 밑으로 음침하고 뾰로통한 표정을 자아내는 레온이 서 있었다.

"중대한 사안이니 너는 돌아가서 네 일을 해라."

"싫어요!"

레온은 흘깃 수요를 보고는 투덜거렸다.

"알은 물론 수요도 가는데 왜 전 안 된다는 거죠?"

버나드의 이마에 잔주름이 살짝 잡혔다. 난감한 표정을 짓고 있던 알도 슬쩍 수요를 쳐다봤다. 그의 눈빛을 받은 수요가 밝게 웃으며 고개를 끄덕였다.

"뭐, 친구 사이잖아? 괜찮겠지."

수요가 쾌히 승낙하자 알은 곧 얼굴을 폈다.

"레온도 모르는 사이가 아니니 데려가도 될 것 같습니다, 공작 각하."

"알았네. 그렇게 하지."

문득 수요가 버나드를 똑바로 쳐다봤다. 그의 강렬한 눈빛에 버나드가 기이함을 느끼는 동안 수요는 입을 열었다.

"괜찮다면 키렌 경도 참석할 수 있었으면 합니다만."

"……."

수요를 바라보던 버나드의 눈동자가 흐르듯 알에게 향했다. 그리고 알의 고개가 살짝 끄덕여지는 것을 주시했다.

"알았다."

대답과 함께 버나드는 지나가던 기사에게 키렌을 불러올 것을 지시했다.

되돌아 집무실로 걸어가며 버나드는 등 뒤에 있는 수요란 청년에 대해 생각했다. 꼭 알의 의견이 아니더라도 버나드 또한 키렌을 부르는 데 반대하지 않았을 것이다. 그리고 그래야만 한다는 생각이 들었다. 그럴 이유가 전혀 없음에도 불구하고 수요의 강렬한 눈빛은 거부할 수 없는 뭔가를 내포했다. 그리고 그 점이 버나드를 혼란스럽게 했다.

"불렀어요, 형?"

씩씩하게 문을 열고 들어오던 키렌은 집무실 안에 다른 사람이 있는 것을 보고 걸음을 멈췄다.

"들어와라, 키렌."

버나드가 손짓을 하자 키렌은 앉아 있는 사람들의 얼굴을 살피며 걸음을 옮겼다. 버나드의 좌우로 레온의 푸르죽죽한 머리칼과 함께 몇 번 얼굴을 마주쳤던 알과 수요의 모습이 눈에 띄었다.

이미 하이렌을 통해 버나드가 알을 신임하고 있다는 언질을 받았던 키렌은 약간 얼굴을 찡그렸을 뿐 불쾌함을 드러내진 않았다. 다만 알과 수요를 한번 쳐다본 후에 예의를 갖춰 버나드에게 용건을 물었다.

"무슨 일입니까, 공작 각하?"

대답 대신 버나드는 알에게 눈길을 돌렸다. 그의 행동에 키렌의 눈이 살짝 찌푸려졌다. 보아하니 자리를 마련한 사람이 알이란 판단에 기분이 나빠진 것이다. 그는 약간 험상궂은 얼굴로 알을 노려봤다. 그리고 험상궂은 말투로 물었다.

"무슨 일인가?"

대답 대신 알은 수요에게 눈길을 돌렸다. 그의 행동에 키렌의 눈은 더욱 찌푸려졌다. 보아하니 알은 수요의 부탁으로 자리를 마련했다고 판단한 것이다. 그는 더욱 험상궂은 얼굴로 수요를 노려봤다. 그리고 아주 사납게 으르렁댔다.

"뭐냐?"

그런 눈초리를 받고서도 수요는 웃었다. '환하게' 라든가 '기쁘게' 라는 내용이 아닌, '웃기네' 라는 내용을 담아 '피식' 하고 웃었다. 그의 웃음에 키렌의 불쾌지수가 급상승을 그렸지만 어느새 수요는 버나드를 바라보고 있었다. 키렌의 말은 수요에 의해서 간단히 씹혔다.

"버나드 공작께선 믿지 못하시겠지만……."

말하는 동안 수요의 주근깨와 툭 튀어나온 입은 서서히 굳어지며 약하게 경련을 일으켰다. 그리고 짧은 심호흡과 함께 수요는 또박또박 발음했다.

"나는 리처드 폰 카프입니다."

잠시 적막, 고요, 잠잠, 아니, 썰렁함이 집무실을 훑고 지나갔다.

으흠, 하고 헛기침을 한 키렌은 벌떡 자리에서 일어났다.

"그럼 전 별동대를 구성하러 가보겠습니다."

그리고 정말로 키렌은 문을 향해 성큼성큼 걸어나갔다. 더 들을 필요도 없다는, 아니, 못 들을 걸 들었다는 표정이 역력했다. 그의 뒷모습을 물끄러미 보고 있던 수요가 대뜸 한마디 했다.

"좋은 아침입니다, 키렌 경."

"미친 녀석! 지금은 저녁을 향해……."

벌컥 소리 지르며 분개하던 키렌은 퍼뜩 떠오른 생각에 걸음을 멈췄다. 뒤돌아서는 키렌의 얼굴은 굉장히 엄청난 것을 들었다는 표정으로 바뀌었다. 그리고 그의 눈빛은 정확하게 수요를 향했다.

"지, 지금 뭐라고 했지?"

"좋은 아침이라고 했습니다."

툭 튀어나온 입이 일그러지며 옅은 미소를 지어냈다.

"그, 그렇지만……."

당황한 키렌이 얼른 자리로 돌아와 앉았다.

"아니, 아니! 믿을 수 없어!"

그리고 연신 고개를 저었다.

"어떻게 그 인사법을 알고 있는 거지? 그건, 그건 숨겨진 방에 들어갈 때의 암호인데 말이야. 대체 어떻게……? 믿을 수 없어, 믿을 수 없어."

키렌은 머리를 감싸 쥔 채 혼잣말을 중얼거렸다.

잠시 당황한 표정을 짓고 있던 레온이 조심스럽게 말을 꺼냈다.

"수, 수요? 리처드 폰 카프라는 이름은 왕자의 이름이야. 네가 함부로 사칭할 수 있는 이름이 아니라고."

"바로 그 왕자가 나라고 얘기하는 거야."

대답하는 수요의 표정은 평상시처럼 장난이 가득했다. 그러자 키렌이 고개를 처들며 분개했다.

"하지만 우린 길에서 세 번이나 마주쳤었어! 내 눈을 속일 수 있다고 생각하나?"

"틀려요, 키렌 경. 그대는 나를 찾아 성을 나섰지만 우리가 마주칠 땐 항상 레온이 곁에 있었답니다. 난 레온의 뒤에서 되도록 그대를 피하려고 했으니 알아챌 수 없었던 거지요."

"말도 안 돼! 짧다면 짧겠지만 몇 날 며칠을 같이 보낸 적도 있는데 내가 전혀 짐작도 못했다는 것이 말이 되는가?"

그 질문에 수요의 갈색 눈동자가 기이하게 변했다. 장난기와 함께 엄숙함, 그리고 약간의 냉정함이 담긴 그 눈동자는 똑바로 키렌을 주시했다.

"나니까요, 키렌 경."

그 눈빛을 키렌은 아주 잘 알고 있었다. 분명 눈동자의 색은 달랐지만 그 눈빛이 담고 있는 내용을 키렌은 잘 기억했다. 그리고 리처드 왕자가 맘만 먹는다면 누구라도 속일 수 있는 '거짓말의 천재'라는 점 또한 뇌리를 스쳤다. 의식하지 못하는 사이에 키렌의 입이 벌어지며 경악했다.

묵묵히 앉아서 상황을 지켜보던 버나드가 천천히 팔짱을 꼈다. 그러나 시선은 수요에게 고정되었다.

"어떻게 된… 일입니까?"

버나드의 입에서 경어가 나왔다는 것에 수요는 주목했다. 적어도 버나드는 아무런 의심 없이 자신의 주장을 받아들였다는 뜻이었다.

그러나 막상 설명하려니 답답함이 치밀었다. 이건 지금껏 그가 해왔던 어떤 장난보다 심각했다. 자신의 가출 때문에 레스터 가문은 붕괴되었고, 리저드는 반란을 시작했으며, 아버지이자 국왕은 암살당했다. 그 모든 원인은 바로 수요, 아니, 리처드 자신에게 있었다. 히드리크의 꾀임에 당하지 않았다면 지금의 상황은 절대 닥치지 않았을 터였다.

그것을 잘 알고 있는 수요는 대답이 궁한 나머지 머리를 긁적였다. 그 모습을 물끄러미 쳐다보던 레온이 떨떠름한 듯 질문했다.

"저기 말야, 그럼 국왕 폐하께서도 너처럼… 음, 좀 미안한 질문이지만, 못생겼어?"

전혀 예상치 못한 질문에 다들 웃음을 참지 못했다. 엄숙한 표정을 짓고 있던 버나드조차 허탈하게 웃었다. 그리고 한참 폭소를 터뜨리던 수요는 웃음을 그치고 장난스럽게 대꾸했다.

"바보야, 원래 이 얼굴이었다면 키렌 경과 마주칠 때 벌써 들켜 버리지 않았겠어?"

"에? 그런 거야? 야, 다행이다. 아, 미안해. 하지만 그 얼굴은 정말 못생겼어. 나 지금 기사를 선택하지 않은 것에 대해 무지하게 잘했다고 생각하는 중이었단 말야."

그 말에 키렌의 얼굴이 살짝 일그러졌다.

"뭐냐, 레온? 그럼 국왕 폐하께서 잘생겨야 기사를 하겠다는 뜻인 거냐?"

"아니, 뭐… 꼭 그런 건 아니지만… 그래도 못생긴 것보단 낫잖아."

쭈뼛거리며 대답하던 레온은 얼른 수요의 눈치를 살피며 사과했다.

"어, 미안."

"아니, 괜찮아. 사실 내 원래 얼굴도 꽤 반반한 타입이거든? 그러니 나의 수호기사가 되어주지 않을래?"

"아니, 그건 거절하겠어. 어쨌든 난 상인이니까."

대답하던 레온은 이번엔 버나드와 키렌의 눈치를 살폈다. 그러나 두 사람 모두 그의 말에 귀 기울이지 않는 듯했다. 여전히 수요를 바라봤고 특히 버나드는 근심스런 표정으로 조심스럽게 질문했다.

"대체 얼굴은 왜 그렇게 된 것입니까? 보아하니 체형도 바뀐 것 같습니다만?"

"…마법에 걸렸습니다."

마지못해 수요가 대답하자 키렌이 알겠다는 듯 침착하게 대꾸했다.

"히드리크!"

"맞았어요, 키렌 경. 바로 그의 짓입니다."

"풀 수는 없습니까?"

"트렌스포메이션의 일종인 줄 알았는데 저번에 만났을 때 저주라고 하더군요."

버나드와 키렌이 놀라 되물었다.

"히드리크를 만났단 말입니까?"

"네, 죽을 뻔했죠. 뭐, 얼결에 한 장난에 목숨은 건졌지만……."

"다행입니다. 우리로선 굉장한 행운이라 아니할 수 없군요."

안도하던 버나드는 문득 잠자코 있는 알을 쳐다봤다. 그의 굳은 표정을 살피던 버나드는 뭔가 의아함을 느꼈다. 알의 성격에 단순히 키렌에 대한 경계심 때문에 이런 표정을 지을 리는 없다고 판단했다. 뭔가 다른 이유가 있으리라 생각한 버나드는 생각을 정리하던 중 곧 깨닫는 것이 있었다.

"그대가 아벤 경과 상의하지 않은 이유는……."

버나드는 흘깃 수요를 쳐다본 후에 얼굴을 찌푸렸다.

"확실히 그 저주를 풀지 않는 한은 왕자라고 할 수 없군요."

"그렇습니다, 공작 각하. 도착하실 때까지 수요와 나름대로 상의를 해봤습니다만 도저히 밝힐 수 없다는 판단이 들었습니다."

"수요라니! 이젠 리처드 전하, 아니, 폐하시다! 말을 조심하라, 알!"

키렌의 음성이 냉랭하게 집무실을 울리는 동안 버나드는 천천히 고개를 저었다. 그는 알과 수요를 번갈아 쳐다보며 입을 열었다.

"알의 판단이 옳은 것 같습니다, 전하. 지금으로썬 왕자라는 것을 증명할 길이 전혀 없으니까요. 오히려 아군에게 혼란만 가중될 뿐 그다지 효과는 없을 것입니다. 게다가 혹시라도 적에게 알려진다면 암살의 표적이 될 수도 있으니……."

말끝을 흐리는 버나드였지만 이해한다는 듯 수요는 수긍했다. 탄식하듯 키렌도 중얼거렸다.

"리처드 전하라는 것을 증명해 줄 사람은 적뿐이란 말이로군요."

"뭐, 그런 셈이지."

짧막하게 대꾸한 버나드는 수요에게 다짐하는 것을 잊지 않았다.

"우선 저주를 풀기 전까진 지금처럼 행동해 주십시오. 물론 저나 키렌을 포함한 이곳에 모였던 사람들도 전처럼 대할 것입니다. 무슨 뜻인지 아시겠죠?"

"압니다. 어쩔 수 없는 일이지만 그렇게 해야죠."

"저주를 푸는 방법은 없어?"

두 눈을 동그랗게 뜨며 레온이 물었다.

그러자 버나드와 키렌의 표정이 기이하게 변했다. 두 사람은 서로를 바라본 후에 쓴웃음을 지었다.

"왜, 왜 그래요, 형?"

두 사람의 반응이 이상했는지 레온이 어색하게 물었다.

"우리들 중에 수요가 왕자라는 것을 알면서도 전처럼 대하기 힘든 사람이 있다면 그건 너라고 생각했거든. 한데 말이 끝나기 무섭게 평소처럼 대화하는 게 너무 자연스러워서 말이야."

"의외라고 생각했을 뿐이다. 좋은 모습이니 그대로 계속하거라, 레온."

"아……!"

그제야 레온은 곁에 있는 수요가 왕자라는 사실을 자각했다. 그는 머리를 긁적이며 얼굴을 찡그렸다.

"그런 거 일깨우지 말아요. 괜히 의식하게 되잖아요."

레온의 반응을 지켜보던 두 사람은 속으로 괜히 말했다고 후회했다. 혹시라도 레온 때문에 수요의 정체가 들통나는 것은 아닐까 걱정하고 있는데 알이 수요의 귀에 뭐라고 속삭였다.

수요는 미소를 지으며 팔을 들어 레온의 어깨를 감쌌다.

"이봐, 우린 친구야. 그렇지?"

"어, 그래."

"그러니까 평소처럼 지내자고. 알았지?"

"어, 좋아."

시원스럽게 대답한 레온은 뭔가 이상하다고 생각했는지 잠시 천장을 지그시 쳐다봤다. 그리고 이내 고개를 저으며 수요를 향해 평소와 같은 미소를 건넸다.

"그래, 누가 뭐래도 넌 수요야. 그럼 됐지?"

"음, 좋아. 자, 그럼 아까 질문한 것에 대한 답변을 해줘야겠지?"

수요는 주위를 둘러보며 잠시 한숨을 쉬었다.

"저주를 풀기 위해선 어떤 종류의 것이었는지 확실하게 알아야 합니다. 시동어는 그다지 중요하지 않지만 주문의 내용을 알아야만 하죠. 그것만 안다면 어떤 마법사라도 풀 수 있을 겁니다. 물론 히드리크의 경우 7써클이었으니 상당히 고위급의 저주였을 가능성이 있습니다. 그래도 5~6써클의 마법사라면 풀 수 있을 거라고 생각합니다."

"그럼 주문의 내용을 압니까?"

"모르죠."

자신의 일임에도 불구하고 수요의 대답은 매우 명료하면서 담담했다. 실망하는 표정이 역력한 버나드와 키렌을 향해 수요는 냉정하게 지적했다.

"두 분께서 상대하고 있는 사람은 리처드 전하가 아니라 수요라는 자유민이란 사실을 유념하십시오. 나중에라도 실수하지 않으시려면 말입니다."

"그렇게 하겠… 네."

떨떠름한 듯 키렌이 대꾸했고 수요는 싱긋 미소로 화답했다. 문득 떠오른 생각에 수요는 한 가지를 더 덧붙였다.

"그러고 보니 히드리크가 그런 말을 했습니다. 자기보다 2써클 이상의 마법사라면 풀 수 있을 거라고요."

"2써클… 이상? 그렇다면 9써클?"

"그런 경지도 있었… 나? 난 7써클이 끝인 줄 알았는데?"

"아니야. 마법 체계는 10써클까지라고 들었던 것 같아."

"맞아요, 버나드 경. 10써클입니다. 그리고 그 10써클을 궁극의 마법이라고 하죠. 대개는 드래곤이 사용하는 용언 마법이 그 계열이라고 합니다."

"흐음, 그럼 인간도 그 경지까지 갈 수 있는 건가?"

그 질문에 대해 수요는 곧바로 대답하지 못했다. 그저 묵묵히 앉아 있을 뿐이었다. 반면에 버나드는 팔짱을 낀 채 신중하게 생각을 정리했다. 이윽고 한숨과 함께 그는 중얼거렸다.

"히드리크를 잡아와 저주를 풀게 만들던가, 9써클의 마법사를 찾아야 한다는 건가?"

"그런 마법사를 찾는다는 것도, 찾아서 아군으로 만든다는 것도 불가능할 것 같군요."

키렌이 대꾸했다.

"일단 찾기라도 해야지."

버나드의 고개가 저절로 떨구어졌다.

"있다면."

"죄송합니다, 버나드 공작 각하."

정말 미안했는지 수요는 기가 죽은 얼굴이었다.

"신경 쓰지 말게, 수요. 어쨌든 나로선 히든카드를 손에 쥐게 된 셈이니 그것만으로도 다행이네."

버나드는 키렌에게 눈을 돌렸다.

"별동대를 구성할 때 수요를 데려가게. 음, 뭐 식사 담당이라던가, 아무튼 그럴싸한 이유를 달아서라도 네가 데리고 있어."

"알겠습니다, 공작 각하."

키렌은 자세를 바로잡으며 씩씩하게 대꾸했다. 그리고 금세 몸을 숙이며 목소리를 낮춰 버나드에게 속삭였다.

"왕가를 친위대에 맡겨주셔서 감사합니다."

"당연한 일이다. 그리고 부탁한다, 키렌."

그의 어깨를 다독인 버나드는 곧 자리에서 일어나며 알과 레온을 바라봤다.

"너희들도 할 일이 있지? 미크라고 했던가? 그 대포 기술자를 데리고 가게. 그들이 대포를 제작할 기술을 가지고 있다면 우리로선 큰 도움이 될 거야."

"하지만 우린 성을 공격할 일이 없잖아요? 어차피 적은 밖에 있는걸?"

"그래서 넌 안 되는 거야, 레온."

자리에서 일어나던 알이 점잖게 대꾸했다.

"우리에게 대포가 있다면 성 위에서 상대의 대포를 향해 포격할 수도 있잖아."

알이 아는 척을 하며 나서는 모습에 키렌은 약간 불쾌함을 느꼈다. 그러나 슬쩍 버나드를 쳐다보니 그는 입가에 옅은 미소를 띠고 있는 것이 알의 말에 동의하고 있는 것 같았다. 어쩌면 버나드의 생각도 그러했던 것인지도 몰랐다. 그리고 키렌은 문득 알이란 녀석이 생각보다 영특하다는 것을 깨달았다. 하이렌에 이어 버나드까지 그를 신임하는 것엔 확실히 이유가 있었다.

백작부 앞에 다니엘 소프와 제니퍼 오크너의 모습이 보였다. 두 사람은 벌써 여행을 떠날 채비를 갖추고 지금 레온과 알을 기다리는 중이었다. 버나드의 명령에 따라 카네비스 산의 드워프를 찾아 협력을 요청하기 위함이었다.

물론 그것은 다른 사람들의 목적일 뿐 다니엘의 목적은 전혀 다른 것에 있었다. 그는 바로 제니퍼를 꼬시기 위해서 일행에 합류했을 뿐이었다.

그는 다정하고 상냥한 눈빛으로 먼 하늘을 응시했다. 추측컨대 자네트에게 충분한 주의를 들었을 제니퍼에게 섣불리 접근하는 것은 위험하다고 판단했기 때문이다. 그는 조심스럽고 은근하게 하늘에서 성탑, 성벽을 거쳐 연병장을 훑어본 후 천천히 제니퍼에게 눈을 돌렸다.

"좋은 날씨네요. 그렇죠?"

움찔, 하고 제니퍼는 몸을 떨었다. 그러나 곧 예의를 차려 화답했다.

"네, 다니엘 경."

"제니퍼, 아, 제니퍼라고 불러도 되겠지요?"

"네, 그렇게 하세요."

"그래요. 듣기론 제니퍼는 왕립 마법 학회에서도 제법 뛰어난 능력자라고 하던데요? 그런 실력을 키우기까지 무척 노력했겠어요?"

다니엘의 칭송이 어색한지 제니퍼는 얼버무리듯 미소를 지었다.

"남자 친구는 없나요, 제니퍼?"

"그, 그런 건……."

당황한 제니퍼의 얼굴이 붉게 물들었다. 다니엘은 싱긋 미소를 짓고는 다시 먼 하늘을 응시하며 중얼거렸다.

"세상에 반은 남자이고 또한 세상에 반은 여자인데, 어째서 저는 인연이 없는 것인지 모르겠어요."

"…눈을 좀 낮춰보시는 게 어때요? 경의 말대로 세상에 반은 여자니까 눈을 조금 낮추시면 아마 마음에 드는 분을 만나실 수 있을 거예요."

대답하던 제니퍼는 다니엘이 갑자기 눈을 돌려 자신을 바라보자 당황했다. 그의 무언가를 갈구하는 눈빛이 어색하여 제니퍼는 슬쩍 고개를 돌렸다. 그러자 다니엘의 몸이 움직여 그녀의 시야를 가렸다.

흠칫, 제니퍼의 몸이 떨렸고 다니엘은 진지한 표정으로 대꾸했다.

"전 눈이 높습니다, 제니퍼."

제니퍼의 눈동자가 살짝 떨렸다. 그리고 다니엘은 그윽한 눈길로 속삭이듯 말했다.

"그래서 제니퍼 같은 사람만 눈에 차는군요. 어떻게 하지요?"

"네, 네, 네?"

제니퍼는 당황하여 연신 반문을 하기만 했다. 듣기 싫은 소리는 아니었지만 그렇다고 마냥 좋아할 수도 없는, 그래서 막상 대꾸할 말을 찾기 힘든 상황이었다. 그저 반문과 얼굴을 붉히며 어색한 미소를 자아내는 것이 그녀가 할 수 있는 최고의 선택이었다.

그러나 다니엘은 역시나 여자 경험이 많아서인지 거부할 수 없는 눈빛으로 제니퍼를 응시했다. 속으로는 '조금만 더 하면 되겠군' 하고 생각하며 그녀의 반응을 유심히 관찰했다.

마침 그때 어떻게든 위기(?)를 모면하려는 제니퍼에게 구원의 손길이 다가왔다. 레온과 알, 그리고 미크가 백작부를 나서 그들 앞에 나타난 것이다. 제니퍼는 서둘러 세 사람에게 몸을 돌렸다.

그들의 등장에 아쉽다는 표정을 짓던 다니엘은 그러나 '다음 기회'를 기약하며 제니퍼를 향한 정열의 눈빛을 거두었다. 그는 세 사람을 향해 환한 미소와 함께 손을 들었다.

"여기입니다, 버나드 공작 각하의 막내 동생이신 레온 공자!"

"안녕하세요, 다니엘 경. 준비는 끝났나요?"

"물론입니다. 이쪽 분은 이번에 4근위대에 합류하신 제니퍼 오크너입니다. 왕립 마법 학회 출신이죠."

"만나서 반갑습니다, 제니퍼 경."

붉게 물든 얼굴로 고개를 숙이고 있던 제니퍼가 얼른 인사를 했다. 밝게 웃는 레온은 전혀 눈치 채지 못했지만 알은 두 사람이 나눈 대화를 짐작했다. 젊은 남녀가 나란히 서서, 게다가 여자 쪽은 얼굴을 붉히고 있는 상황이라면 누구라도 쉽게 짐작할 수 있는 일. 그렇게 나쁜 짓도 아니지만 지금 상황에선 잘했다고 하기 뭐한. 알은 눈살을 찌푸리며 다니엘을 노려봤다.

그리고 모두를 향해 입을 열었다.

"이번에 우리가 갈 곳은 카네비스 산 중턱에 있는 드워프 마을입니다. 그 마을에 갈 수 있는 사람, 그리고 그들을 설득하여 협력을 얻을 수 있는 사람은 우리 중에 레온이 유일합니다. 그 점은 다들 알고 있겠죠?"

다들 대답하는 와중에 알의 시선은 다니엘에게 멈췄다. 그리고 억지로 다니엘의 대답을 받아낸 후 알은 다음 말을 이었다.

"그러므로 우리 파티의 리더는 레온이 맡아야 합니다. 제니퍼님이나 다니엘 경도 이 점에 대해서 유의해 주시기 바랍니다. 괜찮겠습니까?"

"네, 알님."

"알이라고 부르십시오, 제니퍼님."

그렇게 대답한 후에 알은 똑바로 다니엘을 쳐다봤다.

알의 말이 무슨 뜻인지 다니엘은 단박에 알아챘다. 한마디로 자신의 경거망동한 행동을 제약하겠다는 뜻임을 알아챈 다니엘은 씁쓸히 미소를 지었다. '만만한 녀석은 아니군' 하고 생각하면서 다니엘은 곧 대답했다.

"알겠네. 그대의 말을 유념하도록 하지."

"그럼 출발하도록 하죠."

알이 손짓을 하자 제니퍼가 앞장을 섰다.

그들은 연병장 끝에 마련된 작은 건물로 향했다. 그곳엔 이미 제니퍼가 레스터 성까지 단번에 워프할 수 있는 마법진을 그려놓았다. 버나드가 제니퍼를 일행에 합류시킨 이유가 그것이었다. 레스터 성까지 왕복하는 시간을 단축하기 위해서였다.

문득 레온이 알의 팔을 잡아챘다. 그는 다소 불안한 얼굴로 알에게 속삭였다.

"야야, 그렇게 부담스러운 일, 난 맡을 수 없어. 우리 중에 내가 가장 어리잖아?"

"괜찮아. 그렇게 해놓지 않으면 저 기사를 다룰 수 없거든."

알은 더욱 목소리를 낮춰 말했다.

"아주 제멋대로인 사람인 거 같아, 다니엘이란 사람은."

그의 말에 레온은 긍정도 부정도 아닌—사실 레온은 사람을 평가하는 기준이 모호하다—그저 어깨를 움츠리며 쿡쿡 하고 웃었다. 일전에 레스터 성에서 봤던 다니엘의 우스꽝스런 모습이 떠올랐던 것이다.

알은 레온의 어깨를 감싸며 신중하게 말했다.

"너의 여린 성격을 알고 있기에 공작 각하께선 아무 말 없었지만……."

토닥토닥.

"사실 너에게 기대가 크다구."

"부, 부담 주지 마."

뚱한 얼굴로 레온이 대꾸했지만 알은 아무것도 아니란 듯 크게 웃었다.

"조금 정도는 알고 있어야 할 거야. 너란 애는 옆에서 가르쳐 줘야 알아채잖아?"

좋은 뜻인지 나쁜 뜻인지 열심히 궁리하는 레온을 알은 얼른 잡아끌었다. 앞서 간 일행이 들어간 건물로 두 사람은 빨려들듯 사라졌다.

원래는 식량 창고였던 모양인지 깨끗하게 치워진 건물 안에는 밀가루 냄새가 눅진하게 묻어났다. 몇 명의 병사들이 보초를 서고 있다가 들어선 일행들, 특히 다니엘을 향해 경례를 붙였다. 그들 뒤로 제니퍼가 만들어놓은 마법진이 흐릿한 불빛에 모습을 드러냈다.

제니퍼는 레온을 향해 공손히 말했다.

"이쪽으로 올라서세요."

그리고 자신이 먼저 둥근 원으로 발을 옮겼다.

"문자나 도형은 밟지 마시고요."

그녀의 주의에 따라 나머지 네 사람도 그 안으로 걸어갔다. 그녀를 중심으로 네 사람이 나란히 서자 제니퍼는 곧 주문을 외웠다. 그리고 마지막 시동어,

"워프."

나지막한 외침과 함께 마법진에서 희미한 빛이 발동했다.

그리고 다섯 사람의 모습이 순식간에 사라졌다.

레스터 성 공작부 지하.

레스터 성의 워프용 마법진은 얼마 전까지 하이렌이 잡혀 있었던 지하 감옥의 반대 편에 있었다. 물론 그 앞에도 몇 명의 병사가 지키고 있었다.

그들 눈앞의 마법진이 희미하게 빛을 발하는 순간 다섯 사람이 그 위에 나타났다. 바로 레온 일행이었다.

갑자기 나타난 일행의 모습에 깜짝 놀라던 병사는 이내 레온을 알아보고 절을 했다.

"안녕하십니까, 레온 공자."

그러나 평소의 예의 바르던 레온은 전혀 인사를 받을 상황이 아니었다. 처음으로 워프를 경험한 레온은 현기증과 멀미 증세에 몸을 휘청거렸다. 레온은 몸을 구부리며 신음과 함께 고개를 저었다.

"우와, 이런 기분은 처음이야."

"첫 경험이란 원래 다 그런 겁니다, 레온 공자."

어깨를 으쓱하며 다니엘이 말했다. 그는 전혀 영향을 받지 않았는지 어느새 제니퍼의 어깨를 감싸듯 부축했다. 그리고 다정하게 말했다.

"수고했어요, 제니퍼."

"아앗, 네네."

땀을 삐질 흘리며 제니퍼가 답하는 동안 알은 비틀거리며 마법진을 걸어나왔다. 그리고 쓰러지듯 바닥에 주저앉으며 중얼거렸다.

"정말 경험하고 싶지 않은 기분이군."

"익숙해지면 괜찮아. 그런대로."

미크가 말했다.

체력적으로 가장 약한 편인 미크는 오히려 멀쩡하게 걸음을 옮겼다. 그의 모습을 보고 레온은 고개를 끄덕였다. 어쩌면 워프라는 것도 자주 경험해 본 사람이 잘 견디는 모양이라는 생각이 들었다. 다니엘이 그렇고 미크가 그랬다. 두 사람은 마법사가 많은 윈저 출신인데다가 각각 근위대와 대공 직속 정보 담당으로 일했다. 분명 워프를 많이 경험함으로 인해 면역이 생긴 것이 분명하다고 레온은 짐작했다.

상당한 양의 마나를 소비한 탓에 잠시 비틀거리긴 했지만 제니퍼는 곧 몸을 추슬렀다. 그리고 다니엘의 품에서 살짝 빠져나오며 옷깃을 바로잡았다. 그러자 다니엘은 입맛을 다시며 레온에게 말을 걸었다.

"이제 카네비스 산으로 출발하도록 하죠."

"그, 그래요."

고개를 끄덕인 레온은 천천히 몸을 일으켰다. 잠시 쉬었던 탓에―어쩌면 그의 체력이 뛰어난 탓도 있겠지만―곧 기운을 차렸다. 그는 알을 부축하며 계단을 찾아 걸었다. 물론 병사에게 짤막한 목례를 취하는 것도 잊지 않았다.

"죄송하지만 말 세 마리와 마차 한 대를 준비해 주세요."

"그렇게 하겠습니다, 레온 공자."

서둘러 병사가 올라갔고 그 뒤로 레온과 알이 따라갔다. 문득 레온은 알에게 질문했다.

"괜찮다면 형수님을 만나뵙고 가도 될까?"

"안 돼!"

"그렇지만 성에 왔는데 그냥 가면 서운해하실 거야."

"우린 전쟁 중이야. 잊지 말라구."

"그건 알의 말이 옳습니다, 레온 공자. 우린 전쟁 중이고 또한 임무 수행 중입니다. 결코 놀러 온 게 아니죠."

뒤따르던 다니엘의 대꾸에 레온은 할 말을 잃었는지 잠자코 걸었다. 그들이 현관에 이르렀을 때엔 벌써 떠날 준비가 갖추어졌다. 레온은 한숨과 함께 말 위에 올라탔다. 다니엘과 제니퍼가 나머지 두 마리에 올라타는 동안 알과 미크도 마차 위에 자리를 잡았다.

"출발!"

속으로 서운한 마음이 들긴 했지만 구령을 외치는 레온의 목소리는 힘찼다.

그리고 레온을 선두로 두 마리의 말과 마차가 뒤를 따랐다. 일행은 남문을 쏜살같이 빠져나가 캐러디안 숲을 향해 바람처럼 달렸다.

드워프 마을의 족장 둔이 타바비아를 찾았을 때, 그는 떡갈나무의 굵은 나뭇가지에 몸을 의지한 채 상념에 잠겨 있었다. 둔은 그의 모습을 한심스럽게 쳐다보다가 고함쳤다.

"야, 이 녀석아! 네가 무슨 엘프라도 되는 줄 착각하는 거냐? 얼른 내려오지 못해?"

타바비아는 마지못해 나무를 내려왔다. 짤막한 팔다리에도 불구하고 그는 재빠른 동작으로 나무를 탔다. 그가 땅에 내려섰을 때 둔의 주먹이 그의 뒤통수를 갈겼다.

"네 녀석도 이제 나이가 들었잖아! 대체 언제까지 내가 네 뒤치다꺼리를 해야겠냐?"

뒤통수를 긁적이던 타바비아는 중얼거리듯 말했다.

"…꿈을 꿨어요."

"꿈? 꿈같은 소리 하네."

둔은 콧방귀를 뀌며 같잖다는 듯 째려봤다.

"그래, 무슨 꿈인데? 엘프라도 되었니?"

"그런 꿈이 아니라고요!"

타바비아는 발끈해서 소리쳤다.

"오래전 그날의 꿈을 꿨다고요!"

'오래전 그날'이란 말에 둔의 몸이 움찔했다. 그는 인상을 찡그리며 입에 담을 수 없다는 표정으로 조심스럽게 물었다.

"그 녀석 말이냐?"

"그래요, 그 레드 드래곤."

헛, 하고 숨을 멈추며 둔은 주위를 둘러봤다. 아무도 없다는 것을 확인한 둔은 더욱 인상을 찡그렸다.

"그건 갑자기 왜?"

"족장께선 걱정되지 않습니까? 이제 얼마 남지 않았잖아요, 녀석이 말한 시간이!"

"뭐, 그다지 걱정하진 않아."

찡그린 인상과 조심스럽던 행동에 어울리지 않는 대답이었다.

"어째서요?"

"맹약의 전승 때 뱀파이어 로드가 빠졌던 얘기는 네가 전한 거잖아? 나도 그 녀석들은 싫지만 그래도 그녀의 말이 아주 틀린 건 아니라고 생각해."

텁수룩한 수염을 매만지며 타바비아가 기억을 떠올렸다.

"로이니스가 전하길, '그 녀석은 멍청해서 아마 백 년 후에는 까맣게 잊고 있을 거예요. 괜히 우리들이 들쑤실 필요는 없단 얘기죠. 그러니 나와 우리 일족은 이 일에서 빠지겠어요' 라고 했었죠. 그래도 다음 맹약을 전승하기 위해서 어쩔 수 없이 조건부로 맹약을 맺어야 했지만 결국 그녀는 이 일에서 완전히 손을 뗐습니다."

"그래, 나 역시 그 멍청한……."

그렇게 말하며 둔은 주위를 살피는 것을 잊지 않았다.

"드래곤이 아직까지 그 일을 기억하고 있을 거란 생각은 안 해."

"하지만 둔 족장."

타바비아는 고개를 저었다.

"꿈을 꾸면서 알았어요, 사건의 발단이 어떻게 시작되었는지. 녀석을 화나게 한 건 에드워드님이나 로이니스님이 아니었어요. 어쩌다 파티의 리더였던 에드워드님이 뒤집어쓰게 되었지만 사실 그를 화나게 한 건……."

타바비아는 민망한 듯 머리를 긁적였다.

"나와 애르피자였다고요."

"바보 같은 녀석."

이미 알고 있었는지 둔은 그다지 놀라지 않았다.

"네 녀석의 기억력은 그다지 소용이 없지만 적어도 애르피자는 그때의 일을 잘 기억하고 있더군. 그래, 사건의 발단에 대해서도 말이야."

"에?"

타바비아가 놀란 듯 둔을 쳐다봤다. 그러자 둔은 북쪽을 가리키며 속삭였다.

"만일이지만 맹약을 전승하지 못한 상태에서 녀석이 쳐들어올 경우도 우린 유념해 둬야 해. 그리고 엘프 족장과 난 오래전에 그 점에 대해서 상의를 끝낸 상태다."

"그럼 벌써 준비를 갖췄다는 것인가요?"

"당연하지. 생각해 봐라. 캐러디안이나 칸트 숲에 위대한 엘프 족이 있긴 했지만 소수였었다. 한데 최근 백여 년 사이에 상당한 수의 엘프들이 모여들고 있지. 그 이유가 뭐라고 생각하느냐?"

"아! 그렇다면 그들과 연합해서 싸우겠다는 뜻인가요?"

"그래. 우리들 용감한 드워프 족도 그런 이유로 이곳으로 모여들고 있는 거야."

그렇게 대꾸하면서도 둔은 타바비아를 째려봤다.

"이게 다 너와 애르피자 때문이지만, 어쩌겠어? 만약 녀석이 그때의 일을 기억한다면 제일 먼저 앙갚음할 상대는 우리일 텐데 말야. 대비는 해둬야지."

"하긴, 에드워드님과 로이니스님은 이제 없으니 분풀이할 상대는 나와 애르피자가 되겠군요."

체념하듯 중얼거리는 그를 둔은 가소롭다는 듯 쳐다봤다. 그의 눈빛에 의아한 타바비아가 눈을 동그랗게 뜨자 둔은 냅다 머리통을 갈기며 소리쳤다.

"녀석이 너희 둘만 달랑 죽여놓고 '그럼 이만' 하고 갈 것 같냐? 일단 녀석이 나타나면 우리 종족과 위대한 엘프 족은 멸족을 금치 못해."

강대한 적이란 점은 여전했지만 둔은 단호하게 말했다.

산을 깎고 땅을 일구며 사는 드워프는 원체 강인한 종족으로 전투에 있어서도 물러섬이 없었다. 그런 드워프들 중에서도 거대한 양날 도끼를 휘두르는 '용감한 드워프 족'은 그야말로 최강이었다. 그리고 그 족장 둔은 자부심과 긍지가 대단한 자로 드래곤과의 일전을 불사하겠다는 의지를 확고히 했다.

"하지만 사천 년을 살았다는 웜 급 드래곤이잖아요. 우리 모두 죽을 거예요."

꿈에서 느꼈던 공포를 새삼 떠올리며 타바비아는 몸을 떨었다. 이번엔 둔도 그의 의견에 동감하는지 별다른 반응을 보이지 않았다. 다만 그는 동쪽 산마루를 멍하니 처다보며 중얼거렸다.

"그전에 맹약을 체결해 주면 좋을 텐데. 우리끼리라면 불가능하겠지만 모두의 힘을 합하면 어떻게 될 수도 있지 않겠어?"

"그 소년이 도와줄까요? 게다가 무사히 맹약을 체결할 수 있을까요? 검은 전승되어도 의지는 전승되지 않는 종족, 그것이 바로 인간들 아니던가요?"

타바비아가 걱정스럽게 물었다.

둔은 '흐흐' 하고 웃었다.

"로이니스는 별 해괴한 짓을 다 했더군. 사실 나 역시 제일 걱정했던 점은 로이니스와 관련된 '우정의 맹약'이었거든. 아무래도 그 두 사람은 인간이니까. 그리고 그때도 충분히 나이가 있었고 말이야. 하지만 일전에 찾아갔더니 그는 아주 건재하더란 말씀이야."

그 말에 타바비아가 고개를 갸웃했다.

"일전이라고 해봐야… 삼십 년 전이었잖아요?"

그러자 둔은 다시 한 번 그의 머리통을 휘갈겼다.

"바보야! 로이니스는 인간이야. 그의 수명이 다른 사람보다 특별히 길었다 해도 삼십 년 전에 벌써 백이십여 세에 달했다고! 지금까지 살아 있다는 게 가능하겠어?"

"그렇다면 혹시……."

타바비아의 얼굴이 새파랗게 질렸다.

"그는 리치라도 되었습니까?"

그 점에 대해 둔은 잠깐 생각하더니 고개를 끄덕이며 수긍했다.

"음, 그런 방법도 있었군."

그의 중얼거림에 타바비아는 더욱 아연했다. 말뜻을 짐작컨대 로이니스는 리치가 되진 않은 것 같았다. 그것을 제외하고 대체 어떤 방법으로 죽음이라는 인간의 운명을 피할 수 있단 말인가? 알쏭달쏭한 타바비아의 얼굴이었지만 둔은 대답 대신 크게 웃었다.

호탕하게 웃던 둔은 뭔가 생각났다는 듯 웃음을 그치며 타바비아를 노려봤다.

"야, 이 녀석아! 지금 중요한 것은 그게 아니잖아?"

"네?"

의아한 듯 타바비아가 돌아보는 사이에 벌써 둔의 넓적한 손바닥은 그의 뒤통수를 후려쳤다. 그는 한 손으로 사정없이 그의 몸을 때리며 외쳤다.

"다들 일하고 있는데 왜 너만 놀고 있는 거야? 너, 오늘 죽을 정도로 맞아봐라!"

둔의 주먹이 허공을 가르며 타바비아의 온몸을 마구 난타했다. 그리고 그는 쉴 새 없이 입을 놀리며 타바비아의 잘못을 따지고 들었다. 최근의 게으른 행동에 대해 지적하던 둔은 타바비아가 주먹을 막으며 방어하자 더욱 화가 치밀었다.

"어쭈? 막아?!"

"아니, 그게 아니고……."

말이 필요없었다.

둔은 지고 있던 곡괭이를 내려놓고 본격적으로 타바비아를 타작하기 시작했다. 양손을 마구 휘저으며 뒤통수, 등, 엉덩이에 이르기까지 인정사정없이 팼다. 물론 그의 입에선 걸쭉한 욕이 마구 튀어나왔다.

최근의 게으른 행동은 물론, 오래된 것은 이백 년 전에 마을의 대장간을 불태운 것, 사소한 것으론 방랑 중이던 음유 시인에게 세상일에 대해 묻던 것까지 두서없이 떠들었다. 그리고 가장 큰 문제였던 엄청난 사고, 유희 중인 드래곤을 화나게 만들었던 것에 이르렀을 때엔 주먹의 강도는 바위도 부술 정도로 위력적이었다.

용감한 드워프 족 최강의 전사라고 일컬어지는 타바비아는 그저 아무런 방비도 못한 채 흠씬 두들겨 맞았다. 그리고 더는 못 견디겠다고 생각한 그는 바닥을 굴러 그의 주먹을 피했다.

멀찌감치 피해 달아나는 타바비아를 둔은 쫓지 않았다. 어깨로 숨을 들이쉬며 그는 소리쳤다.

"그러니까 제대로 일하란 말야! 알았어?"

"그깟 일, 뭐 대수라고 그래요? 그저 굴을 파는 것뿐이잖아요? 누가 알아주는 것도 아닌데 왜 그렇게 열심이냐고요?"

"아니, 이 녀석이 그래도!"

숨을 몰아쉬던 둔이 다시 주먹을 움켜쥐었다. 그러자 타바비아도 방어 태세를 굳히며 더욱 목청을 가다듬었다.

"사실이 그렇잖아요? 누가 시킨 것도 아닌데 왜 그렇게 열심히 땅굴을 파냔 말이에요?"

"우린 땅을 파는 것이 아니라 대지의 정기를 다듬는 거야! 이것이 얼마나 중요한 일인지 네가 아직도 깨닫지 못했단 말이냐? '대지의 분노는 자연의 분노'란 드워프의 속담을 잊었느냐?"

"그러니까 그 일을 왜 꼭 우리가 해야 하냐고요? 다른 드워프도 많고 다른 종족도 많잖아요!"

타바비아의 외침에 둔은 멈칫했다. 그는 잠시 동안 타바비아를 물끄러미 쳐다보며 생각에 잠기더니 인상을 일그러뜨리며 버럭 소리쳤다.

"너, 이 자식! 또 어디론가 내빼버릴 속셈이로구나? 백 년 전에 그랬던 것처럼!"

순간 타바비아는 움찔하며 어깨를 움츠렸다.

"백 년 전에 에드워드님을 쫓아갈 때 네가 그런 소리를 했었지! 이 바보 같은 녀석, 또 세상일에 관여해서 무슨 사고를 치려는 거냐?"

둔이 곡괭이를 집어 들어 끙 하고 힘을 주자 굵직한 자루가 쑥 뽑히며 몽둥이로 탈바꿈했다. 그는 침을 퉤 하고 뱉으며 몽둥이를 모아 쥐었다. 그리고 타바비아를 노려보며 소리쳤다.

"이번엔 어림없다! 아예 네 녀석의 다리몽둥이를 분질러 다신 그런 생각 못하게 해주마!"

"어이쿠!"

정말로 그럴 족장이란 생각에 타바비아는 비명과 함께 다리를 감싸 쥐었다. 정말로 다리를 분지르면 큰일이란 생각에 그는 내심 내뺄 궁리를 하며 주변을 살폈다.

순간 둔이 몽둥이를 쳐들며 달려들려는 찰나에 또 다른 드워프가 수풀을 헤집고 나타나더니 둔을 향해 소리쳤다.

"족장! 마을에 사람들이 왔어요!"

"사람들?!"

둔도 타바비아도 하던 행동을 멈추고 방금 나타난 드워프를 쳐다봤다. 그러나 둘의 표정은 정반대였다.

최근에 사람들이 자주 왕래한다는 생각에 둔의 얼굴은 급격히 어두

워졌지만 한차례 맞을 매 타작을 벗어났다는 생각과 바깥소식을 들을
수 있다는 기대감에 타바비아의 얼굴은 활짝 펴졌다.

그러나 이어진 드워프의 말에 둔과 타바비아의 얼굴은 동시에 환하
게 밝아졌다.

"전에 왔던 장사꾼들이 또 다른 세 사람을 이끌고 왔어요."

"금발의 레온과 터번의 알이 왔단 말이냐?"

"터번의 알은 맞지만……."

상대는 머리를 긁적였다.

"같은 인물이긴 하지만 금발은 아니던데요."

이상한 답변에 둔은 의아한 표정을 지었다. 그러나 이내 마을을 향
해 잰걸음으로 달렸다.

"아무럼 어때? 어쨌든 레온이 오긴 온 거잖아?"

'혹시 맹약을 체결하기 위해서?'

타바비아도 서둘러 둔의 뒤를 따랐다.

여기저기 모여 있는 드워프들은 마을 공터에 앉아 있던 레온 일행을
지켜봤다. 여전히 레온은 쾌활한 모습으로 드워프들에게 화사한 미소
로 인사를 건넸고 여전히 알은 축 처진 모습으로 터번을 들어 옷에 묻
은 먼지를 털어냈다. 그런 변함없는 두 사람에 더불어 새로 나타난 사
람들을 관찰하느라 드워프의 눈은 쉴 새 없이 끔뻑거렸다.

알의 옆에 있던 청년은 숨을 헐떡이면서도 드워프들을 관찰하듯 눈
동자를 굴렸다. 바로 대포를 설계한 미크로 그는 난생처음 드워프들을
보게 된 것에 감탄하여 눈을 빛내기 바빴다.

새로 나타난 사람들 중엔 여자도 있었다. 연보랏빛 로브를 걸친 그

녀가 마법사임을 드워프들은 한눈에 알아봤다. 그러나 카네비스 산의 험준함은 마법사에게도 예외가 없어 그녀 또한—물론 최대한 예의를 갖춰 숙녀티를 내고 있었지만—바닥에 주저앉아 숨을 헐떡였다.

그녀의 곁으로 잘생긴 청년이 위로하듯 말을 걸고 있었다. 그리고 드워프들은 이 청년의 모습을 관찰하며 수군대기 바빴다.

레온과 마찬가지로 이 청년도 카네비스 산의 험준함에 전혀 영향을 받지 않은 모습이었다. 그리고 인간들 중에 그럴 수 있는 사람을 드워프들은 몇 알지 못했다. 캐러디안 숲에 거주하고 있는 로딘과 그의 몇몇 동료들이 바로 그 전부였고, 그들의 공통된 특징 또한 잘 알고 있었다.

그들은 인간으로선 드물게 수련을 거듭하여 검술이 드높은 자들이었다. 인간들, 페나인 왕국에선 그런 경지에 이른 자들을 '크루세이더'라고 칭했고 적어도 눈앞에 있는 이 청년 역시 그런 경지에 이르렀거나 능가한 자라는 것을 짐작했다.

모여 있던 드워프 중에 누군가 중얼거렸다.

"마법사에 더불어 크루세이더 급의 검사라니? 뭔가 심상치 않은 일이 벌어지려는 모양이야."

"일전에 칸트에서 키리모아란 녀석이 검과 발파용 화탄을 빌려갔는데, 그것과 관련된 것일까?"

또 누군가의 중얼거림이 이어지며 드워프들은 불안한 기색을 감추지 않았다.

그때 마을을 가로지르며 족장 둔의 외침이 들려왔다.

"레온이 왔다고? 어디야, 어디?"

"여기예요, 둔!"

얼른 레온이 마주 소리치자 알은 마지막으로 터번을 털며 귀를 막았다.

"뭐 하는 거야?"

"조금 있으면 알게 될 거야."

알의 행동에 고개를 갸웃거리던 미크는 이내 그 이유를 알아챘다.

드워프들을 뚫고 나타난 둔은 우렁찬 목소리로 고함쳤다. 귀가 먹먹할 정도로 엄청난 음성이었다.

"맹약을, 맹약을 갱신하기 위해서 온 거냐?"

"아닌데요!"

레온도 지지 않고 소리쳤다.

"그럼 왜 온 거야?!"

"부탁이 있어서요!"

"싫어, 싫어! 맹약부터 맺고 오란 말이야!"

"어디서 어떻게 맺어야 하는지 전혀 가르쳐 주지 않았잖아요?"

"그걸 찾는 게 너의 사명이야! 남겨진 숙제라는 거지!"

손이 닿을 듯 가까이 서 있는 두 사람이 서로 고함을 지르며 대화하는 동안 레온 일행은 질린 듯 귀를 막았다. 산을 쩌렁하게 울리는 소음 속에 의연하게 서 있는 이는 미리 터번으로 귀를 막은 알뿐이었다. 미크와 제니퍼는 물론 건장한 다니엘도 둔의 고함 소리에 귀를 막은 채 얼굴을 찡그렸다.

그리고 끝내 참지 못한 다니엘이 비명을 질렀다.

"그만, 그만! 작게 말하란 말이야! 시끄러워 죽겠어!"

새로 지은 족장의 오두막으로 둔은 모두를 안내했다. 그러나 대포에 대해 전혀 알지 못하는 제니퍼는 밖에 남았다. 그녀가 해야 할 일은 레스터 성까지 단번에 워프할 마법진을 제작하는 것이었다. 시간을 단축하기 위한 탓도 있지만 무엇보다 지긋지긋한 산행을 다신 경험하고 싶지 않아서 제니퍼는 필사적으로 마법진에 매달렸다.

그녀는 오두막 뒤쪽의 작은 공터에서 임시로 마법진을 그리는 작업에 열중했고, 처음부터 '전혀 다른 목적'으로 여행에 가담한 다니엘이 그윽한 눈길로 그녀의 모습을 지켜봤다.

한편 오두막 안에선 심각한 얼굴의 둔이 탁자 위를 살폈다. 얇은 양피지에 몇 개의 도형이 그려져 있었는데, 바로 미크가 포란 성에서 설계한 대포의 도면이었다. 서둘러 그렸던 탓에 미크는 대포의 구조와 성능에 대해 몇 가지 설명을 덧붙였다.

잠자코 있던 타바비아가 물었다.

"화약이라는 것은 어떤 거지?"

"우리가 가지고 있는 발파용 화탄과 비슷한 것 같군."

묵묵히 듣고 있던 둔이 대꾸했다. 동감하는지 타바비아도 고개를 끄덕였다.

"어쩌면 그 근원은 같은 곳일지도 모르죠, 족장."

타바비아는 오래전에 드래곤 리엑시아에 의해서 다른 대륙으로 떨어졌던 것을 떠올렸다. 그곳의 인간들은 불이 붙으면 폭발하는 검은 가루를 만들어 사용했다. 그리고 타바비아는 그들에게서 그 기술을 배워 자신의 종족에게 전했다. 지금 드워프들이 암반을 녹일 때 사용하는 화탄은 그것을 개량한 것이기도 했다.

하지만 타바비아가 화약에 대해 궁금해한 것은 포탄을 발사할 수 있다는 점이었다. 그가 가져온 검은 가루는 물론 드워프들이 개량한 화탄도 그저 불이 잘 붙는 정도에 불과했다. 채굴 과정에서 두껍고 강한 암반을 열기로 녹일 때에나 사용하던 그것을 무기로 사용할 수 있다곤 누구도 상상하지 않았던 것이다.

"하여간 인간들이란……."

혀를 쯧쯧 차며 둔은 양피지에서 눈을 뗐다.

그의 눈치를 살피며 미크가 조심스럽게 물었다.

"이것을 만들 수 있겠습니까?"

"물론이지."

둔의 화끈한 대답에 미크는 물론 레온과 알도 놀랐다. 둔은 수염을 쓰다듬으며 미크를 바라봤다.

"그대가 생각해 낸 방법 중에서 우리가 할 수 있는 건 철로 만들어진 원통에 구멍을 뚫을 수 있는 거야. 물론 형틀 제작도 가능하지만 뜨거운 쇳물에 녹지 않는 형틀을 만든다는 것은 꽤나 어려워. 두꺼운 화강암을 조각해 형틀을 만든다 해도 쇠가 식은 후에 꺼내려면 형틀을 부숴야 하거든. 아마 그 방법으로는 한두 대 정도밖에 제작할 수 없을 거야. 내가 알기론 페나인에는 화강암이 많이 나지 않으니까 말야. 설사 적합한 암석이 많다 해도 형틀 제작에 시일이 너무 많이 들게 되지."

타바비아가 끼어들었다.

"미스릴은 어떨까요? 그 정도 열기는 충분히 버틸 수 있을 것 같은데요?"

"멍청한 녀석!"

더 말할 필요도 없다는 듯 둔은 냅다 소리쳤다.

"설명을 제대로 듣긴 한 거냐? 이건 몇십 명이 달라붙어야 옮길 수 있는 거대한 철조물이란 말야. 이걸 만들려면 그 형틀도 엄청나게 클 텐데 그 막대한 양의 미스릴을 어디서 구할 수 있단 말이냐?"

듣고 보니 일리가 있는지라 타바비아는 입을 다물었다. 둔은 더 말하지 않고 다시 미크에게 설명했다.

"내 짐작엔 야론 인들도 형틀을 먼저 제조하진 않았을 거야. 그렇다면 원통을 깎는 방법밖에는 남지 않는데 그 정도 기술은 우리에게도 있어."

"그렇다면 대포를 만들어줄 수 있어요?"

레온이 황급히 묻자 둔은 신중하게 생각에 잠겼다.

레온과 미크는 그의 대답을 초조하게 기다렸다. 한참의 시간이 지난 후 드디어 둔이 고개를 들었다. 그러나 그의 표정은 두 사람이 기대하던 것과는 달리 거부의 의사를 띠었다.

둔은 단호하게 말했다.

"이건 너무 위험해. 그대의 설명이 맞다면 대포 다섯 대만 있으면 웬만한 성벽은 쉽게 함몰된다는 말인데, 그 정도의 파괴력을 지닌 무기를 우린 제조할 수 없어. 언젠가 이것은 자연을 위협할 무기가 될 거야."

"하지만 이미 그것을 사용하는 이들이 있지 않습니까?"

"그래 봐야 바다 건너 대륙의 사람들이지 않은가? 무게만으로도 엄청난 것이니 쉽게 미스랜드 대륙으로 건너올 수는 없겠지. 그리고 그때가 되면 이미 이쪽 인간들에게도 제작 기술이 전파될 테고 말이야. 굳이 우리가 만들어줄 필요는 없다고 생각하네."

"아니에요, 둔. 벌써 수십 대의 대포가 페나인 남부에 있어요. 적들은 그것을 사용하고 있단 말이에요."

"적? 적이라니?!"

레온의 설명에 둔과 타바비아의 눈동자가 동그랗게 변했다.

그제야 레온은 아직 이들에게 자세한 사정을 설명하지 않았다는 것을 깨우쳤다. 드워프들이 대포를 제작할 수 있는지 없는지를 가늠하느라 미처 현재 자신들이 처한 상황을 말하지 못한 것이다. 거기에 생각이 미친 레온은 곧 알에게 고개를 돌렸다.

"네가 설명해."

자신보다는 말을 잘하는 알이 더 적합하다는 레온의 판단이었다.

그러자 잠자코 있던 알이 앞으로 나섰다. 그는 차분하고 조리있게 지금 페나인이 처한 상황을 설명했다. 남부 일대에 언데드 몬스터가 들끓는 것, 국왕의 죽음, 리저드 후작의 반란에 대한 것을 빠짐없이 설명했다. 다만 수요가 왕자라는 사실만은 밝히지 않았다. 하지만 그것만으로도 충분히 놀랄 만한 일이었다.

듣고 있던 둔과 타바비아의 눈동자가 사발만하게 벌어졌고 입으로는 연신 경악했다.

"…뭐, 대충 이런 상황입니다."

다 듣고 난 후에도 둔과 타바비아는 선뜻 입을 열지 않았다. 마치 한참 동안 궁리하는 듯 생각에 잠기더니 이윽고 둔이 고개를 저었다.

"그렇다 해도 우린 인간들의 일에 관여하고 싶지 않아."

"그거야 족장 생각이죠. 전 달라요."

얼른 타바비아가 나섰다.

"이야~ 언데드와의 전쟁이라니! 굉장하군. 난 너희들을 돕겠어. 나도 데려가 줘."

"기다려, 타바비아. 아직 내 말은 끝나지 않았다."

둔의 차가운 말투에 타바비아는 뒤로 물러앉았다.

둔은 세 사람, 특히 레온을 바라보며 진지한 어조로 말했다.

"선대와의 의리와 로딘과의 정리를 생각한다면 당연히 우리도 도와 야겠지. 하지만 그래 봐야 우리가 가지고 있는 기술을 전하거나 몇 명 으로 구성된 드워프들을 파병하는 정도밖에 되지 않을 거야."

"그것만으로도 충분히 감사해요, 둔."

냉큼 레온이 대답했으나 둔은 미소를 치으며 고개를 저었다.

"대포는 지금 당장 필요한 게 아니었나? 그것도 대량으로 말이야. 그 정도 도움으로는 시일 안에 제대로 확보하기 힘들 텐데?"

둔의 반문에 레온은 미크를 쳐다봤다. 미크는 곤혹스러운 표정으로 천천히 고개를 끄덕였다. 그것 보라는 듯 둔은 희색을 띠었다.

"하지만 내 의견대로 한다면 우린 전폭적으로 지원해 줄 수도 있어. 최소한 백여 명의 드워프들과 기술, 그리고 최신식 굴착기도 전부 주겠 어. 물론 우리 드워프들은 한 명 한 명이 뛰어난 장인이면서 막강한 전 사이기도 하지. 어때, 괜찮지 않아?"

"다른 사람은 몰라도 난 충분히 도움이 될 거야. 난 인간으로 치면 상급 크루세이더는 되니까."

타바비아가 끼어들자 둔도 더욱 강조했다.

"물론이야. 게다가 우리 '용감한 드워프'들은 마법에 대한 저항력 도 강하고 특수한 전투 기술을 가지고 있지. 백 명이라고 해도 인간 병 사, 그래, 기병 오백 명은 족히 상대할 수 있는 전력이란 말야."

두 드워프의 강력한 주장에 레온은 떨떠름한 표정을 지었다. 분명 돕겠다고 말하는 것 같은데 그 이면에 뭔가 숨겨놓은 진심이 있으리라 는 판단 때문이었다. 그리고 레온이 느끼고 있듯 알 역시 둔에게 꿍꿍 이가 있음을 알아챘다.

"그래서 의견이란 뭐죠? 결국 그걸 들어줘야 도움을 주겠다는 뜻이 잖아요?"

알의 질문이 이어졌다.

둔은 험상궂은 얼굴로 알을 쏘아본 후 다시 레온을 향해 화사하게 웃었다.

"전에 말하길, 검에 대해서 아는 바가 전혀 없다고 했었지?"

"네, 그랬어요."

"혹시 에드워드님께서 남긴 말 같은 것도 없었나?"

"전혀."

"유서나 기록, 아니면 노래 같은 것도?"

"노래?"

"그래, 여행에 대한 노래 같은 거 말이야. 없었나?"

"없었어요."

'젠장' 하고 둔은 조그맣게 투덜거렸다. 곁에 있던 타바비아도 낙심한 듯 얼굴을 일그러뜨렸다.

"에드워드님께서 남기지 않았을 리가 없어요. 결국 그 아들이 다음 대에게 전하지 않은 모양이군요."

"우려했던 일이 정말 벌어졌군."

둘의 중얼거림을 듣던 레온이 의아한 얼굴을 짓는 동안 둔은 결심한 듯 주먹을 불끈 쥐었다.

"검에 대한 모든 비밀을 알고 있는 사람이 있다. 우선 그의 도움을 받는 것이 좋을 거야."

"어떤 사람이죠?"

"그는 네 선조인 에드워드님의 동료이자 가장 절친한 친구였고, 또

한 레스터 가문의 가장 뛰어난 마법사이지. 혹시 이름은 들어봤을지 모르겠군, 로이니스란 이름을."

"로이니스……."

중얼거리듯 레온이 따라 불렀지만 이내 고개를 저었다.

"그런 이름은 들어보지 못했어요. 게다가 우리 가문에 마법사가 있었다니요? 금시초문인걸요. 조부께선 가문과 영지에 마법사는 필요하지 않다고 하셨거든요. 그분의 유지를 받들어 우린 마법사를 고용하지 않았어요. 아마 페나인에서 마법사의 수가 가장 적은 영지는 레스터일 겁니다. 오죽했으면 아버지나 형들도 레스터로 급히 와야 할 땐 왕립 마법 학회에 도움을 청했겠어요?"

"오오, 이런 젠장! 결국 그 아들이 이렇게까지 방해를 했군!"

둔은 탄식하며 탁자를 내려쳤다. 뒤이어 타바비아도 황당한지 입을 쩍 벌렸다.

"그런 뛰어난 마법사를 놔두고 얼뜨기 마법사를 고용하다니? 우스운 일이군."

"그가 첫 번째 맹약자입니까?"

문득 듣고 있던 알이 질문했다. 그러자 둔도 얼굴을 굳히며 급히 고개를 주억거렸다.

"물론이야. 또한 그는 모든 맹약을 아는 열쇠이기도 하지. 그리고 그라면 지금 너희들이 겪고 있는 고초를 한순간에 해결할 수 있을 거야. 우선 그를 데려와. 아니, 이젠 그의 후손이겠지만. 어쨌든 그는 대륙 최강의 마법사니까."

"대륙 최강이라면, 혹시……."

손끝으로 턱을 매만지며 알은 기대에 찬 시선으로 물었다.

"7써클 이상입니까?"

"7써클? 어림도 없지. 그는 9써클이야."

"하지만 그건 로이니스님이었잖아요? 그의 후손도 그 정도로 뛰어난 마법사일까요?"

조심스럽게 타바비아가 반문했지만 둔은 걱정없다는 듯 대꾸했다.

"그래서 아까 말했잖아? 로이니스도 황당한 짓을 했다고. 그는 건재해. 물론 그의 후손도!"

둔의 단호한 말에 알은 고개를 끄덕였다. 그리고 의미심장한 눈빛으로 레온을 돌아봤다. 레온 역시 알을 바라보며 눈을 빛냈다.

"9써클이라면?"

"그래. 우리에게 필요한 마법사지. 이거 의외의 수확인걸?"

두 사람의 대화를 듣고 둔은 '옳거니' 하며 얼굴을 가까이 대고 재촉하듯 물었다.

"어때, 내 의견대로 하겠나?"

이견이 있을 수 없었다. 어차피 9써클의 마법사는 필요했다. 한데 그런 마법사가 첫 번째 맹약자이자 레스터 가문과 연관된 사람이라니! 레온도 알도 얼른 고개를 끄덕였다.

"좋아요, 그렇게 하겠어요!"

"좋아!"

흡족한 듯 둔은 수염을 쓰다듬었다. 그리고 탁자 위에 놓인 양피지를 접어 품에 넣었다.

"이것은 일단 내가 가지고 있겠네. 자네들이 그 마법사의 도움을 받아서 다시 올 때까지 말이야. 다음은 우리 차례이기도 하니까! 물론 그 때까지 대포를 제작할 유용한 방법에 대해 연구해 두겠네. 괜찮은 방법이지?"

"네, 그렇게 하죠."

레온과 알은 서둘러 자리에서 일어났다. 비록 아무 도움도 받지 못했지만 상당히 유용한 정보를 얻은 셈이었다. 우선 포란 성으로 돌아가 버나드에게 그간의 일을 보고하는 것이 순서겠지만, 레온도 알도 다음은 마법사를 찾아 떠나야 한다는 것을 직감했다.

다시 와야 한다는 설명에 제니퍼는 난감한 표정을 지었다. 그녀는 물끄러미 마법진을 쳐다본 후에 이윽고 둔에게 정중하게 부탁했다.

"죄송하지만 저희가 떠난 후에 이 마법진을 잘 지켜주세요. 비나 바람에 지워지지 않게 무언가로 잘 덮어주시면 감사하겠습니다."

간절한 어조로 부탁하는 제니퍼의 본심은 두 번 다시 산행을 겪고 싶지 않아서였다. 당연히 둔은 그녀의 부탁을 받아들였다. 흔쾌히 응하는 모습에 안도하며 제니퍼는 곧 일행에게 다소곳이 말했다.

"그럼 출발하겠습니다. 여기서 포란으로 바로 떠날 순 없으니 우선 레스터로 돌아가겠습니다. 준비들 해주세요."

모두들 그녀의 말에 따라 마법진 위에 올라섰다. 막 제니퍼가 주문을 외우려는 찰나에 갑자기 멀리서 타바비아가 소리치며 달려왔다.

"잠깐만~ 잠깐만~ 나도 제발 데려가 줘~"

모여 있던 드워프를 헤치며 타바비아가 나타났다. 그는 완전 중무장한 전사의 모습이었다. 양 어깨로 양날의 도끼가 하나씩 꽂혔고 양팔에는 각각 타원형의 작은 방패가, 허리 좌우에는 일전에 알에게 주었던—결국 수요가 사용하고 있지만—자그마한 크로스 보우(석궁)와 활통이 매달렸으며, 두꺼운 가죽 장화 옆에는 단도 두 개가 나란히 꽂혔다. 물론 그의 두툼한 몸도 체인 갑옷으로 쌓였고 머리에는 흡사 둥근 모자처럼 생긴 날개 달린 투구가 얹혀졌다.

갑작스럽게 나타난 타바비아의 모습에—그 짧은 시간 동안 잘도 중무장한 모습에 더욱 놀란 것이겠지만—다들 할 말을 잃고 묵묵히 바라보기만 했다. 그런 시선에 아랑곳하지 않고 타바비아는 레온에게 말을 걸었다.

"나도 도움이 될 테니 데려가 주게. 제 몫은 반드시 할 테니 말이야."

"어이, 타바비아."

한숨과 함께 둔은 도끼눈을 부릅떴다.

"전쟁하러 가냐?"

"네."

짤막하게 대답한 후에 타바비아는 곧 변명하듯 입을 놀렸다.

"이들은 아직 로이니스의 후손이 어디에 사는지도 모르잖아요? 길 안내 겸 갔다 올게요. 괜찮죠?"

"……."

말도 안 되는 그의 변명에 둔을 포함한 드워프들의 시선이 허탈하게 바뀌었다. 그리고 그런 그들을 대표하여 둔은 체념한 듯 대꾸했다.

"그래, 가라, 가. 아주 잘 갔다 와라."

"네, 그럼 허락하신 줄 알고 전 이만 가보겠습니다."

대답과 함께 타바비아는 날렵하게 마법진 안으로 뛰어들었다. 그의 어깨 위로 솟아난 도끼 날이 갑자기 날아들자 다니엘은 한쪽으로 피하며 외쳤다.

"이, 이봐. 조심하라고. 내 코가 잘릴 뻔했잖아!"

"자자, 잘리지 않았으니 괜찮잖아? 어서 출발하자고!"

혹시라도 둔이 마음을 바꿔 붙잡을지도 모른다는 생각에 타바비아는 황급히 제니퍼를 재촉했다. 레온이 고개를 끄덕여 일행으로 받아들이겠다는 의사를 표명하자 제니퍼도 곧 수긍하며 다시 주문을 외우기 시작했다.

마법진이 빛나며 여섯 명의 몸이 점차 빛 속에 잠겼다. 그리고 빛이 사라졌을 때 그들의 모습 역시 사라졌다. 조금 더 마법진을 쳐다보던 둔이 씁쓸하게 명령했다.

"이곳에 작은 막사를 설치해라. 마법진이 손상되지 않게."

명령을 받은 드워프들이 나무와 천을 가지러 간 사이에 오두막으로 들어가며 둔은 중얼거렸다.

"하지만 저 마법진은 더 이상 소용없을 거야. 로이니스의 후손이라면 저런 마법진 따위 없어도 충분히 올 수 있을 테니까."

레스터 성 공작부 지하에 있는 마법진을 지키던 병사들은 만 이틀이 채 안 되어 다시 나타난 일행을 정중히 맞이했다. 미리 레온이 귀띔을 해준 탓에 이번엔 크게 놀라지 않았다.

그러나 두 번째 워프를 경험한 레온과 알은 여전히 현기증과 멀미 증세를 일으켰다. 반면에 한차례 마나를 소비한 제니퍼를 제외하면 그 누구도, 심지어는 타바비아도 괜찮은 듯한 모습이었다.

다만 타바비아는 얼굴을 찡그리며 투덜거렸다.

"정말 워프 실력이 형편없군. 이래서야 '워프 후 전투'엔 전혀 소용이 없겠어."

"이봐, 난쟁이! 실례잖아? 그래도 제니퍼는 무척 애를 썼는데 말야! 제니퍼가 없었다면 이렇게 빨리 올 수 있었겠나?"

기회는 이때다 하고 다니엘이 나서서 그녀를 변호했다.

"난쟁이라니? 그거야말로 실례로군. 난 드워프야!"

타바비아도 지지 않고 응수했다.

"그대가 먼저 실례를 저질렀어. 어서 제니퍼에게 사과하도록 해!"

"내가 왜 사과를 해야 하지? 틀린 말이라도 했단 말인가?"

"뭐야?"

"난 단지 워프를 한 후에 곧바로 전투에 들어가지 못하겠다고 말했을 뿐이야. 워프 실력이 떨어지는 마법사와 파티를 이루면 종종 현기증 때문에 싸우지 못하는 경우도 있으니까! 난 그것을 지적했을 뿐이라고."

"그거야 허약한 드워프에게나 해당하겠지!"

"호오, 지금 내게 도전하는 거냐, 애송이?"

그 말에 다니엘은 어이없다는 표정으로 '허' 하고 코웃음을 쳤다. 그리고 타바비아를 빤히 쳐다보며 검지를 까딱였다.

"도전은 그쪽에서 거는 것 같은데?"

"후훗, 아무래도 교육이 필요한 녀석이로군. 나가자!"

"왜? 여기선 겁이 나서 싸울 수 없나?"

"여기서 싸우다가 마법진이 부서지면 네가 변상할 거냐? 멍청한 녀석."

다니엘의 얼굴이 순간 굳어졌다. 그리고 허리춤의 검을 고쳐 잡고는 먼저 계단으로 향했다.

"따라와. 버릇을 단단히 고쳐 주지!"

현기증 때문에 비틀거리며 마법진을 빠져나오던 알이 힘겹게 소리쳤다.

"어이, 이봐. 누구 맘대로 싸우겠다는 거야? 그만두지 못해? 다니엘 경도 그만 해요."

"왜 그래, 알? 놔둬봐. 재미있을 것 같아."

눈치없이 레온이 나섰다. 알은 이마를 구기며 레온을 노려봤다.

"야, 네 눈엔 저게 장난으로 보이냐? 둘 중에 하난 크게 다칠지도 모르잖아! 버나드 경이 알면 크게 화를 낼 거라구!"

"괜찮아, 알. 살살할 테니."

타바비아는 한쪽 눈을 찡긋 하며 웃었다.

"교육이라고, 교육. 단지 그뿐이야."

그러자 앞서 걷던 다니엘이 몸을 휙 돌리며 레온에게 다짐했다.

"그래요, 레온 공자. 단지 교육일 뿐입니다. 살살 다룰게요."

그리고 다시 한 번 타바비아를 노려본 후에 잽싸게 계단을 올라갔다. 그 뒤로 타바비아가 싱글거리며 쫓아갔다.

"좋아요. 제가 심판을 보죠!"

얼른 레온도 둘을 따라나섰다.

후우, 하고 한숨을 쉬며 알은 미크와 제니퍼를 돌아봤다.

"미크, 우리도 올라가 보자. 제니퍼께선 지금 당장 워프할 순 없죠?"

"네, 죄송합니다."

대답하는 제니퍼의 얼굴빛은 핏기없이 창백했다.

"저기 계신 드워프의 말대로 형편없는 실력이라서요."

아닌 척하고 있었지만 역시 제니퍼도 나름대로 상처받은 것이 분명했다. 아마 다니엘이 저렇게 화를 내는 것도 제니퍼에게 잘 보이기 위함일 거라고 나름대로 추측하며 알은 천천히 계단으로 발걸음을 옮겼다.

"그럼 잠시 쉬도록 해요. 저 둘이 승부를 낸 후에 출발하도록 하죠."

"알겠습니다, 알."

"아, 그리고 말 좀 낮출래요? 듣자니 귀족이라면서요?"

알은 싱긋 미소를 지었다. 대답 대신 제니퍼도 마주 미소를 지었다.

알은 미크와 함께 위로 올라갔다.

알과 미크가 공작부를 나섰을 때 다니엘과 타바비아는 벌써 연병장에서 말싸움을 시작했다.

먼저 타바비아가 외쳤다.

"미리 말해 두겠지만 난 카네비스 산에서 세 번째로 강하다!"

"하!"

다니엘은 가소롭다는 듯 비웃었다.

"숫자로 날 누를 생각인 모양인데."

그는 엄지손가락을 세워 자신을 가리키며 맞받아쳤다.

"난 4근위대에서 가장 강하다!"

"에? 하지만 4근위대를 이끄는 분은 찰스 채프맨 백작으로 알고 있는데요?"

레온이 궁금하여 묻자 다니엘은 씩 미소를 지었다.

"군단장은 검 실력으로 뽑는 게 아니니까요. 물론 찰스 경 역시 뛰어난 검사이긴 하지만 저보단 약하단 얘기죠."

"너 정도의 사내가 최고라니, 근위대의 실력도 알 만하군."

듣고 있던 타바비아의 차가운 응수에 다니엘의 얼굴이 굳어졌다. 그는 잠시 눈을 감은 채 분을 삭였다. 다시 눈을 떴을 때 그의 눈빛은 노기를 참지 못해 은은한 살기를 뿜었다.

다니엘은 조용하지만 음산하게 읊조렸다.

"나에 대한 모욕은 참아주려 했지만 근위대를 욕하는 것만은 참아줄 수 없군. 방금 그 말에 대한 대가를 지금 치르게 해주겠다!"

"능력이 된다면."

대꾸하는 타바비아는 여전히 능글맞았다.

챙!

다니엘의 검이 뽑혔다. 순간 타바비아는 어디서 주워 왔는지 몽둥이 두 개를 꺼내 들었다. 그것을 본 다니엘은 깔보였다는 생각에 더욱 발끈했다.

"어서 도끼를 꺼내라! 그건 폼으로 달고 다니냐?"

"이건 적을 죽이기 위해서 있는 것이지 교육용이 아니거든."

그 대답에 기가 막혔는지 다니엘은 '허' 하고 신음하며 입을 쩍 벌렸다.

"아주 가지고 놀아라!"

그리고 롱 소드를 휘두르며 타바비아에게 달려들었다.

멀리 떨어져 있던 것은 아니지만 그래도 5미터 정도를 달려들며 뻗는 검신에는 육중한 무게가 가해졌다. 물론 바스타드 소드처럼 검 자체의 무게는 그리 나가지 않았지만 대신 롱 소드 특유의 예리함이 더

해져 몽둥이 따위로 막아낼 정도는 아니었다.

그리고 아무리 화가 치밀었다고 해도 상대를 죽일 생각은 아니었던 다니엘은 몽둥이를 겨냥해 오른쪽에서부터 수평으로 크게 휘둘렀다. 그의 검이 몽둥이 중간을 노리며 베어 들어갔다.

'싹둑'이나 '뎅겅'이란 소리를 예상했던 다니엘의 귀에 '챙강'하는 소리가 들렸다. 그리고 소리뿐만 아니라 검신도 단단한 무엇인가에 막혀 더 이상 휘둘러지지 않았다.

"이런?!"

다니엘의 입에서 희미한 신음이 터졌다. 어느새 타바비아는 몸을 숙이듯 앞으로 밀고 나오며 왼쪽 팔목에 부착된 소형 방패로—보기보다 단단하게 제련된 철제였다—그의 검을 막았다. 그러나 다니엘이 놀란 점은 단순히 막았다는 자체가 아니었다. 롱 소드라고 해도 다니엘은 5미터를 달려왔기 때문에 가속도가 붙은 상태였다. 그런 검신을 멀쩡하게 서서 받아냈다는 것은 웬만한 힘이 아니고서야 불가능한 일이었다.

즉, 타바비아는 그 정도의 힘을 가졌다는 얘기였다.

그것을 깨닫는 순간 다니엘의 허리로 딱딱한 것이 느껴졌다. 놀라며 아래를 바라보니 어느새 타바비아는 오른쪽에 들고 있던 몽둥이로 그의 허리를 쿡쿡 찌르고 있었다.

키 차이 때문에 타바비아는 다니엘을 올려다보며 싱긋 웃었다.

"이것이 도끼였다면 자네 허리는 벌써 두 동강 났어."

"헉!"

숨을 들이키며 다니엘은 황급히 물러섰다. 그는 양손으로 검을 모아 쥐며—어쨌든 상대는 괴력의 소유자였으니까—신중하게 겨눴다. 그리고 면밀히 타바비아의 자세를 살폈다.

타바비아는 양손에 든 몽둥이를 벌리듯 잡았다. 언뜻 보기엔 무방비 같았지만 다니엘은 내심 고개를 끄덕였다.

실제론 양손에 도끼를 쥐고 있어야 했다. 그리고 워프를 할 때 그의 등 뒤에 섰던 다니엘은 도끼의 길이와 재질을 눈여겨봐 뒀다. 어른 팔 만한 길이에 자루까지 온통 철제로 일체화된 구조였다. 도끼 하나의 무게가 족히 중검과 맞먹을 터였다.

그리고 지금 타바비아의 몽둥이를 쥔 자세는 그 도끼를 추켜올리듯 잡았다. 방금 전의 괴력에 걸맞은, 아니, 어쩌면 그런 괴력이기에 사용 할 수 있는 자세였다.

'엄청난 괴력의 소유자로군. 어쩌면 캐러디안의 키리모아를 능가할 지도 모르겠는걸?'

다니엘은 속으로 그렇게 중얼거렸다.

물론 도끼 두 개를 합친다 해도 키리모아의 거검보다는 가벼웠다. 하지만 키리모아와 타바비아는 체구에서 비교가 되지 않았다. 2미터에 달하는 거구의 키리모아에 비해 타바비아는 1미터 30정도의 짜리몽땅 한 드워프인 것이다. 그런데도 두 사람의 힘은 거의 막상막하. 실로 엄 청난 상대라는 것을 다니엘은 실감했다.

그렇다고 다니엘이 겁먹은 것은 아니었다. 누가 뭐래도 그는 4근위 대의 촉망받는 기사였으며 순간의 위기를 넘기는 것이야말로 그의 장 기 중에 하나였으니까. 그리고 그는 냉정했으며 또한 용감했다.

다시 한 번 다니엘은 기합을 지르며 달려들었다. 오른쪽에서 베고, 막히자 곧바로 검을 회수해 찌르고, 몽둥이로 검을 흘리듯 비켜내자 다 시 왼쪽에서 베었다. 베고, 찌르고, 베고, 찌르고, 베고, 찌르고, 순서를 무시한 채 또 한 번 찌르고, 어쭈, 막았네! 한 번 더 찌르고, 설마 이번엔 베겠지 하고 생각할 테니 또 한 번 찌르고, 결정타로 위에서부터 내리꽂듯 찍어 누르며 베었다.

그리고 챙!

"여어, 생각보다 기술 좋은데?"

다소 감탄한 듯 타바비아는 왼팔의 방패로 머리를 막으며 외쳤다.

후닥닥 다니엘은 대답 않고 뒤로 물러섰다. 대답하느라 정신을 뺏긴 사이에 허리를 몽둥이에—물론 실제 상황이라면 도끼에—찔릴 가능성이 있었기 때문이다.

물론 실제로 타바비아는 몽둥이로 다니엘의 허리를 찌르고 있던 중이었다. 몽둥이가 허공을 가르자 타바비아는 입맛을 다셨다. 생각보다 다니엘의 기술이 좋다는 생각이 든 것이다. 방금 전의 공격에서도 빈틈이 전혀 없었던 것은 아니지만 다니엘의 빠른 공격은 쉽게 반격의 여지를 주지 않았다.

타바비아는 내심 도끼를 꺼내지 않은 것을 후회했다. 자루까지 온통 철제인 도끼는 자체로도 방패 구실을 하게 마련이었다. 상대가 검을 휘두르기 전에 미리 도끼로 막고 나머지 하나로 허리를 베는 수법을 사용할 수 없다는 점은 확실히 큰 손실이었다. 게다가 방어에 있어서도 양팔에 매달린 방패만 사용해야 하니 이만저만 손해가 아니었다.

원래 타바비아의 목적은 다니엘의 선수 공격에 적절히 대응하다가 반격을 가할 생각이었다. 물론 교육용으로써 '넌 상대가 안 돼'라는 것을 가르쳐 주는 정도로 그칠 생각이었다. 한데 의외로 다니엘의 공격은 매서웠다. 반격은커녕 기습조차 허용하지 않을 정도였다. 그렇다고 먼저 공격을 하자니 몽둥이로는 다니엘의 검을 막을 수 없다는 점이 문제였다.

타바비아가 그런 생각에 머뭇거리며 공격을 하지 못하는 동안 다니엘도 대략 상황을 파악했다. 어쨌든 다니엘은 영리했고 상대의 약점을 제대로 파악하는 데 있어서 천재적이었다. 그는 비릿한 미소를 지으며 약을 올렸다.

"이번엔 그대가 먼저 공격해 보시지. 어디 방어만큼이나 공격을 제대로 하는지 내가 가늠해 줄 테니 말이야."

"훗, 하라면 못할 줄 알았나?"

타바비아는 선뜻 대답했다.

그리고 작고 뚱뚱한 체구에 걸맞지 않게 그는 바람처럼 다니엘에게 달려들었다. 독수리가 날개를 펴듯 타바비아는 몽둥이를 양쪽으로 움켜쥐었다.

다니엘은 그대로 멈춰 선 채 그의 달려드는 품새를 지켜봤다. 확실히 진짜 도끼였다면 위력적인 공격이었다. 도끼의 무게에, 달려드는 기세, 그리고 핏줄이 튀어나올 것 같은 위력적인 근육의 힘이 어우러진다면 굉장한 타격이 될 것이 분명했다. 만약 정말 도끼였다면 다니엘은 막는다는 생각보다 피할 생각을 먼저 했을 것이다.

하지만 지금 달려드는 타바비아의 손에 잡힌 것은 도끼가 아니라 몽둥이였다. 그리고 그 점을 이미 계산한 다니엘은 희미한 미소를 지으며 검을 곧추세웠다.

다니엘의 몸이 오른쪽으로 기울며 용수철이 튀듯 왼발로 땅을 박찼다. 어느새 검끝은 달려나가는 오른발 끝으로 떨어져 언제라도 위로 벨 수 있게 전환되었다. 그리고 다니엘과 타바비아의 몸이 순식간에 달라붙듯 겹쳐졌다.

타바비아는 허리를 틀어 오른쪽 몽둥이로 다니엘의 몸통을 공격했다. 그러나 이미 예상하고 있던 다니엘은 검으로 몽둥이를 쳐 올렸다. 반 토막으로 잘려진 몽둥이가 허공을 가르며 솟구치자 승리를 예감한 다니엘이 최후의 일격으로 타바비아의 투구에 검을 내리꽂았다. 아니, 꽂으려 했다.

순간 다니엘의 눈에 어느새 몽둥이에서 단검으로 무기를 바꾼 타바비아의 오른손이 보였다. 단검은 정확하게 다니엘의 가슴으로 파고들었다. 몽둥이를 쳐 올리느라, 그리고 재차 공격을 하느라 다니엘의 가슴은 활짝 열린 채 무방비 상태였다. 아찔한 순간이었다.

단검의 끝이 막 다니엘의 가슴 끝에 이르렀다. 그리고 순간적으로 타바비아의 손가락이 현란한 춤을 추었고 단검은 그의 손바닥에서 방향을 바꾸었다. 다니엘의 가슴에 정확하게 단검이 꽂혔다. 자루 부분이긴 했지만.

'헉' 하고 숨을 몰아쉬는 동안 이번엔 왼손의 몽둥이가 다니엘의 오른쪽 겨드랑이를 툭 하고 건드렸다. 그리고 뒤이어 다니엘이 기세 좋게 아래로 검을 내리꽂으며 나머지 하나의 몽둥이를 동강 냈다.

두 번의 치명적인, 실제였다면 단검으로 찔렸거나 도끼로 옆구리를 베였을 공격에 당황한 다니엘이 서둘러 자세를 바로잡는 동안 또 하나의 단검이 그의 가슴으로 파고들듯 날아왔다. 역시 이번에도 검자루가 먼저 가슴을 찌른 후 바닥에 떨구어졌다.

가슴 한 켠이 저릴 정도로 울려왔고 순간 깜짝 놀란 다니엘이 앞을 주시하자 어느새 타바비아는 크로스 보우를 장전하여 그를 겨누고 있었다.

다니엘은 소리조차 나오지 않을 정도로 경악하여 입을 쩍 벌렸다. 그 자신도 검의 빠르기에 있어선 상대가 없다고 자부했었다. 한데 지금 눈앞의 드워프는 그보다 더 빨랐다.

달려드는 순간까지도 그는 몽둥이만 쥐고 있었다. 한데 다니엘이 몽둥이를 벤 순간에 벌써 단검을 뽑아 들어 가슴을 찔렀고, 달려들던 속도에 버금가는 빠르기로 쏜살같이 뒤로 내뺐다. 그리고 재차 몽둥이로 겨드랑이를 건드렸다. 그때까지 다니엘은 첫 번째 몽둥이를 벤 후에 두 번째 공격으로 전환하지도 못했다. 승리를 자만했기 때문이 아니었다. 그는 분명 최선을 다했고 한순간의 망설임도 없이 검을 휘둘렀다. 하지만 기껏 벤 것은 자신의 겨드랑이를 건드린 몽둥이뿐이었다. 벌써 타바비아는 검의 사정권에서 빠져나간 것이다. 그리고 뒤이어 단검을 던져 왔고 그 모든 공격을 깨닫고 정신을 차려 그를 주시했을 때는 벌써 크로스 보우를 장전하여 겨누었다.

그 모든 것에 경악하는 동안 타바비아는 느릿한 동작으로 왼쪽 어깨 위로 삐죽이 솟아 나온 도끼(베틀 엑스(Bettle Ax))를 왼손으로 거머쥐어 뽑았다. 육중해야 할 도끼는 그의 손에서 마치 장난감처럼 춤을 추었다. 철로 일체화되지 않았다면 페룰(Ferrule:자루를 보강하기 위한 쇠 장식으로 도끼 머리 바로 밑에 설치함)이었을 부분을 쥔 채 도끼를 뽑은 타바비아는 어깨 위에서 한 바퀴 원을 그리며 아래로 떨구었다. 그 짧은 사이에 도끼 자루는 그의 손바닥 안에 굳건히 자리를 잡고 먹이를 노리듯 날을 반짝였다.

왼손이 도끼 춤을 추는 동안 오른손에 쥐어져 있던 크로스 보우는 '피슉' 하는 소리와 함께 화살을 발사했다. 그리고 화살은 다니엘의 머리 뒤로 날아가 둔탁한 소리와 함께 뭔가에 명중되었다. 그것이 무엇인지 다니엘은 쉽게 짐작했다.

타바비아는 크로스 보우를 발사하자 곧바로 허리춤에 매달고 머리 뒤로 손을 올려 재빨리 오른쪽의 도끼를 움켜쥐었다. 또 한 번의 도끼 춤이 끝나고 그의 양손엔 몽둥이 따위가 아닌 진짜 도끼, 그것도 엄청나게 시퍼런 날이 양쪽으로 난 베틀 엑스가 쥐어졌다.

벌어진 입을 겨우 다물었지만 다니엘은 절로 침을 꿀꺽 삼켰다.

"넌 네 번 죽었어. 아니, 처음의 것까지 다섯 번이군."

타바비아가 말했다.

다니엘은 천천히 고개를 돌려 뒤를 돌아보았다. 예상대로 자신이 하늘로 쳐 올렸던 몽둥이가 화살이 박힌 채 뒹굴었다. 머리 뒤로 날린 화살이 땅바닥에 있던 몽둥이를 맞췄을 리는 만무, 즉 타바비아는 떨어지는 몽둥이를 쏘아 맞췄다는 얘기였다. 그만큼 사격에 자신이 있다는 것을 보여준, 즉 방금 전의 화살이 다니엘의 가슴이나 머리를 노렸다면 맞았을 것이라는 것을 의미했다.

다니엘은 다시 앞으로 고개를 돌리며 숫자를 세었다.

달려들며 휘두른 검을 막고 허리를 친 것이 한 번, 잘려진 몽둥이에서 단검으로 바꾸어 가슴을 찌른 것이 두 번, 몸을 틀어 빠져나가며 옆구리를 가격한 몽둥이가 세 번, 잘려진 몽둥이를 버리고 단검을 뽑아 던진 것이 네 번, 그리고 떨어지는 몽둥이를 맞춘 화살이 마지막 다섯 번.

다섯 번의 공격, 그리고 모두 성공, 게다가 치명적이었다. 특히 두 번째에서 다섯 번째에 이르는 공격은 단 한 순간이었다. 그 한순간에 다니엘은 죽음의 강을 네 번 연속으로 건넌 셈이다. 물론 그의 목숨이 그 정도 숫자여야 가능한 일이겠지만.

인정하고 싶지 않지만 확실히 다니엘은 졌다. 그것을 다니엘 자신도 알고 있었으며 공격한 타바비아도 알고 있었다. 그리고 심판을 보기 위해 한쪽에 서 있던 레온도 인정하고 있었다.

다니엘은 천천히 검을 거두며 불만스러운 표정으로 말했다.

"…졌소."

"뭐라고? 잘 안 들려."

"졌다고 했다! 그래, 내가 졌어! 이제 됐나?"

화가 무진장 난 다니엘이 버럭 소리를 질렀다. 반면에 타바비아는 양손에 쥐고 있던 도끼를 원을 그리듯 어깨 위로 올려 등 뒤로 꽂아 넣으며 웃었다.

"그래서 내가 말했잖아? 난 카네비스 산에서 세 번째로 강하다고. 진작에 알아들었으면 쉽게 승복했을 텐데 말이야."

그 말에 레온이 의아하여 물었다.

"그럼 타바비아보다 강한 자는 누구죠?"

"음, 두 번째는 캐러디안의 유쾌한 사람들을 이끄는 로딘."

고개를 돌리고 분을 삭이던 다니엘의 얼굴이 휙 돌아갔다. 그는 너무 놀랐는지 두 눈을 홉뜬 채 타바비아를 노려봤다.

"뭐요? 그럼 카네비스 산 어쩌고 할 때 그들도 포함된 거였소?"

반문하던 다니엘은 순간 제프나 키리모아가 떠올랐다. 자신이라고 해도 쉽게 이길 수 없겠다 싶었던 그들을 눈앞의 쪼끄만 드워프는 제쳤다는 얘기가 아닌가?

"말도 안 돼. 그 로딘이 두 번째라니요? 그럼 첫 번째는 누구죠?"

레온도 놀라 소리쳤다.

뉴카슬 협곡에서 보여줬던 로딘의 검기는 보통이 아니었다. 내뻗는 검기의 길이로 추정컨대 그가 체내에 보유한 마나는 중급 마스터의 수준을 넘어섰다. 아마 잔상은 물론 웬만한 검법은 거의 소화할 수 있는 수준일 것이 틀림없었다. 적어도 그는 마나를 잃지 않았을 때의 버나드나 죽은 카슨에 버금가는 실력을 소유했을 거라고 레온은 추정했다. 그런 로딘보다 강한 자가 카네비스 산에 있다니, 레온으로선 쉽게 믿을 수 없었다.

"아, 위대한 엘프 족의 마스터 정령검사 애르피자가 가장 강한 녀석이야."

그의 실력이 끔찍할 정도로 강하다는 뜻인지 타바비아는 대답하면서 고개를 저었다. 그리고 '위대한 엘프 족'에 대한 얘기가 나왔을 때 다니엘은 경악하듯 외쳤다.

"위대한 엘프 족! 그들도 포함한 것이란 말이오?"

"물론. 그들도 카네비스 산에 사는 종족 중에 하나니까."

당연하다는 듯 대꾸하는 타바비아에게 다니엘은 질렸다는 표정을 지었다. 그는 확인하듯 재차 물었다.

"그렇다면 나머지 위대한 엘프 족은 이길 수 있다는 말인가?"

"당연하지. 드워프는 원래 저항력이 강한 데다가 '용감한 드워프 족'은 마법이나 정령에 대한 저항력이 특히 강하니까. 정령을 쓰지 못하는 위대한 엘프 족은 그저 활 잘 쏘고 조금 재빠른 정도에 불과해. 내 상대는 아니지."

가슴을 떡 벌리며 타바비아는 자랑스럽게 대꾸했다.

"…젠장!"

다니엘은 씹어뱉듯 투덜거리며 몸을 돌렸다.

캐러디안 숲의 산적들은 물론 위대한 엘프 족까지 포함해서 '세 번째로 강한 자'라면 말 다 한 셈이다. 적어도 다니엘 자신이 아무리 엉뚱한 짓을 자주 한다고 해도 위대한 엘프 족과 맞짱뜰 정도는 아닌 것이다. 한데 타바비아는 그들 중에서 '애르' 뭐라는 녀석 빼고는 다 이길 수 있다고 장담하고 있으니, 게다가 지금 보여준 실력만으로도 충분히 믿어질 정도이니 다니엘로선 이길 수 없는 것이 당연했다.

그가 자리를 비키는 동안 레온이 타바비아를 향해 외쳤다.

"굉장해요, 타바비아. 정말 뛰어난 실력이군요!"

"아, 뭐."

레온의 칭찬이 싫지 않은지 타바비아는 헤벌쭉 웃으며 어깨를 으쓱거렸다.

"보통이지! 왕년에 수련을 좀 엄하게 했었거든!"

"와아, 무슨 일루요?"

순간 타바비아의 얼굴이 살짝 굳어졌다. 다만 수염 때문에 레온은 그의 변화를 눈치 채지 못했다. 타바비아는 얼버무리듯 중얼거렸다.

"그럴 만한 일이 있었어. 자, 이제 내 실력을 확실히 알았겠지?"

얼른 그는 화제를 돌리며 눈을 찡긋거렸다.

그게 무슨 뜻인지 모르는 레온은 얼른 맞장구를 치며 칭찬에 여념이 없었다.

"네, 정말 굉장해요. 훌륭했어요. 엄청났다고요."

연병장 끝에서 그 모습을 지켜보던 알은 피식 웃었다. 이제야 타바비아가 왜 다니엘에게 시비를 걸어 싸움을 시작했는지 눈치 챈 것이다.

타바비아는 자신의 실력을 보여줌으로써—어쨌든 다니엘은 상급 크루세이더로서 실력을 공인받은 자였으니까—앞으로 중요한 일에 자신을 써달라는 무언의 요청을 한 것이다.

그러나 정작 레온은 전혀 그런 생각을 못하고 있으니 보고 있는 알은 웃음만 나왔다. 물론 타바비아는 자신의 의도가 레온에게 전달되었다고, 그러니까 칭찬하는 것이라고 생각하며 흡족한 미소를 지었다.

"어이어이, 상대가 틀렸잖아? 군단을 이끌고 있는 것은 버나드 공작 각하이지 레온이 아니라구."

쿡쿡 웃으며 알은 중얼거렸다. 마침 곁에 있던 미크가 얼핏 그 말을 듣고 그를 바라봤다.

"뭐? 뭐라고 했지?"

"아니, 아무것도 아니야."

웃음소리와 함께 알은 손을 저었다.

'하지만 뭐, 내가 전하면 되지. 타바비아라는 드워프는 굉장한 전력이라고. 아마 그가 속해 있는 종족도 꽤나 강할 거라고. 누가 됐든 그의 의도대로 되기만 하면 되는 거 아니겠어?'

속으로 그런 생각을 하며 알은 여전히 허리를 편 채 웃었다.

포란 성의 창고에 있는 마법진이 빛나며 여섯 명이 나타났다.

지키고 있던 병사들이 서둘러 인사를 하는 동안 심통이 난 얼굴로 다니엘이 외쳤다.

"생각해 보니 내가 완전 중무장한 상태였다면 그렇게 많이 죽진 않았을 거야!"

"포기를 모르는 친구로군. 하지만 중장갑을 하고 있다손 치더라도 최소한 두 번은 확실히 죽었어. 내가 진짜 도끼를 들고 있었다면 말야."

타바비아도 얼른 대꾸했다.

"내 도끼는 웬만한 장갑은 쉽게 찢어버릴 정도거든. 게다가 보통 도끼였더라도 내 힘으로 충분히 으깨 버릴 수 있을 거야. 그렇지 않나?"

그 말에 다니엘은 씩씩거릴 뿐 쉽게 반박하지 못했다. 그의 말이 틀린 것은 아니기 때문이었다. 게다가 듣고 있던 레온도 거들듯 한마디 보탰다.

"또한 도끼를 자를 순 없었을 테니 다니엘 경의 반격은 실패했을 거예요. 물론 그 정도 거리였으니 반격 실패는 곧 죽음으로 연결되겠죠."

'으드득' 하는 소리가 날 정도로 다니엘은 주먹을 불끈 쥐었다. 속으로 '진짜 도끼였다면 정면으로 승부하지도 않았어요, 레온 공자!' 라고 소리쳤지만 그는 인내심을 쥐어 짜내어 입을 꾹 다물었다.

"오, 맞아, 맞아. 그러고 보니 그럴 수도 있겠군. 알겠나, 친구? 어차피 그대나 나나 만반의 준비를 갖추지 못했던 것은 똑같네. 결국 똑같은 조건이었단 얘기지."

타바비아의 대꾸에 다니엘은 얼굴을 구긴 채 아무 말 없이 밖으로 향했다. 확실히 그의 말이 옳았으니 더 말해 봐야 자신만 손해란 것을 깨달은 것이다. 괜히 투덜거렸다가 본전도 못 찾은 셈이라 그의 심기는 매우 불편했다.

다니엘을 선두로 세 번째 워프에 조금 익숙해진 레온과 알, 타바비아와 미크, 그리고 제니퍼가 따랐다.

그들이 창고를 나섰을 때 성은 매우 어수선했다. 연병장을 포함한 모든 공터에 큼직한 막사가 여기저기 설치되었고 사이마다 병사들이 고함을 지르며 지키고 섰다. 대부분의 막사에 사람들, 짐작컨대 포란 시민들로 보이는 사람들이 꽉꽉 들어찼고 그들은 불안한 표정으로 움츠리듯 자리를 지켰다.

물끄러미 주변을 훑어보던 다니엘이 중얼거렸다.

"전쟁 준비가 한창인 것 같군요."

그는 잠시 성벽 주위를 살피고 곧 덧붙였다.

"아직 적은 오지 않은 것 같습니다. 전투 준비는 다 되었지만 전투한 흔적은 없군요."

그의 말대로 성벽에는 화살과 돌무더기, 투석기와 바윗덩어리, 뜨거운 기름과 모래주머니가 잔뜩 준비되었지만 사용한 흔적은 없었다. 보초를 서는 병사들의 모습도 긴장한 표정이지만 지친 기색은 없었다.

약 십만에 가까운 사람들이 성안에 가득한 것에 레온은 숨을 멈추며 긴장했다. 생애 최초의 전쟁이었던 뉴카슬 전투에서조차 긴장보다 흥분이 먼저 들었던 레온이었다. 하지만 지금 레온의 마음 한구석은 매우 무거웠다. 포란 마을 사람들의 불안한 시선을 바라보면서 레온은 왜 그런 생각이 드는지 의아했다. 다만 서둘러 형 버나드를 만나봐야겠다는 것은 알 것 같았다.

레온은 일행을 향해 말했다.

"가요, 우선 형을 봐야겠어요."

"그래, 레온. 서두르자."

레온이 느끼고 있는 것을 모두들 느꼈는지 일행도 서둘러 걸음을 재촉했다.

레온은 일행을 이끌고 버나드를 찾아서 백작부로 들어갔다. 마침 그는 백작부에서 소규모 군사 회의를 하고 있던 중이었다. 근위대를 이끄는 찰스와 도널드, 레스터 영주 대리 하이렌, 포란 성주 프란츠와 군수 담당으로 지목된 아벤, 이렇게 다섯 명의 백작이 버나드와 함께 있었다.

그동안 레스터 각지의 성에서 달려온 전령이 전한 소식은 그다지 밝지 못했다. 전쟁 상황이 비관적이었으므로 버나드는 최고 책임자들을 소집해 소규모로 군사 회의를 열었다. 일급 지휘관들을 제외한 그 누구도 알아선 안 된다고 판단한 탓이다. 병사나 주민들이 동요하면 전투를 치르기 전에 패배할 수도 있기 때문이었고, 그런 이유로 회의실은 병사들에 의해 엄중하게 지켜졌다.

하지만 레온은 병사들의 제지에도 불구하고 문을 박차듯 안으로 들어갔다. 알의 조언도 있었지만, 레온 자신이 생각해도 지금 가장 중요한 것은 자신들이 가져온 정보를 빨리 전하는 것이었다. 그런 레온을 병사들은 막을 수 없었고 군사 회의를 하던 버나드는 의아한 눈길로 문으로 들어서는 일행을 바라봤다.

그는 레온에 이어 나타난 인물들—특히 중무장의 전사 드워프—의 모습을 발견했다. 카네비스로 보냈던 레온이 성공을 거뒀다고 판단한 버나드는 곧 병사들을 물리치며 반갑게 그들을 맞았다.

"오, 성공했느냐, 레온?"

"아니요. 실패했어요, 형."

"…뭐라고?"

대답을 듣고 버나드는 얼굴을 굳혔지만 레온은 당당했다.

"별동대는 어떻게 됐습니까, 공작 각하?"

서둘러 알이 물었다.

"그래요, 형. 수요는 떠났나요?"

레온도 거들듯 회의하고 있던 탁자로 달라붙으며 질문했다.

순간 버나드는 당황했지만 곧 냉랭한 얼굴로 레온과 알을 번갈아 쳐다봤다.

"물론 수요, 그 녀석도 별동대에 가담시켰다. 지금은 한 명이라도 성내에 병사들이 남아야 할 때, 아무리 친구 사이라 해도 빼줄 순 없다."

답변하는 버나드는 특히 '녀석'이란 말을 은근히 강조했다. 혹시라도 두 사람이 수요의 정체를 밝힐까 봐 암시를 준 것이다. 그러나 레온과 알은 그의 말은 안중에도 없는지 연거푸 물었다.

"그래서 별동대는 출발했어요?"

버나드는 두 사람의 반응에 뭔가 이상함을 느꼈다. 레온은 몰라도 알까지 별동대에 대해, 정확하게는 수요에 대해 집요하게 묻는 것이 마치 서두르는 것 같았기 때문이다.

"무슨… 일이지?"

"마법사를 찾았어요, 형!"

레온의 외침에 버나드의 눈썹이 꿈틀했다. 그리고 확인시키듯 알도 뒤이어 말했다.

"9써클의 마법사를 찾았습니다, 공작 각하!"

"뭐, 뭐라고? 그게 정말이냐?"

"그래요, 형. 별동대는 출발했어요?"

순간 버나드의 머리가 신속하게 회전했다.

리저드의 반란을 저지하기 위해선 무엇보다 왕가가 생존하고 있다는 것을 증명해야 했다. 적어도 왕국의 힘을 모으려면 왕가의 힘이 필수적이기 때문이다. 그리고 실제로 왕자 리처드는 생존해 있었다. 다만 불행하게도 히드리크의 저주에 의해 모습이 바뀌어 증명할 길이 없다는 것이 문제였다. 그리고 그 저주를 풀기 위해선—물론 히드리크의 말에 의한 것이지만—9써클의 마법사가 있어야만 했다.

그런 마법사가 어디 있는지 몰랐다면 수요의 정체를 숨긴 채 친위대를 주축으로 구성한 별동대에 포함시켜 외부로 빼돌리는 것이 최선의 선택이었다. 하지만 그런 마법사가 어디 있는지 알고 있다면?

"다, 당장 별동대를 불러들여라! 아직 그들은 출발하지 않았겠지?"

다급하게 버나드가 외쳤다. 그리고 찰스와 도널드를 번갈아 쳐다봤다. 그의 초조한 눈빛에 두 사람은 의아해하며 서로를 바라봤다. 영문은 몰랐지만 곧 찰스가 대답했다.

"네, 조금 전 출발 준비가 되었다는 얘기는 있었지만 아직 출발하진 않았을 겁니다."

"하지만 곧 출발할 겁니다, 공작 각하. 지금 그들은 서문 쪽에……."

버나드의 고개가 휙 돌아가며 하이렌을 바라봤다.

"지금 당장 별동대를, 키렌을 데려와라! 어서! 서둘러!"

깜짝 놀라긴 했지만 하이렌은 부리나케 밖을 향해 뛰었다. 회의실에 있던 자들 중에 레온을 제외하면 마스터인 하이렌이 가장 빨랐다. 그 걸 염두에 두고 버나드가 자신에게 지시한 것이라 판단한 하이렌은 서 문을 향해 죽어라 달렸다.

한편 버나드는 초조함을 감추지 못한 표정으로 레온과 알에게 눈을 돌렸다.

"그 마법사에 대한 소문은 어디서 들었지?"

"드워프 족장 둔에게 들었어요. 스고우 령의 '슬라임 계곡'이란 곳 에 있다고 했어요."

"스고우 령……."

버나드는 살짝 얼굴을 찌푸렸다. 잠시 고개를 숙인 채 생각하던 그 는 이내 레온의 뒤에 다소곳이 서 있던 제니퍼를 쳐다봤다.

"제니퍼 경, 혹시 스고우로 워프할 수 있습니까?"

갑작스런 질문이었지만 제니퍼는 침착하게 대답했다.

"네, 할 수 있습니다. 원래 수도에서 대영주께서 계시는 성까지는 유 사시에 언제라도 워프할 수 있도록 포인트마다 마법진이 준비되어 있 으니까요. 그게 없는 곳은 아마 레스터뿐일 겁니다, 공작 각하."

대답하던 제니퍼는 슬쩍 버나드의 눈치를 살폈다. 말하고 보니 레스 터에 대해 비판하는 것 같다는 생각이 들었던 것이다. 이유는 모르지 만 레스터 영지에는 공간 이동을 할 때 필요한 마법진이 없었다. 지금은 레스터 성 공작부 지하와 포란 성 창고에 제니퍼가 그린 두 개가 있었지만 전에는 단 한 개도 없었다.

공간 이동 마법, 워프를 시행하기 위해선 몇 가지 조건이 필요했다. 마법 자체가 마나 소모가 심하고 주문이 복잡해 5써클 이상의 마법사만 가능하다는 것과 마법진이 있어야 한다는 점이었다. 단거리 워프(약 1㎞ 이하)라면 모르겠지만 장거리 워프에선 오차를 줄이기 위해선 마법진이 반드시 필요했다. 그래서 한계 치에 가까운 일정 거리마다(마법사의 수준에 따라 다르지만 대개는 100㎞ 정도가 한계 거리) 마법진을 설치해 놓는 것도 오차와 마나 소모를 줄이기 위함이었다. 물론 도착 지점에 꼭 마법진이 있을 필요는 없지만 마나 소모를 줄이는 것 이외에 다음 포인트로 즉시 출발할 수 있는 이점도 있어 마법사들은 포인트 간의 이동을 중요시했다. 마법진을 그리는 것에도 상당한 마나가 소모되기 때문이다. 그리고 그렇게 그려진 주요 마법진은 왕립 마법 학회에 등록되어 있어 '워프 포인트'로 활용되게 마련이다.

레스터에는 없지만 타 영지에는 그런 워프 포인트가 여럿 있었고 당연히 제니퍼 역시 알고 있었다.

제니퍼는 잠시 생각한 후에 곧바로 대답했다.

"우선 레스터 성으로 돌아간 후에 그곳에서 스고우의 워프 포인트를 이용하여 스고우 성으로 들어갈 수 있을 겁니다, 공작 각하."

그녀의 대답에 버나드의 눈빛이 희미하게 떨렸다.

"스고우 성이라… 다른 곳은 없습니까?"

"없습니다, 공작 각하. 수도에 기록되어 있는 워프 포인트는 각 대영주의 성까지 이동할 수 있도록 되어 있으니까요. 그 외에도 있겠지만 그것들은 대영주께서 관리하는 것, 저희와는 상관없습니다."

"워프 포인트라는 것 역시… 스고우 영지 내의 어느 성이겠지요?"

"네, 그렇습니다. 만일에 있을 적의 침투에 대비하기 위하여 엄중히 방비해야 하기 때문에 각 영지 내에 요새나 성에 설치하게 되어 있습니다."

"곤란하군."

"무슨 일입니까, 공작 각하?"

궁금한 듯 찰스가 물었지만 버나드는 턱을 쓰다듬을 뿐 답변하지 않았다. 대신 버나드는 조그만 목소리로 중얼거렸다.

"결국 카르디프 후작이 문제인데……."

잠자코 듣고 있던 도널드가 나섰다.

"스고우 후작과 연계 작전을 펴실 생각이십니까?"

문득 고개를 들며 버나드는 대꾸했다.

"물론 그것도 생각해야겠지. 하지만 우선 처리해야 할 일이 있어."

"무슨 뜻입니까?"

"자네가 스고우 후작이라면 나의 제안을 받아들이겠는가?"

"제안이라 하시면?"

"레스터에 들어온 반군을 몰아내기 위해 병사와 군수품을 지원하겠는가 말이야."

"그야 당연히 지원하지 않겠습니까?"

도널드의 대답에 버나드는 고개를 저었다.

"이곳에 내가 있고, 또한 근위대를 통솔하고 있지만 엄밀히 따지면 난 근위대장도 아니고 군부의 책임자도 아냐. 물론 레스터의 대영주도 아니지. 나와 스고우 후작 사이엔 아직 풀어야 할 것이 있단 얘기네. 앞으로 치러야 할 문제겠지만 그건 다른 영주들, 특히 수도와 관련된 것이기도 해. 바로 아버님이 반란을 일으키려 했다는 누명, 왕자를 음해했다는 것 말이야."

"하지만 그건 사실이 아니지 않습니까?"

탁자를 내려치며 찰스가 분개했지만 버나드는 팔짱을 끼며 피식 웃을 뿐이었다.

"때론 그런 사소한 것들이 발목을 붙잡는 것이죠. 하지만 곧 그것도 해결될 겁니다, 공작 각하."

천천히 대답하던 알은 잠시 버나드를 쳐다보며 그의 의중을 살폈다.

"공작 각하께서는 워프로 스고우에 들어갈 방안을 모색 중이신 겁니까?"

"그야 당연하지. 시간 단축을 하려면 가장 필요한 방법이지 않은가?"

"하지만 공작 각하……."

알은 천천히 자신의 의견을 말했다.

"상대 역시 마법사입니다. 게다가 9써클. 일단 찾기만 한다면 그의 힘으로 이곳에 올 수 있을 겁니다. 가는 것은 힘들어도 오는 것은 빠르리라 예상됩니다만?"

미처 버나드가 생각하지 못한 것을 알은 지적했다. 하지만 버나드는 여전히 개운치 못한 표정이었다. 그는 고개를 끄덕여 그의 생각을 인정하면서도 손으로 턱을 괸 채 묵묵히 생각에 잠겼다.

"마법사를 설득해서 우리 편으로 만들려면 어떤 조건이 필요하지?"

"레온이 가면 된다네. 물론 카논의 세이버를 소지해야 하지."

드워프 타바비아가 나서서 대답했다. 그를 빤히 쳐다본 버나드는 고개를 돌려 레온을 바라봤다. 그러자 레온도 고개를 끄덕여 그의 말을 확인시켰다.

버나드의 입에서 깊은 한숨이 흘렀다.

"레온에 이어 키렌. 적어도 두 명의 마스터가 빠져야 한다는 건 전력상 큰 손실이야."

무슨 뜻인지 영문을 모르는 사람들이 의아한 표정을 짓는 동안 하이렌이 키렌을 데리고 들어왔다. 그의 뒤로 수요의 얼굴이 언뜻 비치자 버나드는 안도의 기색을 띠며 세 사람을 맞았다. 그리고 서둘러 회의실 뒤편의 작은 서실로 발걸음을 옮겼다.

"레온, 알, 그리고 키렌과 수요는 급히 들어오게. 음, 드워프께서도 들어오시오."

"그거 좋군."

몇 명밖에 지목되지 않은 상황에서 자신의 이름이 불렸다는 것에 타바비아는 매우 만족했다. 그리고 짧고 뭉툭한 발을 재빨리 움직여 그를 따라갔다.

9써클의 마법사에 대한 설명이 있은 후 버나드는 침착하게 모두를 향해 입을 열었다.

"별동대를 외부로 빼는 것보다 수요를 데리고 마법사에게 갔다 오는 것이 가장 좋을 것 같다. 그러므로 슬라임 계곡으로 향할 파티를 구성해야 하는데 우선 레온은 필수로 가야 하고, 수요가 간다면 키렌 역시 따라가야 한다. 이외에 또 누구를 넣는 것이 좋겠는가?"

"길잡이가 있어야겠죠."

알의 대답이 이어진 후에 타바비아가 나섰다.

"적어도 계곡에서 찾아가는 방법이 내게 있네. 그러니 난 따라가야겠지."

"스고우라면 거녀와 알란이 그곳 태생입니다. 두 사람을 데려가면 될 것 같습니다."

"로딘은 어때요? 산에서 활동하던 사람이니까 꽤 도움이 될 것 같은데요? 그쪽 출신도 몇 명 있을지 모르니 도움이 될 거예요, 형."

키렌과 레온이 한마디씩 덧붙였다.

버나드는 살짝 이마를 찌푸렸지만 곧 고개를 끄덕였다.

"어쩔 수 없군. 제니퍼의 워프가 소용이 되지 않는다면 결국 고스란히 육로로 가야 하는데, 최소한 그 정도는 되어야겠지. 이쪽의 전력은 약화되더라도 말이야."

결심한 듯 버나드는 힘차게 말했다.

"레온과 수요, 키렌과 로딘을 보내겠다. 이외에 타바비아, 거녀와 알란. 총 일곱 명으로 파티를 짜도록 하지."

"제 이름이 빠졌습니다만?"

서둘러 알이 반문하자 버나드는 고개를 저었다.

"마스터가 세 사람이나 빠지는 상황에 너까지 뺄 수는 없어."

"…그게 무슨 뜻이죠? 전 검을 쓸 수도 없으니 이곳에 있으나 따라가나 상관이……."

"아니지. 마스터의 힘을 사용할 수 없으니 머리를 짜내서 적을 맞아야 하지 않겠나. 최소한 우리 중에 기발한 생각을 짜낼 만한 녀석은 자네밖에 없네. 그대가 머리를 짜내줘야 할 것 같다."

그렇게 대꾸하던 버나드는 피식 미소를 지으며 중얼거렸다.

"제니퍼와 다니엘도 그런 이유로 이번 파티에선 빼겠다. 다니엘도 상당히 엉뚱한 녀석이니 함께 머리를 맞대서 잘 상의해 봐라."

"에엑? 별로 상대하고 싶지 않은 기사인데."

알이 고개를 저으며 대꾸했지만 버나드는 대충 두 사람이면 충분히 괜찮은 발상이 나올 것이라 기대했다.

키렌은 불쾌한 듯 알을 노려봤다. 마스터 세 명에 버금갈 정도로 기대받는 점이 맘에 들지 않았지만 거의 부담을 느끼지 않는 알의 모습에서 또한 안심이 되기도 했다.

문득 알은 허리춤에서 단검을 뽑아 수요에게 건넸다.

"야, 이거 네가 써라. 그곳에서 무슨 일이 있을지 모르니까."

그리고 단호한 어조로 덧붙였다.

"빌려주는 거야. 깨끗하게 쓰고 가져와."

"오, 이런 귀한 것을? 좋군."

얼른 단검을 받아 들고 수요는 좋아하며 자신의 허리에 매달았다. 단검을 본 타바비아가 중얼거렸다.

"잠비아로군. 좋은 검이지. 모험에 필요할 거야."

그의 중얼거림을 아무도 신경 쓰지 않았지만 레온은 불현듯 의구심이 솟구쳤다.

'모험이라니? 우린 마법사를 만나러 가는 것… 아니었나?'

레온이 그런 생각을 하는 동안 버나드는 키렌을 향했다.

"거녀와 알란을 불러주게. 그들에게도 수요의 정체를 밝힐 필요가 있으니까."

"알겠습니다, 공작 각하."

키렌은 정중하게 대답하고 서둘러 두 사람을 부르러 나갔다.

그날 저녁 해가 질 무렵 레온과 알은 성루에서 저녁놀을 바라봤다.

동쪽 산마루에 걸린 해는 붉게 물들었고 그 밑으로 어스름한 어둠이 젖어들었다. 전쟁이라는 특수한 상황이었지만 성내엔 활기가 넘쳤다. 곳곳에서 모닥불을 중심으로 춤과 노래가 흘렀고 추위를 견디기 위해 술을 마시는 사람들의 모습도 보였다.

그 풍경을 지그시 바라보던 알은 문득 고개를 돌려 성 바깥을 바라봤다. 성 뒤쪽의 포란 마을은 한 올의 불꽃도 보이지 않았다. 마치 어둠 속에 빠진 듯 죽은 마을 같았다. 마을뿐만 아니라 멀리 보이는 산등성이도 강가도 짙은 안개와 어둠에 묻혀 전혀 다른 풍경과 분위기를 자아냈다.

문득 알은 레온을 바라봤다. 성벽에 팔을 올려 기댄 채 무언가 생각에 잠긴 레온은 묵묵히 땅 끝으로 시선을 던졌다. 저녁놀에 붉게 물든 그의 얼굴빛을 보던 알은 그의 머릿결에 시선이 멈췄다. 그리고 처음으로 미안한 생각이 들었다. 그의 머리는 저녁놀을 받아 검푸르게 보였다. 예전이라면 주홍빛을 뿜었을 그 아름다운 머리카락은 이제 없었다.

"미안해, 레온."

"뭐가?"

"머리 말이야."

"아, 이거? 괜찮아."

그렇게 말하는 레온은 슬쩍 손바닥으로 머리를 쓸어 넘겼다. 그래도 조금은 아쉬운지 레온은 쓸쓸한 미소를 지었다.

"알고 있는지 모르겠는데, 너 변했다."

알이 말했다.

레온이 돌아보자 그는 슬쩍 눈을 돌려 성벽 밑을 바라봤다.

"무슨 뜻이야?"

"처음 봤을 때보다 많이 변한 것 같아. 여전히 여린 녀석인 것 같긴 한데, 뭐랄까… 언뜻 강인한 모습을 보이거든."

그렇게 대답하던 알은 불과 몇 달 전의 레온을 떠올리고는 피식 웃었다.

"전에는 마냥 보호해 줘야 할 것 같았는데……."

"에에? 무슨 소리야? 난 마스터라고. 내가 널 지켜줘야지, 어떻게 네가 날……."

말도 안 된다는 듯 레온이 크게 웃었지만 알은 다소 진지한 얼굴로 레온을 바라봤다.

"너는 그저… 검을 잘 쓸 뿐이야. 물론 그것도 굉장하지. 하지만 그뿐이야."

잠시 말을 끊고 레온의 동의를 구한 후 알은 그의 어깨를 두드렸다.

"하지만 전쟁이 시작된 후에 넌 확실히 변했어. 뭐랄까… 그래, 검사답다고 할까?"

알은 레온과 함께 성벽에 몸을 기댔다. 그리고 저 멀리 지평선을 향해 시선을 돌렸다. 약간 씁쓸한 어조로 그는 중얼거렸다.

"전쟁이 끝나고 우리가 원하는 식으로 마무리가 된다면, 넌 성으로 가라. 네가 있어야 할 곳은… 이곳이 아냐. 너에겐 기사로서의 길이 더 어울릴 것 같아. 그리고 수요도 그렇게 권했었고."

"알."

레온은 조용히 그의 이름을 불렀다. 그리고 천천히 알이 바라보고 있는 곳으로 시선을 돌렸다.

"내가 변했다고 느꼈다면… 아마 맞을 거야. 그렇게 결심했으니까. 타오르는 장작더미를 보며 깨달았어. 내가 얼마나 많은 사람들에게 보호받았는지 말이야. 형이 죽었을 때 내가 얼마나 슬퍼했었는지 알 거야. 그 후로도 오랫동안 헤매야 했던 건 아마… 충격 때문이었을 거야. 아버지께서 그렇게 심하게 말할 거라곤 생각도 못했거든. 근데 불 앞에서 알게 되었어. 내가 정말 슬프고 불안했던 건 형과 아버지가 돌아가심으로 인해서 더 이상 나로 있을 수 없게 되었다는 것을 말이야. 이제 나도 홀로 서기를 해야겠지. 그리고 그렇게 결심하고 나니까 마냥 슬퍼하고 있을 수만은 없겠더라고."

레온과 알의 시선이 교차하며 서로 미소를 지었다.

"하지만 걱정하진 않아. 내겐 너 같은 좋은 친구가 있으니까. 그러니까, 알! 우린 여전히 동업자이고 앞으로도 동업자일 거야. 누가 뭐래도 난 상인이니까. 그렇게 결심했거든."

말을 끊고 레온은 하늘로 두 팔을 치켜들고 기지개를 켰다. 그리고 외쳤다.

"기대받는다는 것은 좋은 거야! 난 말이지, 지금 그 생각을 하고 있었어. 카네비스 산에 가기 전에 네가 했던 말, 형이 내게 기대하고 있다는 거 말이야."

문득 목소리를 낮추며 레온은 알을 바라봤다.

"그런 말을 듣고도 별로 부담스러워하지 않는다면 역시 변한 거지?"

"그래, 아주 많이."

알은 웃음으로 대꾸했다.

"빨리 전쟁이 끝났으면 좋겠어. 그리고 더 먼 곳으로 장사를 하러 갔으면 좋겠어. 물건도 가득 싣고 사람도 많이 모여서 떠났으면 해. 그리고 백화점을 세워서 아주 많은 물건을 모을 거야."

"박물관이라도 차릴 생각이야? 백화점 따위는 절대 성공할 수 없다구."

알의 핀잔에도 레온은 별로 신경 쓰지 않는 듯한 얼굴이었다. 아니, 벌써 그의 생각은 백화점을 세우러 먼 미래로 떠난 것 같은 즐거움과 평온함으로 물들었다.

새벽을 틈타 포란 성을 떠난 사람은 총 일곱 명이었다. 레온과 수요를 포함하여 키렌과 로딘, 알란과 거너, 그리고 드워프 타바비아가 그들이었다. 그들은 제니퍼의 도움으로 일단 레스터 성으로 워프한 후 말을 탈 줄 모르는 타바비아만이 마차를 타고 이외의 사람들은 말을 탄 채 조용히 북쪽으로 향했다.

밤하늘을 수놓은 별을 길잡이 삼아 그들은 북서쪽으로 달렸고 금세 캐러디안 숲에 도착했다. 레스터와 스고우를 가르는 관문을 무력으로 통과하여 흔적을 남기기보다 숲으로 빠져나갈 생각이었던 것이다. 그리고 그 길은 로딘이 안내했다.

이틀에 걸쳐 캐러디안 숲을 통과해 칸트 숲으로 나온 일행은 다시 마을에서 말을 사서 북동쪽 방향으로 말을 달렸다. 스고우 영지에 들어선 것이다. 그리고 그 길을 알란과 거너가 안내하며 일주일을 달렸다. 스고우 성을 지나쳐 계속 북쪽으로 향했다.

가는 길에 일행은 스고우 일대에 전쟁의 기운이 감도는 것을 느꼈다. 여러 성에서 병사들을 소집하고 무기를 점검했으며 식량과 자재를 모았다. 그리고 새로운 소식, 칼버딘 가문이 반란을 시작했다는 것을 접했다. 다소 놀랍긴 했지만 소문은 사실인 듯했다. 벌써 칼버딘의 군대는 콘버드 북쪽을 장악했고 계속 남진하여 콘버드 성을 앞두고 있다고 했다. 콘버드 성에는 맥클리스가 이끄는 근위대 4만가량의 병력이 주둔한 채 적을 맞을 준비 중이라는 소문도 있었다.

아직 대규모 접전은 없었지만 상당히 위험한 상황인 것 같았다. 그리고 칼버딘과 인접하고 있는 스고우 역시 전쟁에 대비한 움직임을 보이느라 매우 분주해 마을을 지나는 여행객에 불과한 레온 일행에 대해 신경 쓰는 사람은 거의 없었다.

리저드 후작에 이어 칼버딘 후작이 반란을 일으켰다는 소문은 레온 일행에게도 상당한 충격을 안겨주었다. 여기에서 레스터로 돌아가 버나드에게 상황을 알려야 할 것인가 하고 고민했지만 일행은 다시 북쪽을 향했다.

레온과 타바비아의 강력한 주장 때문이었다. 두 사람은 마법사를 맞이하는 것이 상황을 타개할 가장 좋은 방법이라고 주장했고 수요 역시 그들, 특히 레온의 말에 강력한 믿음을 보였다. 수요의 결정에 키렌을 포함한 친위대의 기사들은 반대하지 않았고 그저 웃기만 하던 로딘도 별다른 이견이 없었다. 다만 북쪽으로 달리던 길을 좀 더 서둘렀다.

며칠이 채 못 되어 일행은 스고우 최북단 글라디우렌 산맥에 들어섰다. 드워프가 알고 있는 지명과 실제의 지명에 오차가 있어 다소 혼선이 있었지만 결국 그들은 스고우 북쪽 영토라는 결론에 도달했고 그곳에 있는 산맥 글라디우렌에 도착한 것이다. 그리고 둔이 말했던 슬라임 계곡, 실제론 글렌 계곡으로 가는 산등성이에서 일행은 말에서 내렸다.

그들 앞으로 안개에 싸인 글렌 계곡이 입구를 연 채 맞이했다. 어떤 위험이 있을지도 모르는 채, 그리고 포란 성에서 무슨 일이 있었는지 모르는 채 그들은 페나인의 운명이 담긴 모험을 준비했다. 9써클의 마법사를 찾는 모험을.

그것, 아니, 그들은 밤에 나타났다. 한바탕 눈이라도 쏟아질 것 같은 구름이 별도 달도 가린 어느 날 밤, 깊은 어둠과 짙은 안개와 함께 그것, 아니, 그들은 나타났다.

그들이 포란 성에 나타났을 때 그 누구도 알지 못했다. 주위는 어둠으로 뒤덮였고 병사들은 추위에 성벽 밖을 쳐다볼 엄두를 못 냈다. 그리고 성과 주위에 넓게 드리워진 짙은 안개 또한 보초병의 시야를 가리기에 충분했다.

그리고 무엇보다 버나드의 지휘부에는 그런 정보가 전혀 들어오지 않았다.

뉴카슬 협곡에서 전투를 마친 후 오크 군단은 이백에서 삼백의 규모로 레스터 각지로 흩어졌고 이에 따라 지휘부에선 각 성에서 몸을 사리라는 명령만 하달했다. 대규모 병력으로 움직이지 않는 한 오크 따위─물론 보통 오크가 아닌 언데드 오크였지만─그 따위 오크로는 성을 넘을 수 없기 때문이다. 아직 언데드 오크를 물리칠 방안이 버나드와 지휘부에 없었던 탓도 있었지만 그 정도로도 충분한 방비임은 그 누구도 부정하지 않았다.

또한 각 성에서 정찰 나갔던 정탐꾼들과 보초병들이 가져온 정보는 전령에 의해 금세 포란으로 전해졌다. 하지만 그 누구도 대규모 병력이 포란 성을 향해 진군하고 있다는 얘긴 하지 않았다. 어쩌면 사방으로 흩어진 오크 때문에 정보가 차단된 탓도 있겠지만, 그렇다고 해도 대규모의 병력은 갑작스럽게 포란 성에 나타난 것이다.

그리고 포란에 나타난 대규모 병사들은 사다리와 갈고리가 달린 밧줄을 이용해 성을 넘었다. 깊은 어둠처럼 짙은 안개가 조용하게, 그리고 무서울 정도로 정확한 움직임으로 그들은 성벽을 장악해 나갔다.

성벽으로 수십 개의 길다란 사다리가 걸쳐졌고 동시에 수백 개의 갈고리가 성으로 날아들었다. 성벽에 걸쳐진 갈고리에는 긴 밧줄이 매달렸고 당연하게도 그 줄은 성 바깥으로 이어졌다. 그리고 수백 명의 병사들이 성벽을 기어 올라왔다.

제일 먼저 희생당한 이들은 성벽에서 보초를 서던 병사들이었다. 그들은 짙은 안개에 시야를 차단당하였고 깊은 어둠 속에서 공격할 바보는 없으리란 생각에 지펴진 화로에 몸을 녹이고 있었다.

갈고리가 성벽에 걸쳐졌을 때 사태를 깨달은 몇몇 병사가 급히 고함을 쳤지만 그것이 그들이 세상에서 말할 수 있었던 마지막 대사였다. 사다리를 타고 올라온 수십 명의 선봉대는 입에 단검을 물고 있었다. 그들은 곧장 단검을 쥐고 병사들의 가슴과 목을 찔렀고 뒤이어 등에서 장검을 뽑았다.

장검이 두터운 갑옷에 떨어지는 소리와 화로가 뒤집어지며 내는 소리에 포란의 주민들과 병사들이 놀랄 무렵엔, 그리고 적의 습격을 눈치챘을 때엔 이미 수백 명의 병사들이 성벽 위에 나타난 상태였다. 그리고 꾸역꾸역, 또 다른 병사들이 계속하여 성벽에 나타났다.

모두가 잠들어야 할 시간 그것, 아니, 그들의 갑작스러운 공격이 시작되었다.

공격이 있기 바로 조금 전, 버나드와 중요 인물들은 아직 잠들지 않은 상태였다. 그들은 백작부에 마련된 지휘 본부에 모여 연일 이어지는 지겨운 탁상공론에 열을 올리는 중이었다.

그날은 제니퍼가 카네비스 산에 다녀오느라 쌓였던 여독을 풀고 처음 회의에 참가한 날이기도 했다. 그녀와 더불어 박학다식한 다니엘이 참가한 회의의 주된 내용은 언데드의 특성에 대해 각 지휘관들이 알아둬야 할 사항들에 대한 것이었다. 물론 두 사람이 설명하고 대부분의 사람들은 질문하는 형식으로 이어졌다.

"전에 말씀드렸던 대로……."

말하던 제니퍼는 수줍은 미소와 함께 잠깐 버나드를 바라봤다.

"언데드는 실제 있는 몬스터가 아니라 심령술에 의해 되살아난 시체를 말합니다. 대개는 빛을 싫어하지만 뉴카슬에서의 경우를 생각한다면 아마 개량된 것이 아닐까 합니다."

"언데드로 만들 수 있는 것은 모든 종류의 생명체에 해당됩니까?"

"그것 역시 잘 모르겠습니다만, 아마 될 것이라 생각합니다."

도널드의 질문에 제니퍼는 침착하게 대답했다. 뒤이어 찰스가 손을 들었다.

"하지만 처음 봤을 때 무척이나 오크와 닮았습니다. 실제 전투력이나 지능 같은 것도 원래의 그것과 다름없는 겁니까?"

"처음부터 언데드 상태였을 겁니다, 찰스 경. 그러니까 오크를 사냥하여 죽인 후 언데드로 만들었다는 뜻입니다. 그리고 언데드로 만들어지면 대개의 경우 원래 생명체의 능력을 그대로 부여받게 됩니다. 물론 시술자에 의해 의지를 박탈당하여 자신의 뜻대로 움직일 수는 없습니다."

"그거 곤란하군."

듣고 있던 알이 중얼거리자 모두의 시선이 쏠렸다. 당황한 알이 얼굴을 붉히는 동안―여전히 그는 귀족들과의 회의가 어색했다―버나드가 물었다.

"뭐가 곤란하다는 건가?"

"죽어 있는 모든 생명체를 언데드로 만들 수 있고 또한 만들어진 언데드는 그 생명체의 특징을 고스란히 부여받으며 시술자의 명령을 받는다. 이런 설명이었죠, 제니퍼 경?"

"네, 그렇습니다."

제니퍼의 확답을 받은 후 알은 버나드를, 그리고 주위를 훑어보며 자신있게 말했다.

"그럼 곤란하지 않습니까? 저들에겐 언데드를 만들 수 있는 자가 있으니까요."

"그야 당연하지 않은가?"

프란츠의 중얼거림이 이어졌고 알은 다시 물었다.

"모르시겠습니까?"

"모르겠네. 리저드 군에 그런 능력을 보유한 자가 있기 때문에 전쟁이 시작된 것이 아닌가? 이제 와서 그게 무슨 문제가 되는가?"

"바로 그 점입니다. 지금은 전쟁 중이라는 것이죠."

알의 대답에도 다들 알 수 없다는 표정을 지었다.

순간 버나드의 입에서 '끙' 하는 신음이 터졌다.

"그렇군. 그거 곤란하군."

모두의 시선이 알에게서 버나드에게로 옮겨졌다. 그러자 버나드는 심각하게 일그러진 표정으로 천천히 대꾸했다.

"모르겠는가? 지금은 전쟁 중, 산 자보다 죽은 자가 더 많은 때란 말이네. 저들은 일부러 죽은 자를 만들 필요가 없다는 뜻이지."

그 말이 무슨 의미인지 사람들은 곧 알아챘다. 그리고 동시에 어두운 얼굴빛으로 바뀌었다.

"더 많은 언데드와 싸울지도 모르겠군요."

그렇게 말한 하이렌은 제니퍼와 다니엘에게 눈을 돌렸다. 조금 미안한 표정을 지으며 그는 초조하게 물었다.

"정말 언데드를 막을 방법은 없는 겁니까?"

"미스랜드엔 이렇게 대량의 언데드가 있었던 경우가 없기 때문에… 죄송합니다."

"그렇다면 있긴 있었단 얘기지 않습니까? 그렇다면 막을 방도가 어딘가에 기록되었을 법도 한데요?"

"제가 추측하기론……."

의외로 무거운 분위기를 연출하며 잠자코 있던 다니엘이 입을 열었다.

"언데드를 퇴치한 이들에 대한 기록이 대개 신관인 것으로 미루어 아마 신성력에 약한 것이 아닐까 합니다."

"신성력? 그렇다면 신관의 힘이 절대적으로 필요하겠군."

"하지만 저희 포란에는 사제가 그리 많지 않습니다, 버나드 공작 각하."

프란츠의 대답이 이어졌고 뒤이어 바론이 손을 들며 조그맣게 중얼 거렸다.

"북동쪽에 있는 대지 모신의 신전 사제 애리오트 사제께서 상당한 신성력을 보유하고 있는 것으로 압니다."

"신성력에도 한계는 있어요. 사제 몇 명으로 레스터 전역에 있는 언데드를 퇴치할 순 없을 거라고 생각해요."

자네트의 대답에 다니엘이 덧붙였다.

"지금 포란 성에서 언데드를 상대할 수 있는 사람은 고위 사제 몇 명과 콘버드 출신의 크루세이더, 물론 신성력을 위주로 수련한 이들이 전부일 겁니다. 그 이외엔 설사 마스터라고 해도 저들을 막을 순 없겠죠. 물론 추측입니다만."

"고위 사제라면 그나마도 없을 것 같군."

대꾸하던 프란츠는 문득 바론을 향해 물었다.

"애리오트라는 사제는 어느 정도 능력이던가?"

"치유 능력에 있어선 매우 뛰어나신 것으로 압니다."

대답한 이는 알이었다. 그러나 그 역시 애리오트가 어느 정도 능력인지 정확하게는 알지 못했다. 물론 알고 있다 해도 위험한 일에 애리오트를 끌어들일 생각은 추호도 없었다.

"전에 성에서 고문을 당한 후."

바론은 슬쩍 도널드의 눈치를 살피며 조심스럽게 말을 이었다.

"하루 만에 상처를 회복시켜 주셨습니다."

"그 정도면 상당히 고위급의 사제입니다. 아마 퇴마 법술도 고위에 속할 겁니다. 포란 성에 그런 분이 있다는 것은 행운이군요."

마크의 설명이 이어졌고 곧바로 다니엘이 대꾸했다.

"그럼 실제 언데드를 퇴치할 수 있는 사람은 애리오트 사제라는 분과 여기 있는 크루세이더가 전부일 겁니다. 물론 콘버드 출신으로 신성력을 위주로 수련한 사람들을 말합니다. 아마⋯⋯."

다니엘은 쓱 모두를 훑으며 숫자를 헤아렸다.

"열다섯 정도에 불과하겠군요."

씁쓸한 듯 다니엘은 입을 다물었다.

"나도 넣어주게, 형제."

문득 뒤쪽에서 누군가 말했다. 모두의 시선이 그쪽을 향하는 동안 자네트는 누가 말했는지 곧 알아챘다. 일전에 레스터 성에서 그녀를 단 한 주먹에 기절시켰던 괴력의 사제 타스틴이었다.

"치유는 물론 퇴마술도 제법 익히고 있으니 나도 전력에 도움이 될지도 모르네."

"대지 모신을 섬기는 사제께서 퇴마술을 익히고 있을 거라곤 생각도 못했군요."

비꼬는 자네트의 말에도 타스틴은 싱긋 웃었다.

"물론 모신께선 풍요와 안식을 가르치시지만 또한 악한 것은 엄히 다스리란 가르침도 있다네, 형제."

으드득 하는 자네트의 이를 악무는 소리가 회의실을 울렸다. 그러자 서둘러 다니엘이 나서서 분위기를 바꿨다.

"좋습니다. 그럼 열여섯 정도로군요."

"하지만 여전히 어림도 없군."

나지막하게 프란츠가 대꾸했다.

무거운 침묵이 회의실을 감돌았다. 다들 프란츠의 말에 동조했으며 또한 이미 그렇게 생각하고 있기 때문이었다.

한참 동안의 침묵이 흐르고 팔짱을 낀 버나드는 천천히 고개를 들고 다니엘과 제니퍼를 바라봤다.

"한 가지 의문점이 드는데……."

"말씀하십시오, 공작 각하."

"언데드라는 존재가 신성력에 약하다면 다른 영지는 몰라도 콘버드로는 진군할 수 없다는 얘기가 아닌가?"

"그럴 것입니다. 콘버드는 육대 신전이 모두 모여 있고 또한 모두 본산이기도 하니까요. 그중에 빛의 신전은 대륙 전체를 총괄하는 곳이기도 합니다."

다니엘의 설명이 이어졌고 순간 다들 기이한 표정을 지었다. 뭔가 앞뒤가 맞지 않는다는 생각이 들었지만 그것이 무엇인지 정확하게 알지 못한 탓이다. 그것을 일깨워 주려는 듯 버나드는 계속해서 입을 열었다.

"현재 리저드의 주력은 언데드라고 판단하네. 실제로 지난 이십여 년 동안 모스 섬에 들어간 인구는 많아야 이삼십만을 넘지 않아. 그들 중에는 노인과 여자, 아이들도 있었으니 실제 전투력이라고 해봐야 오만 안팎이라는 얘기지. 영지를 개척하느라 수많은 사람이 죽었을 테니 실제론 그것도 안 될지도 모르네."

곧 사방에서 '어?' 하는 음성이 터졌다.

버나드의 설명을 듣고 알아챈 사실, 바로 리저드의 주력이 언데드 군단이라는 것은 매우 중요했다. 만약 콘버드의 고위 신성 사제들이 대규모로 움직이기 시작한다면 반란군은 상당한 타격, 어쩌면 거의 궤멸적인 타격을 입을 것이 분명했다.

"할튼이 이 사실을 모르고 있는 것이 아닐까요?"

누군가 조심스럽게 물었지만 버나드는 고개를 저었다.

"할튼은 몰라도 시술자는 알고 있겠지."

"그럼 할튼의 목적은 무엇입니까? 이건 단순한 반란이 아니란 뜻입니까?"

찰스의 질문에 버나드는 고개를 갸웃했다. 그리고 약간 인상을 찌푸리며 신중하게 대답했다.

"내 생각이네만… 할튼은 콘버드를 상대할 수 있는 또 다른 비책이 있는 것 같네. 현재로썬 그것이 무엇인지 모르지만……."

또 한 번의 침묵이 회의실을 감돌았다. 반란군에게 아군이 모르는 비장의 책략이 있을 수 있다는 사실에 다들 두려움을 느낀 것이다. 대포와 언데드에 이어 또 어떤 무서운 무기, 아니면 술법, 그것도 아니면 또 다른 전략이 있는지 모르지만 분명 어줍잖은 것은 아닐 것이 분명했다. 그렇기에 회의를 하고 있던 일행은 두려움에 침묵해야만 했다.

그때 문이 열리며 아벤이 들어섰다.

그는 지금까지 창고에 쌓여 있던 재고와 들여온 자재들을 정리하던 중이었다. 재고는 그리 많지 않았지만 몇 주일 사이에 들여온 물량은 상당히 많았다. 알과 레온 상회에서 주도한 식량 조달이 순조롭게 진행된 탓도 있지만 숨겨놓았던 철광의 물량이 무척 많았기 때문이다. 게다가 바론은 철광을 가져오는 길에 목재도 잔뜩 들여왔기에 창고에다 쌓아둘 수 없을 지경이었다. 여기에 프란츠가 포란을 탈출하면서 상당한 물품을 가져갔는데―그렇기에 도널드가 포란을 점거했을 때엔 재고가 거의 없었다—프란츠의 부관 애바스와 소나임이 입성할 때 이것을 찾아온 것도 한몫했다.

덕분에 아벤은 근래 들어 가장 바쁜 나날을 보내는 중이었다. 케이스와 칼브가 그를 보좌하여 정리하는 것을 돕지 않았다면 그는 정리하는 데 몇 주일은 소비했을지도 몰랐다.

어쨌든 아벤이 케이스와 칼브를 대동하고 들어서자 잠시 동안 분위기가 부드러워졌다. 하지만 표정만큼이나 담담한 어조로 아벤은 새로운 걱정거리를 내놓았다.

"재고 정리를 마쳤습니다만 조금 부족할 것 같습니다. 철광이나 목재는 문제없지만 식량이 부족합니다."

"얼마나 부족합니까?"

"준비했던 시간에 비한다면 상당히 많이 모은 셈입니다만, 그것만으론 턱도 없습니다. 아마 한겨울을 나지 못할 것입니다. 지금 있는 물량은 두 달분 정도입니다."

"두 달……."

버나드의 씁쓸한 말이 회의실에 흐르는 동안 프란츠도 걱정스럽게 대꾸했다.

"겨울철이라 식량을 조달할 방법이 없습니다."

"무엇보다 포란 주민들을 받아들인 탓이 클 겁니다. 그들이 자체적으로 소지한 식량도 있겠지만 얼마나 될지 가늠할 수 없으니까요. 그래 봐야 한 달 정도 여유가 전부일 겁니다."

"그렇다 해도 주민들을 내몰 수는 없습니다."

"물론 하이렌 경의 말도 일리는 있지요. 제 말은 포란 성에서 결전을 치를 생각이시라면 주민들은 안전한 곳으로 대피시키는 것이 가장 좋을 것 같다는 얘기입니다."

"지금 레스터 전역에 언데드 오크가 횡행하는 이때에 안전한 곳이 어디란 말입니까? 성을 나서는 것은 죽음으로 내모는 것과 같습니다, 아벤 경."

"아직 북쪽은 안전할 것입니다."

점차 분노한 기색을 띠는 하이렌에 비하여 아벤은 여전히 덤덤한 얼굴이었다.

"여기서 북쪽이라 하면 레스터 성이지 않습니까? 그곳에 십만의 인구가 주둔할 수 있다고 보십니까? 게다가 그곳엔 식량도 미비한 상태입니다. 전부 이곳으로 가져왔으니까요!"

뭐라고 답변하려던 아벤은 분노한 기색이 역력한 하이렌의 얼굴을 보고 곧 입을 다물었다. 대신 다니엘이 나서서 분위기를 바꾸는 한마디를 던졌다.

"이것 참, 겨울만 아니라면 어떻게 식량을 조달할 수 있었을 텐데 말입니다. 안 그래요? 할튼은 왜 이런 때에 반란을 시작했는지……."

"언데드는 먹지 않으니까요."

제니퍼의 답변에 다니엘은 머쓱하게 물러섰다. 그저 우스개로 한 말인데 제니퍼가 진지하게 반응하니 다니엘로선 황당한 모양이었다.

문득 버나드는 제니퍼가 한 말, '언데드는 먹지 않는다'에 주목했다. 어쩌면 할튼도 그 점에 주목해 일부러 겨울이 시작되는 때로 반란의 시기를 맞췄는지도 몰랐다. 다행스러운 것은 가을 추수가 끝난 지 얼마 되지 않아 당장 식량이 부족한 것은 아니란 점이었다. 하지만 그것도 일시적일 뿐, 새해가 되어 눈과 바람이 기승을 부리게 되면 상황은 급변할 것이 분명했다.

이래저래 그다지 좋은 소식은 없는 회의였다. 버나드는 깊은 한숨과 함께 팔짱을 풀고 자리에서 일어섰다.

"이만 회의를 접도록 하지. 지금 우리에게 필요한 것은 휴식 같으니까 말이오."

그 말이 신호이기라도 하듯 회의실 문을 힘차게 열어젖히며 한 명의 병사가 달려 들어왔다. 병사는 다급하게 버나드에게 외쳤다.

"적이, 적이 쳐들어왔습니다!"

무겁던 분위기가 급박하게 바뀌기 시작했다. 전투를 담당하던 지휘관들은 긴장감이 넘치는 모습으로 날카로운 눈빛을 빛냈다.

"적이라고?"

당황한 목소리로 바론이 입을 열었을 때엔 근위대의 기사들은 벌써 문밖으로 사라진 이후였다.

"이, 이런!!"

찰스의 입에서 비명이 터졌다. 그뿐만 아니라 백작부를 나섰던 지휘관들은 성벽을 쳐다보며 너도나도 비명을 터뜨렸다.

놀랍게도 성벽 위로 적병의 모습이 즐비하게 늘어서 있었다. 벌써 사방에서 계단을 내려오며 검을 휘두르는 적병과 전투를 치르는 아군의 모습도 보였다.

아직 성 깊숙이 적군이 침투하진 않았지만 성벽을 점령당했다는 것은 뼈아픈 일이었다. 계단을 내려오지 못한 적병들은 활시위를 당겨 연신 화살을 쏘아댔고 성내는 아수라장이 되어 비명과 죽음이 난무했다.

"각자 위치로!"

도널드의 명령이 떨어지기 무섭게 4근위대와 7근위대의 천기장들은 사방으로 흩어졌다. 신속한 움직임과 함께 지휘관들이 가세하자 전투는 치열한 양상으로 접어들었다. 적군은 계속해서 성벽을 넘었지만 천기장들의 가세에 적군은 점차 밀렸다.

백작부 앞에서 주변을 훑어보는 버나드의 주위엔 아직 몇 사람이 모여 있었다. 그중에 로딘의 부재로 인해 캐러디안 숲을 이끌고 있던 하이렌이 한쪽을 바라보며 이맛살을 찌푸렸다. 다른 곳과 달리 그쪽은 심각하게 밀리는 모습이 분명했기 때문이다.

하이렌은 키렌을 따라가지 못한 친위대, 앤더슨과 윌에게 소리쳤다.

"그대들은 공작 각하를 지켜주게. 난 저쪽에 가세할 테니!"

"알겠습니다, 하이렌 경."

두 사람의 대답이 끝나자 하이렌은 곧 제프와 키리모아를 이끌고 남문으로 달려갔다.

남문 쪽은 계단을 적에게 완전히 내준 꼴이었다. 그쪽으로 적병이 쉴 새 없이 몰려들었고 조금씩 적군의 세력이 강해졌다. 그쪽을 수비하는 이는 제4근위대에서도 가장 강하다는 평가를 받은 다니엘이었다.

게다가 캐러디안 숲의 사나이들을 이끄는 스레이와 느킹먼의 모습도 보였다. 그럼에도 전세는 쉽게 역전되지 않아 구멍이 뚫리기 직전이었다.

하이렌은 남문에 도달하자 곧바로 적군을 이끄는 두 사람을 주시했다. 어둠보다 더 짙은 검은 갑옷을 입은 거구의 사내 둘이 병사들을 지휘하며 연신 검을 휘둘렀다. 두 사람을 막아선 이는 다니엘과 스레이였지만 상대가 되지 않았다.

하이렌은 검을 뽑아 앞으로 나섰다.

"비켜라! 내가 상대하겠다!"

"조심하세요, 하이렌 경! 언데드인 것 같습니다."

"뭐?"

스레이의 외침에 하이렌의 몸이 움찔했다.

분명 조금 전 회의에서 제니퍼와 다니엘이 말하길, 언데드는 원래 생명체였을 때보다 행동이 느리다고 했었다. 하지만 눈앞에 있는 두 기사는 최소한 크루세이더의 움직임을 상회하는 놀라운 전투력을 소지했다.

"그럴 리가? 이들이 언데드란 말인가?"

하이렌은 주변을 돌아보았다. 확실히 스레이의 말이 옳다는 것을 쉽게 눈치 챘다. 그리고 캐러디안 숲의 사람들이 지키고 있던 남문이 격파되고 있는 이유도 알아챘다. 적병 대부분은 몸 여기저기에 한두 발의 화살을 꽂고도 고통스럽지 않은지 자연스럽게 움직였다.

그렇다면 답은 하나! 다른 곳을 지키는 천기장들은 신성력을 위주로 한 크루세이더였다. 하지만 남문을 지키는 자들 중에는 신성력을 바탕으로 검을 수련한 이가 없었다. 4근위대 소속 3대대와 캐러디안 숲의 사람들이 포진하여 막강한 전력을 자랑했지만 언데드를 상대한 전투에선 가장 약한 전력일 수밖에 없는 것이다.

하이렌은 입술을 질끈 깨물며 앞으로 나섰다. 상황이 어렵다고 해서 물러설 수는 없었다. 그의 뒤로 수많은 시민들이 피해 있었다. 게다가 한곳이 뚫린다면 그대로 성에 갇혀 몰살당할 수도 있었다. 바깥에 적이 얼마나 있는지 모르는 상태에서 섣불리 성문을 열고 탈출을 시도할 수도 없으니 무조건적으로 여기서 막아야만 했다.

하이렌이 기합과 함께 스레이가 상대하고 있던 사내에게 달려들었다. 그의 검이 은빛으로 투명하게 물들며 순식간에 적의 머리를 내려쳤다. 상대는 재빨리 움직여 하이렌의 검을 피하긴 했지만 검기마저 피하진 못했다.

쩌적!

순간 상대의 투구가 반 도막이 나며 땅에 떨어졌다. 그리고 검기에 불탄 상대의 얼굴이 나타났다. 보통 사람이었다면 분명 그대로 죽었다고 생각할 그런 공격을 하고도 하이렌은 방심하지 않고 천천히 검을 겨누며 상대를 살폈다.

예상대로 상대는 잠시 주춤거렸을 뿐 곧바로 검을 쳐들어 하이렌을 공격했다. 역시 스레이의 말대로 그는 죽은 자임이 분명했다. 엄청난 타격을 입고도 전혀 문제되지 않는 모습이었다.

검을 들어 막는 순간 또 다른 암흑기사가 나타났다.

"조심해요! 보통 녀석이 아닙니다!"

부러진 검을 들고 도망치며 느킹먼이 외쳤다. 그의 좌우로 케브와 케사의 당혹스런 모습도 스쳐 지나갔다. 아마도 셋이서 저 암흑기사를 상대했던 모양이었다.

그 암흑기사는 도망가는 세 사람을 놔두고 곧장 하이렌에게 달려들었다. 그의 검이 내려쳐지자 하이렌은 반사적으로 검을 들어 막았다.

챙!

뒤이어 상대의 검이 반원을 그리며 허리를 공격해 왔다. 다시 하이렌의 검도 따라서 반원을 그리며 막았다.

챙!

뒤로 주춤 물러서며 하이렌은 눈을 홉떴다.

놀랍게도 상대는 하이렌의 검을 공격하고도 전혀 타격을 입지 않았다. 하이렌의 검에는 투명한 은빛의 검기가 맺혀 있었다. 그런 검과 두 번이나 마주치고도 멀쩡하다는 것은 상대 역시 검기를 구사하고 있다는 얘기였다.

"마스터 언데드란 말인가?!"

하이렌은 기겁하여 소리쳤다.

그를 상대한 느킹먼이 재빨리 도망치지 않았다면 죽었을지도 모를 정도로 막강한 녀석이었다. 하이렌은 서둘러 검을 세워 두 명의 암흑 기사를 노려봤다.

그때 제프와 키리모아가 하이렌의 좌우로 달려왔다. 제프는 멍하니 서 있는 스레이를 향해 외쳤다.

"뭐 하는 거야? 정신 차려, 스레이!"

"이, 이 병사들이 누구인지 모르겠어?"

"누구? 이 암흑병사 말이야?"

반문하던 제프는 주변을 훑어봤다. 적과 아군이 마구 뒤섞여 있어 알아볼 수 있는 상황이 아니었다. 그때 스레이가 손을 들어 한쪽을 가리켰다. 그가 가리키는 곳으로 고개를 돌리던 제프는 놀라 굳어지듯 멈춰 섰다.

하이렌에 의해 투구가 쪼개진 암흑기사의 얼굴이 제프의 시야에 들어왔다. 그리고 그가 누구인지 제프는 금세 알아챘다. 아주 오래전 함께 검을 수련했던 사이인 그를 제프가 잊을 리 없었던 까닭이다.

"릭!"

그의 외침에 키리모아도 흠칫 몸을 떨었다. 그는 제프와 스레이를 한번 쳐다본 후에 그들을 따라 정면으로 눈을 돌렸다. 그리고 보았다. 그들이 본 바로 그 사람을.

"어째서 이 녀석이 여기에?!"

"아는 녀석인가?"

그 옆에 있는 또 다른 상대의 검푸른 검기에 맞서며 하이렌이 물었다.

"이들은… 이들은……."

스레이는 미처 말을 잇지 못하며 주저했다. 그러자 대신 제프가 소리쳤다.

"이들은 제1돌격기병단입니다, 하이렌 경!"

"뭐, 뭐라고?!"

하이렌도 놀라 검을 멈췄다. 그러자 상대의 검이 곧바로 그의 가슴을 찔렀다. 다급한 마음에 몸을 틀어 검을 피한 하이렌은 비틀거리며 뒤로 물러섰다. 상대의 검이 막 하이렌의 목줄기를 노리고 베어 들어올 때 스레이가 정령을 소환했다.

투명한 바람의 정령 실프가 상대의 가슴을 파고들었고 충격을 입은 암흑기사가 주춤거리는 동안 하이렌은 안전하게 뒤로 빠졌다. 그동안 암흑기사도 실프를 쪼개어 다시 공격 자세를 잡았다.

릭과 또 한 명의 암흑기사가 공격할 준비를 갖추자 하이렌도 다시 자세를 가다듬었다. 그의 좌우로 어느새 제프와 키리모아, 스레이가 늘어섰다. 하이렌은 잠시 세 사람을 훑어보며 입을 열었다.

"이들이 제1돌격기병단이란 말인가?"

"그렇습니다, 하이렌 경. 투구가 벗겨진 저 사내는 릭이라는 사내로 레스터 중부 출신의 천기장입니다."

"저희와 함께 카슨 경에게 검을 배워 잘 아는 사이입니다."

제프와 스레이의 설명에 하이렌은 신음을 터뜨렸다.

카슨에게 검을 배웠다면 보통 실력은 아닐 것이 분명했다. 그는 눈을 들어 다니엘이 상대하고 있는 사내를 살폈다. 검기를 펼치진 않았지만 4근위대에서도 최강이라는 다니엘과 거의 호각—사실 그의 몸은 상처투성이로 깨끗한 상태의 다니엘과 호각을 이루는 것도 죽은 자이기 때문이지만—내지는 백중지세를 이루는 것이 쉽게 결판날 것 같지는 않았다.

"돌격단에 이 정도의 실력을 갖춘 이가 또 있는가?"

사방에서 진격하는 적군 틈에 이런 자가 많이 섞여 있다면 포란의 운명은 이대로 끝장인 셈이었다. 물론 하이렌이 알고 있는 바로 돌격단의 수준은 크루세이더 정도의 실력이면 능히 군단장을 맡을 수 있다는 정도였지만 지금 눈앞에 검기를 휘두르는 마스터가 있는 한, 제1돌격기병단에 있어선 원칙이 통용되지 않을 수도 있는 것이다.

그의 질문에 키리모아가 대답했다.

"카슨 경을 제외하고 크루세이더 이상은 총 네 명입니다."

"그럼 여기 있는 세 사람 이외에 또 한 명이 있다는 얘기로군? 이들의 정체는 알고 있나?"

"릭과 저쪽에 다니엘 경이 상대하고 있는 이는 스콧일 겁니다. 그리고 이쪽의 암흑기사는……."

제프는 말끝을 흐렸다. 그러자 스레이가 노래하듯 읊었다.

천한 신분만큼이나 존재해선 안 되었던
숨어 있는 마스터.
숨 쉬는 철검 앞에 침묵하는 그의 맹세.
마스터를 마스터라 할 수 없는 슬픈
숨어 있는 마스터.

노래를 마친 스레이는 씁쓸한 어조로 중얼거렸다.

"아마 이 녀석은 카이일 겁니다."

"카이……? 그는 마스터인가?"

"그렇습니다. 카슨이 가르친 자들 중에 세 번째로 마스터가 된 녀석입니다. 농노 출신이라 기사의 자격이 주어지지 않아 정체를 드러내진 않았지만 말이에요."

하이렌과 모여 있던 세 사람은 잠시 침묵하며 두 암흑기사를 노려봤다. 마침 저쪽에서 한참 스콧을 상대하고 있던 다니엘의 외침이 그들에게 들렸다. '이런 젠장, 그 정도 맞았으면 아파서라도 눕겠다! 제발 좀 쓰러져, 이 괴물 같은 녀석아!' 라고 다니엘은 쉴 새 없이 욕하고 있었다. 원래 갓 크루세이더가 되었던 스콧보다는 다니엘의 경지가 더 높은 탓도 있었지만 힘을 위주로 하는 스콧과는 달리 다니엘은 빠르기와 힘을 적절히 안배하여 때릴 때 때리고 빠질 때 빠지는 수법에 능해 우위를 점하고 있었다. 하지만 그것도 잠시, 베어도 찔러도 죽지 않는 스콧을 상대로 언제까지 버틸지는 알 수 없었다.

그 장면을 지켜보던 하이렌은 '후우' 하고 숨을 들이마셨다. 그리고 천천히 숨을 뿜으며 세 사람에게 속삭이듯 말했다.

"그대들의 기분이 어떠한지는 잘 알겠네. 하지만……."

하이렌은 검을 추켜 크게 휘두르며 카이를 향해 달려들었다.

"여기서 막지 못하면 우리를 믿고 있는 수많은 시민들이 죽을지도 모르네!"

순간 제프의 쌍검이 교차하며 '창' 하는 소리가 났다. 하나는 하늘로 하나는 땅을 향한 제프의 검끝은 곧장 릭을 노리고 날아들었다.

"그 말이 맞습니다. 지금은 감상에 젖을 때가 아니지요!"

제프의 기합과 함께 키리모아도 거검을 쳐들었다. 그리고 괴성을 지르며 검을 휘둘렀다. 그의 뒤로 스레이도 레이피어를 가슴에 모아 쥐며 정령을 소환했다.

같은 돌격단 출신이었으며 함께 검을 배웠던 그들은 이제 산 자와 죽은 자의 경계에서 적으로 다시 만난 것이다. 슬픔과 아픔이 그들의 마음을 적시고 있었지만 검에 실린 힘에는 전혀 망설임이 없었다. 죽은 자는 죽은 자, 그리고 적은 적이었다. 적을 눈앞에 두고 추호의 망설임도 있어선 안 된다는 카슨의 가르침을 그들은 지금 실천하고 있는 것이다.

마스터 하이렌과 크루세이더 다니엘, 제프, 키리모아, 그리고 정령사 스레이, 이렇게 다섯 명이 연합하여 공격했지만 암흑기사 세 명을 물리치진 못했다.

그들은 죽지 않았다. 마스터였던 카이야 원래 강하기 때문이라지만 릭과 스콧은 갑옷이 찢겨 나갔고 여기저기 크고 작은 검상을 입었다. 치명적인 것은 없었어도 보통 사람이라면 이렇게 열심히 싸움에 임할 수 없는 상처였다. 그중에 최악의 것은 다니엘의 검이 스콧의 왼팔을 완전히 잘라낸 것이었다. 다니엘 자신도 회심의 일격이라고 생각했는지 스콧의 팔을 베어내곤 자신만만하게 웃음을 터뜨렸다. 하지만! 잠깐 물러섰던 스콧은 팔이 떨어진 땅 위로 잘려진 상처 부위를 내밀었다. 그러자 마치 무슨 퍼즐을 맞추는 것처럼 잘려진 팔이 날아가 스콧의 상처에 철썩 붙는 것이 아닌가! 이 믿을 수 없는 사실에 황당함, 당혹감에 다섯 사람은 입을 쩍 벌린 채 잠시 굳었다. 그리고 한 가지 사실을 절실히 깨달았다. 이들은 어떤 방법으로도 죽지 않는다는 것을.

그저 막고 있는 것이 한계였는지도 몰랐다. 하이렌의 가세로 적의 진격을 잠시 늦출 수 있었다는 것, 그것이 그나마 다행스러운 점이었다. 하지만 이래서야 언제 뚫릴지 알 수 없었다.

그리고 그런 위험천만한 순간에 뜻밖의 구원군이 나타났다.

그들의 뒤에서 하얀 섬광이 일더니 빛덩어리가 암흑기사를 향해 날아갔다. 빛의 알갱이가 마치 혜성처럼 긴 꼬리를 그리며 날아갔고 암흑기사 세 명은 황급히 몸을 피했다. 그러자 빛의 덩어리는 의지를 갖고 있는 듯 그중 릭을 쫓아가며 결국 명중했다.

"크아아아아악!"

릭의 비명이 대지를 가르는 동안 보다 작은 또 다른 빛의 덩어리가 하늘 위로 솟구쳤다.

갑작스러운 사태에, 그렇지만 분명 누군가 돕고 있다는 생각에 하이렌은 서둘러 뒤를 돌아봤다. 놀랍게도 그곳에 있는 사람은 두 명의 사제였다. 한 명은 하이렌이 알고 있는 자로 바로 괴력의 사제 타스틴이었고 그의 옆에 늙고 추레한 사제의 모습도 보였다. 타스틴과 같은 갈색 사제복을 입고 있는 것으로 미루어 그가 바로 바론이 말했던 '포란마을 대지 모신의 신관' 애리오트 사제임을 알아챘다.

바론의 말도 있었지만 확실히 애리오트의 신성력은 보통이 넘었다. 막 타스틴이 발한 신성 주문으로 성스러운 빛이 하늘로 솟구쳐 스콧을 향해 날아가는 동안 애리오트는 두 번째로 주문을 외웠다. 소재가 무엇인지 모를 까만 빛이 나는 나무 지팡이를 비스듬하게 든 애리오트는 기도하듯 눈을 감고 주문을 외웠다. 순간 그의 몸을 투명하고 하얀 빛이, 그렇지만 눈이 부시지 않은 빛이 에워쌌다. 주문을 외운 애리오트가 눈을 뜨자 몸에서 뿜어져 나오던 빛이 지팡이 상단의 붉은 보석으로 빨려들듯 모여들었다. 그리고 지팡이 끝에 마치 눈송이가 수백 개 맺힌 것 같은 빛의 덩어리가 생성되었다.

애리오트는 자애로운 눈빛으로, 그리고 엄한 표정으로 카이를 바라보며 지팡이를 쳐들었다. 그리고 외쳤다.

"부정한 것이여, 가이아의 이름으로 신벌을 내리노라!"

빛의 덩어리가 물이 흐르듯 카이에게 날아갔다. 마치 '위험한 것이 날아가니 어서 피해'라는 듯 느린 움직임이었지만 막상 카이는 피할 엄두를 내지 못했다. 뱀에게 노려진 개구리처럼 카이는 온몸을 굳힌 채 부들부들 떨었다.

막 빛의 덩어리가 그의 몸에 강타되려 할 때 카이는 힘을 짜내어 검을 휘둘렀다. 검푸른 검기가 빛의 덩어리를 가르며 엄청난 파동이 대지를 진동했다. 한순간에 섬광이 번쩍 하며 눈을 뜰 수 없을 정도로 환하게 빛났다.

하이렌은 서둘러 검을 들어 얼굴과 가슴을 보호하며 뒤로 물러섰다. 이 정도의 섬광이라면 그 충격 또한 예사롭지 않을 것이 분명했기 때문이었다. 하지만 그에겐 아무런 영향이 없었다. 그는 물론 그의 곁에 있던 다니엘이나 스레이도 충격을 입지 않은 모양이었다. 이상하다고 생각한 하이렌이 고개를 들어 앞을 바라보니 적군은 그 빛의 충격에 타격을 입은 것 같았다.

사방에서 언데드로 변한 병사들의 비명과 고함이 이어졌지만 뒤섞이듯 적군과 싸우고 있던 아군은 모두 괜찮은 모습이었다.

"괴, 굉장해! 이건 적에게만 피해를 입히는 주문인가?"

"아마 신성 마법일 겁니다. 살상력은 없지만 사악한 존재에겐 심한 타격을 입히는 것이니까요."

다니엘은 대답과 함께 어깨를 으쓱했다.

"이거 조금은 힘이 나는군요. 굉장한 사제가 둘이나 지원해 주고 있으니 말입니다! 어디 힘 좀 내볼까?"

다니엘은 오른손을 들어 힘차게 검을 뻗으며 왼손으로는 멋있게 머릿결을 쓸어 올렸다. 그리고 크게 외치며 앞으로 달려나갔다.

"인생은 정열이다! 이 더러운 언데드 녀석들아, 나의 정열의 검을 받아라!"

다니엘의 검이 불을 뿜었다. 베고, 찌르고, 때리며 연속으로 가격했다. 확실히 신성력에 타격을 입은 언데드들은 맥을 못 추었다. 방금 전까지 아무리 베어도 타격을 입지 않던 언데드들이 비명을 지르며 무너졌다.

그의 뒤로 하이렌도 따라붙었다. 방어를 위주로 하던 그의 검은 최대 마나를 마구 쏟아 부어 영롱한 은빛을 띠었다. 지켜야 할 것은 반드시 지킨다는 하이렌만의 굳은 의지가 검을 통해 발산되었다. 그의 검에 언데드들은 산산이 부서졌다. 살점이 떨어지고 뼈가 잘려졌으며 눅진하게 굳은 검붉은 피가 대지를 적셨다. 썩은 뇌수와 내장을 짓밟으며 하이렌은 미친 듯이 휘둘렀다.

그렇게 한참을 휘두른 하이렌은 점차 자신의 검이 언데드들에게 먹히지 않는다는 것을 깨달았다. 어느새 검기에 맞고도 언데드들은 악착같이 반격을 시도했다. 팔이 잘려지고 머리가 날아가도 여전히 검을 들고 하이렌을 공격했다.

섬뜩한 기분에 머뭇거릴 때 제프와 스레이가 그의 곁으로 달려왔다.

"하이렌 경, 신성력의 효과가 떨어졌답니다. 지금 애리오트 사제가 새로운 법술을 외우는 중이라니 잠시 그분을 엄호해야 할 듯합니다."

"알았네."

대답을 마친 하이렌은 서둘러 애리오트를 찾았다. 당황스럽게도 애리오트는 제프의 뒤에서 모습을 드러냈다. 그의 뒤로 타스틴이 따랐고 키리모아와 느킹먼이 엄호하듯 붙었다. 제프와 스레이를 선두로 애리오트는 적진의 중심부를 가리켰다.

"좀 더 저쪽으로 가야 하네."

그의 지시에 두 사람이 앞을 뚫었다.

애리오트가 뭔가 하려고 한다는 것을 눈치 챈 하이렌은 서둘러 그의 곁으로 다가갔다. 그리고 선두의 제프와 스레이에게 소리쳤다.

"내가 선두를 맡겠다! 그대들은 사제님의 좌우를 지키도록 하게!"

"알겠습니다, 하이렌 경."

대답과 함께 제프와 스레이가 좌우로 갈라섰다. 그리고 그 빈자리를 잽싸게 들어서며 하이렌은 검기를 흩뿌렸다. 레스터 가문, 네 번째 실력의 마스터라고 해도 하이렌은 페나인 왕국에서 정평이 난 기사였다. 특히 방어에 있어서 타의 추종을 불허한다는, 바꿔 말하면 그의 공격력도 상당한 경지에 이르렀다는 뜻이었다. 그런 하이렌의 검이 매섭게 춤을 추었다.

위로 베고, 아래로 찍고, 옆으로 긁어대며 휘둘러 대는 검에 막아서던 언데드는 갈가리 찢겨졌다. 재생할 틈도 없이 산산이 부서지는 언데드를 뚫으며 하이렌은 애리오트를 적진 깊숙이 안내했다.

그때 이들을 주시하고 있었던 듯 세 명의 암흑기사가 앞을 막았다. 바로 릭과 스콧, 카이였다.

그들을 알아본 하이렌이 움찔하며 멈췄다. 분명 릭과 스콧은 신성한 힘에 맞았었다. 그리고 카이 역시 막아내긴 했지만 상당한 타격을 입었었다. 하지만 세 사람 모두 멀쩡하게 그들을 막아섰다. 그렇다면 신성력도 이들에게 영향을 끼칠 수 없단 말인가?

일순 하이렌의 얼굴이 일그러졌다. 하지만 그는 마음을 다잡았다. 가능성이 희박해도 지금 믿을 수 있는 것은 그의 뒤에 있는 두 명의 사제였다. 그들을 보호하여 신성력을 발할 수 있게 하는 것, 그것이 포란성을 지키고 포란 시민을 지키는 최선임을 그는 굳게 믿었다.

그때 뒤에서 따라오던 애리오트가 막아선 암흑기사를 보고 재빨리 말했다.

"그들은 보통 좀비가 아닙니다. 죽은 자인 것은 틀림없지만 주술이 다를 것입니다."

"그럼 이것들은 뭐란 말입니까?"

뭔가 애리오트가 알고 있는 듯하여 하이렌은 다급하게 물었다.

"이들은 아마 '죽음의 기사'일 것입니다. 수련을 통하여 일정한 마나를 체내에 소지한 자들만을 대상으로 하여 만드는 사악한 주술입니다. 성공하면 원래의 능력에 더해 보다 강력한 회복 능력을 지니게 되어 좀체 상대할 수 없게 됩니다."

그렇게 대답한 애리오트는 잠시 주변을 훑어보며 결심한 듯 차분하게 말을 이었다.

"상황이 좋지 않으니 이곳에서 시행하겠습니다. 죄송하지만 저를 좀 보호해 주시길 바랍니다."

그렇게 말한 애리오트는 하이렌의 대답을 기다리지도 않고 곧바로 지팡이를 모아 쥐었다. 그의 뒤에 있던 타스틴도 황급히 손을 모아 목에 걸린 호부를 쥐었다.

조금 전에 애리오트가 선보였던, 온몸이 빛났던 것처럼 타스틴의 몸이 빛났다. 애리오트보다 약간 얇고 약간 옅은, 그러나 여전히 눈부시진 않은 그런 하얀 빛이 타스틴을 감싸더니 이윽고 두 손에 쥐고 있던 호부로 빛이 모였다.

"부정한 것이여, 가이아의 이름으로 신벌을 내리노라!"

타스틴은 눈을 뜨자 곧바로 세 사람의 암흑기사를 향해 빛의 구체를 쏘았다. 빛의 알갱이들이 혜성처럼 꼬리를 잇는 동안 덩어리는 그대로 암흑기사인 카이를 노리고 뻗어갔다.

물론 이번에도 카이는 검푸른 검기로 그 빛의 구체를 잘라냈다. 그리고 번개처럼 그 자리를 벗어나 뒤에 이어질 충격을 피했다. 여전히 빛의 파동은 주변을 뒤흔들었고 언데드들은 비명을 질렀다.

잠시 기세를 올리던 언데드들은 방금 타스틴의 법술에 타격을 입어 병사들의 창검에 스러졌다. 멀리서 다니엘이 병사들을 이끌며 고함을 쳤다. 그로선 적진에서 신성한 힘이 갑자기 뿜어졌으니 깜짝 놀란 것이다. 지금까지 그의 뒤에 있을 거라고 생각했던 두 명의 사제가 몇 사람의 보호를 받으며 적진 깊숙이 있으니 놀랄 만도 했다. 순간 착각을 한 다니엘은 사제들이 적진을 침투했다는 생각보다 아군이 적군에게 밀려 그들이 적진에 갇힌 것으로 파악했다. 그는 다급한 김에 고함과 함께 병사들을 독려해 적진을 뚫고 들어오기 시작했다.

그 순간 다시 신성력을 모은 타스틴이 새롭게 빛의 구체를 쏘아댔고 그것을 막지 못한 릭이 비명과 함께 뒤로 물러섰다.

신성한 힘에 주춤거리면서도 몰려드는 언데드를 검으로 막아내던 일행들 중 문득 느킹먼이 호탕하게 웃으며 외쳤다.

"이야, 가짜인 줄 알았더니 굉장한 실력을 지닌 사제였잖아? 타스틴 사제, 좀 더 힘내라고!"

평상시라면 벌써 주먹을 휘둘렀을 타스틴은, 그러나 엄숙한 얼굴로 계속하여 법술을 외웠다. 그리고 그의 원호를 받으며 일행도 힘을 다했다. 앞에 막아선 암흑기사 세 명을 하이렌과 제프, 스레이가 막았고 뒤쪽은 키리모아의 거검과 느킹먼의 단창이 굳건히 방어했다.

그리고 저 멀리 다니엘이 병사들을 이끌고 돌진하며 적을 압박해 왔다.

마치 한 점을 향해 적과 아군이 동시에 돌진하는 듯, 사제를 죽이려는 자들과 지키려는 자들 간에 치열한 전투가 남문에서 벌어졌다. 그리고 그 처절한 전투 속에서도 지팡이를 모아 쥔 채 눈을 감고 의연하게 서 있는 애리오트가 있었다. 주변의 소란에도 불구하고 고요한 침묵을 지키던 애리오트는 천천히 고개를 들며 무언가를 암송했다.

이윽고 그의 눈이 떠졌다.

처음부터 애리오트 사제를 주시하고 있었던 이는 없었다. 하지만 그가 눈을 뜨는 순간 누구라도 그를 쳐다보지 않은 이는 없었다. 그에게서 고귀하면서도 신비스러운 빛이 뿜어져 나왔기 때문이었다.

희고 밝고 영롱하면서 깨끗한 빛이 어둠을 밀어내듯 주위를 밝혔다. 애리오트의 얼굴에서, 몸에서, 손에서, 그리고 지팡이조차도 한껏 빛을 뿜었다. 이윽고 애리오트는 경건한 표정 그대로 지팡이를 하늘로 추켜들었다. 그의 시선도 하늘에 머물렀고 순간 지팡이를 타고 하얀 빛이 사방으로 번졌다.

애리오트 사제를 중심으로 하늘로 땅으로 빛이 어둠을 몰아냈다. 마치 동트는 아침처럼, 그런 찬란한 빛이 그의 몸에서 뿜어졌다. 그리고 그 빛은 남쪽 문에서 시작하여 점차 성 전체를 환히 밝혔다.

남문에서 싸우던 병사들은 물론 동문, 북문에서도 이 기이한 빛에 놀라 싸움을 멈췄다. 보는 이로 하여금 편안함을 느끼게 해주는 그 빛은, 그러나 언데드 병사들에겐 매우 위협적인 모양이었다. 사방에서 침묵으로 일관한 채 검을 휘두르던 적병들은 갑자기 비명과 괴성을 지르며 몸을 뒤틀기 시작했다.

서둘러 그들이 들어왔던 성벽으로 달아나듯 올라갔고 사다리나 밧줄을 이용하지도 않고 막무가내로 몸을 던지는 이들도 있었다. 그런 그들의 갑작스러운 행동은 마치 빛을 피해 달아나려는 몸부림 같았다. 그리고 그런 움직임은 빛이 처음 시작되었던 남문보다 다른 방향에서 더 심하게 나타났다.

애리오트 사제를 보호하며 처음부터 상황을 지켜봤던 하이렌은 전투의 막바지에 애리오트가 뿜은 빛에 언데드들이 어떻게 되었는지 똑똑히 목격했다. 마치 불에 붙은 종이처럼 그것, 아니, 그들은 금세 재로 화하며 불타 버렸다. 우람한 덩치를 지녔던 병사들의 살과 피와 근육과 내장이 불타는 시간은 그리 오래 걸리지도 않았다. 심지어 뼈조차도 남지 않았다. 단 한 순간에 그것, 아니, 그들은 빛에 녹아들듯 하얗게 타올랐다.

눈앞의 적들이 녹는 광경과 사방에서 들려오는 퇴각하는 소리에 하이렌은 한껏 깊은 한숨을 쉬었다. 앞으로야 어떻든 우선 포란 성, 아니, 포란의 시민들을 지킨 것이다. 그런 생각이 들자 새벽 내내 전투를 치렀던 그의 몸이 삽시간에 피로에 휘말렸다.

수많은 언데드가 침투했던 남문, 그리고 그들 중에 가장 강했던 카이를 상대했고, 애리오트 사제를 지키기 위해 가장 힘든 곳을 자처했던 만큼 하이렌은 가장 지친 상태였다. 그러나 그는 천천히 몸을 돌려 애리오트에게 시선을 돌렸다. 누가 뭐래도 포란을 지킨 이는 바로 애리오트와 타스틴, 두 명의 사제가 아니었는가! 하이렌은 지쳐 쓰러지기 전에 두 사람에게 감사의 인사를 전해야 한다고 생각했다. 그리고 뒤를 돌아보는 순간 바닥에 죽은 듯이 누워 있는 애리오트의 모습을 발견했다.

곁에서 회복 마법을 거는 타스틴과 걱정스레 애리오트를 지켜보는 제프와 키리모아, 그리고 서둘러 병사를 이끌고 달려온 다니엘이 그 두 사람을 에워쌌다.

"어, 어떻게 된 일인가?"

당황한 하이렌이 떨리는 목소리로 물었다. 누구라도 좋으니 이 상황을 설명해 주길 바라는 마음이었지만 어느 누구도 섣불리 입을 열지 않았다.

대신 말발굽 소리와 함께 누군가 병사들을 헤집으며 나타났다. 나타난 기사는 바닥에 내려섬과 동시에 다니엘의 팔을 세게 움켜쥐었다. 그리고 다급하게 외쳤다.

"누구야? 방금 그 신성한 힘을 일으킨 사람은?"

다니엘은 자네트임을 확인하곤 묵묵히 고개를 돌려 타스틴과 애리오트를 바라봤다. 자네트의 눈도 그 두 사람을 향했다. 그리고 방금 신성력을 일으킨 자가 누구인지 알아챘다. 그녀는 감탄과 함께 탄식을 터뜨렸다.

"맙소사! 대지 모신 가이아를 섬기는 자에게만 전해진다는… 그 주문이 정말로 있었잖아?"

"무슨 뜻입니까, 자네트 경?"

같은 천기장이라도 여자인 자네트에게 하이렌은 예를 갖춰 질문했다. 그러자 자네트도 타스틴을 슬쩍 바라보며 목소리를 낮춰 설명했다.

"방금 전의 그 빛, 제 추측으론 '가이아의 새벽' 또는 '빛나는 대지의 가호'라는 것일 겁니다. 대지 모신을 섬기는 자들 중에서도 몇 명밖에는 전수되지 않는 최강의 주문이라고 해요. 원래 대지 모신의 신전에는 몽크(전투 사제)를 전문적으로 키우지 않지만 대신 템플러라는 특수 집단이 있어 사악한 것들을 퇴치한다고 들었거든요. 그 수와 능력에 대해 일체 비밀에 붙여져 있어 과연 있는 것인지 말들이 많았지만한 가지 확실한 것은 주문 중에 최강의 주문, 가이아의 새벽이란 것을사용할 수 있다는 말은 들었어요."

잠시 말을 멈추고 침을 꿀꺽 삼킨 자네트는 빠르게 설명을 덧붙였다.

"한번 발동된 그 주문을 멀리서 바라보면 마치 해가 떠오르는 것과같은 광경이라 해서 가이아의 새벽이라고 불린다고 하거든요. 그리고그 주문을 쓸 수 있는 사제는 대신관과 그 템플러 집단의 사제들이라고 들었고요. 말로만 듣던 것을 보다니……."

자네트는 차츰 말꼬리를 흐리더니 애처로운 눈길로 애리오트를 바라봤다. 뭔가 이유가 있다고 생각한 하이렌이 궁금한 듯 물었다.

"왜 그러십니까?"

"가이아의 새벽이란 주문은……."

여전히 말을 잇지 못하며 자네트는 손을 들어 입을 가렸다. 묵묵히애리오트를 바라보던 다니엘이 대신 입을 열었다.

"제가 알기로 그 주문은 사악한 힘에 있어서 최강의 주문인 대신에희생을 강요하는 것으로 알고 있습니다."

"희… 생?"

"사제가 가지고 있는 모든 신성력을 한순간에 증폭시켜 뿜어내는 것, 그 힘은 마족이라도 쉽게 막아낼 수 없을 정도라고 전해집니다. 그리고 모든 신성력을 발한 사제는……."

다니엘의 목소리도 점차 가라앉으며 물기가 흘렀다.

"죽습니다. 말 그대로 '자기 희생 주문'인 겁니다, 가이아의 새벽이란 주문은."

"정말… 인가요?"

갑자기 뒤에서 들린 음성에 세 사람은 동시에 돌아봤다. 어느새 다가왔는지 새파랗게 질린 알의 얼굴이 버나드와 함께 나타났다.

다른 두 사람은 몰라도 하이렌은 알과 애리오트의 관계를 누구보다도 잘 알았다. 알에게 있어 아버지 같은 존재, 그가 바로 애리오트인 것이다. 그리고 얼마 전에 아버지와 동생을 잃은 하이렌은 순간 그의 감정이 어떨지 쉽게 연상이 되었다. 그는 애써 얼굴을 펴며 알의 어깨를 잡았다.

"알……."

그렇게 이름을 부르는 것이 고작이었다. 하이렌으로선 어떻게 위로를 해야 할지 전혀 감을 잡을 수 없었다. 그 역시 어떤 위로도 소용이 없었기 때문이다.

그때 타스틴이 치유하던 손을 거두고 알을 향해 손짓했다. 부들부들 몸을 떨며 알이 다가가자 타스틴은 엄숙한 목소리로 말했다.

"운명하셨다."

알의 몸이 무너지듯 애리오트의 곁에 쓰러졌다. 그리고 쥐어짜 내는 목소리로 비명을 질렀다.

"아니야, 안 돼! 이럴 순 없는 거야! 왜 우리 사제님이, 왜! 왜?!"

오열을 퍼붓는 알의 어깨를 감싸 안으며 타스틴은 조용하고 차분한 음성으로 모두에게 말했다.

"지금 가이아를 섬기며 악을 퇴치하던 템플러의 수석 사제께서 운명하셨습니다."

"이분이 템플러의 수석 사제였단 말이야? 그걸 어떻게……?"

애리오트의 신분에 놀란 듯 자네트가 동그란 눈으로 타스틴을 바라봤다. 그러나 타스틴과 눈을 마주한 순간 그녀는 엄숙한 그의 눈길에, 특히 평소와 너무도 다른 그 눈빛에 압도되어 말문이 막혔다.

타스틴은 다시 말했다.

"템플러에 속한 신관은 수석 사제를 포함해 총 아홉 명. 그리고 나 역시 템플러로서 이분의 신분은 내가 증명할 수 있습니다."

그렇게 말한 타스틴은 품에서 목걸이를 꺼냈다.

하이렌은 그 목걸이가 방금 전까지 신성력을 끌어올릴 때 매개체로 사용했던 것임을 알아봤다. 타스틴의 손에 쥐어져 있을 때는 미처 보이지 않았지만 타스틴은 손바닥 위에 올려놓고 모두가 볼 수 있게 했다.

목걸이에 달린 것은 붉은 보석이 박힌 둥근 모양의 철제 장식이었다. 바로 대지 모신을 상징하는 것으로 중심에 박힌 붉은 보석은 크기는 달랐지만 애리오트의 지팡이 끝에 달린 것과 같은 것임을 한눈에 알 수 있었다. 바로 템플러임을 상징하는 보석이었다.

"수석 사제이기 이전에 신전 사상 최강의 템플러라고 불렸던 분입니다. 이미 삼십 년도 훨씬 전에 종적을 감췄는데 이런 곳에 있었을 줄이야… 지팡이를 꺼내 들지 않으셨다면 저도 알 수 없었을 겁니다."

말문을 잇지 못하며 타스틴은 눈시울을 적셨다. 그리고 오른손으로 호부를 꽉 쥐고 왼손으로는 알의 어깨를 감쌌다. 잠시 그 자세로 애리오트의 시신 앞에 웅크리고 있던 타스틴은 이윽고 정신을 차렸다.

그는 천천히 버나드를 바라보았다.

"성내에서 화장할 준비를 해도 되겠습니까?"

"괜찮겠지. 대지 모신을 섬기는 분들은 화장을 하는가?"

"그렇습니다. 육신은 불에 태워 없애고 영혼은 재와 함께 바람에 날려 흩어지리니, 이것이 대지 모신을 섬기는 사제들의 장례입니다."

"알겠네. 준비하도록 하지."

버나드는 별 말 없이 그의 청을 받아들였다. 누가 뭐래도 애리오트는 가장 위급한 순간에 생명을 바쳐 포란을 지킨 사제였다. 그 정도 청을 들어주는 것은 당연했다.

자신의 청이 받아들여지자 타스틴은 묵묵히 시신 앞에 앉아 기도를 시작했다. 그 옆에 망연한 모습의 알도 기도를 하는 자세로 앉아 있었다.

한숨과 함께 버나드는 곧 주변을 훑어보았다. 어느새 달려온 찰스와 도널드를 발견한 버나드는 두 사람에게 눈짓을 보냈다. 아직 적병이 남아 있느냐는 뜻이었고 상대도 이내 알아채곤 고개를 저었다. 버나드는 다시 눈짓으로 전투 후의 처리를 지시했고 두 사람은 재빨리 그곳을 떠났다.

그들이 전투를 마무리하러 떠나자 버나드는 조금 편한 기분으로 하이렌과 함께 나란히 섰다.

어느새 알의 곁에 스레이가 다가왔다. 그는 알에게 고개를 숙이며 뭐라고 물었고 알은 잠자코 있다가 천천히 고개를 끄덕였다. 스레이는 곧 알의 곁을 벗어나 포란 주민이 있는 곳으로 걸음을 옮겼다.

하이렌은 지나치는 스레이에게 물었다.

"뭐라고 했나?"

"고아원 동생들을 데려오는 것이 어떻겠느냐고 했습니다."

"그랬군."

짤막하게 대꾸한 하이렌은 곧 속으로 질문한 것을 후회했다.

"다녀오게."

대답과 함께 스레이가 사라지자 하이렌은 무거운 마음으로 알의 등을 바라봤다. 문득 옆에 있던 버나드가 자그마한 목소리로 중얼거렸다.

"성벽을 넘어온 병사는 대략 일천은 되었다. 아마 성밖에 몇 배의 군세가 있었을 거야. 이들 역시 언데드의 속성을 띠고 있었으니 할튼과 관련되어 있음이 분명해. 한데 이 병력을 할튼은 어디서 얻었을까?"

하이렌은 곧 제프에게 들었던 말을 떠올렸다.

"이들은 제1돌격기병단이라고 합니다. 바로 카슨이 이끌던 부대죠."

"…역시 그랬군."

별다른 감정 없는 냉정한 대꾸에 하이렌은 잠시 버나드를 돌아봤다. 대답만큼이나 표정없는 얼굴이었다.

"짐작하고 있었나요?"

"뉴카슬에서 언데드가 나타난 것을 보았을 때부터 이럴 거라고 막연히 짐작했었다. 처음엔 이쪽의 병력을 각개격파하기 위해 모스 섬으로 불러들였다고 생각했는데 역으로 자신의 군대를 확장시키려는 속셈도 있었을 줄이야… 아마 오만 명 전부가 이런 꼴이 되었겠지."

담담한 답변에 하이렌은 멍하니 버나드를 쳐다봤다.

"형님, 오만 명입니다. 엄청난 숫자의 병력이 죽음을 맞이했다는 얘기잖아요?"

"전쟁이 시작되기 전에 희생당한 사람들이다. 그런 거에 신경 쓸 틈은 없어."

하이렌이 말하고자 하는 것을 알고 있는지 버나드는 확고하게 말했다.

"우리는 지켜야 할 사람들이 있다. 쓸데없는 감상에 젖어선 안 돼."

"그렇다 해도……."

하이렌은 말끝을 흐리며 묵묵히 고개를 돌렸다.

새벽 내내 있었던 전투에서 승리한 탓에 들뜬 병사들이 함성을 지르는 것과 대조적으로 마치 패잔병 같은 모습으로 한쪽에 서 있는 두 사람, 제프와 키리모아가 하이렌의 시야에 들어왔다. 그들 역시 제1돌격 기병단이 언데드가 되어 공격을 해왔다는 것이 충격인 모양이었다. 설사 온 힘을 다해 그들과 싸웠다 해도 전투가 끝난 지금 마음이 편할 수는 없는 것이다. 그리고 그들과 마찬가지로 하이렌 또한 착잡한 마음에 절로 고개를 떨구었다.

애리오트의 희생에 의해 첫날밤을 넘긴 후에도 전투는 끝나지 않았다.

성벽을 점령당했던 첫날에 비할 바는 아니었지만 여전히 전투는 급박했다. 그리고 포란 성 주변은 이상한 공기에 휩싸였다.

한낮에도 짙은 안개가 시야를 가렸는데 평범한 것은 아니었다. 음산한 기운을 뿜어내는 그 안개는 쉽사리 성밖을 나설 수 없게 했다. 몇 명의 용감한 보초병들이 성밖을 순시하고 돌아왔는데 그들은 공포에 싸인 채 그저 '밖엔 아무것도 없었습니다' 라고만 전했다.

하지만 밤이 되면 여전히 전투는 벌어졌다. 어디에서 나타나는지 적들은 해가 지고 어둠이 찾아오면 어김없이 공격을 해왔다. 애리오트의 희생 주문에도 그다지 타격을 입지 않았는지 그들의 공격은 여전히 매서웠다.

첫 번째 날의 기습처럼 쉽게 성벽을 점령하진 못했지만 연일 밤에만 나타나는 적군의 공격에 차츰 포란의 사기는 저하되었다.

템플러인 타스틴은 현 상황에 대해 설명했다.

"이들은 언데드입니다. 낮엔 활동할 수 없는 언데드의 특성이 그대로 드러나고 있어요. 그러나 낮이라고 해도 적을 공격할 수는 없을 겁니다. 바로 이 안개 때문이지요. 포란 성을 감싼 안개도 좀비나 스켈레톤이 대량으로 나타날 때 일어나는 현상으로 독기를 품고 있습니다."

결국 유리하게 전투를 할 수 있는 낮에도 적을 공격할 수 없다는 얘기였다. 밤의 전투는 성벽을 가진 버나드 군이 약간 우세했지만 그것도 잠시뿐임을 모두 알고 있었다. 그저 지키는 것만으로는 적을 물리칠 수 없었다. 지쳐 쓰러지는 순간, 그리고 다시 성벽을 빼앗기는 순간 전투는 패배로 끝날 것이 자명했다. 그러나 어떤 타개책도 보이지 않았다.

낮의 휴식, 그리고 밤의 전투. 그것이 지금 포란 성이 처한 상황이었다.

버나드는 할튼이 겨울철에 전투를 시작한 이유를 다시 한 번 실감했다. 언데드는 먹지 않을 뿐만 아니라 밤이 긴 겨울엔 특히 유리했다. 이젠 두 달 후에 떨어질 식량 걱정보다 당장 밤의 전투를 걱정해야 할 판이었다.

또 한 가지 위협적인 일이 생겼다.

포란 성으로 흘러 들어오는 물이었다. 원래 레스터 중부를 가로지르는 라이언 강을 중심으로 발전한 포란 성과 마을은 당연히 강물을 식수로 사용했다. 라이언 강의 발원지가 포란 성 주변의 산과 계곡인 탓에 오염이 적은 강물은 그대로 식수로 사용해도 전혀 문제가 없었다.

한데 언데드가 포란 성을 에워싼 후에 강물이 오염되기 시작했다.

첫 번째 기습이 있던 며칠 후에 첫 번째 희생자가 생겼다. 마을 주민들 중에 병약자 몇 명이 물을 마신 후에 배탈과 구토 증세를 보이더니 이내 죽음에 이른 것이다.

다행히 템플러이자 사제인 타스틴이 있어서 금세 원인을 규명했지만 희생자가 생겼다는 것은 확실히 심각한 충격을 안겨주었다. 물의 오염도는 하루가 다르게 심해졌으며 아마도 그것은 언데드 자체가 독을 품고 있기 때문일 것이라고 타스틴은 추정했다.

매일같이 타스틴은 막대한 양의 물을 정화했다. 그래도 식수의 양은 턱없이 부족했다. 물의 오염은 점점 정도가 심해졌고 타스틴의 신성력은 점차 떨어졌다. 얼마 지나지 않아 타스틴이 정화할 수 없는 지경에 이를 것이라고 모두들 생각했다. 그리고 그 순간이 싸울 수 없는 상태, 즉 포란 성이 점령당하는 순간일 것임을 막연히 떠올렸다.

불안감이 포란 성을 감돌았다. 누구도 패배를 입에 담지 않았지만 눈빛은 벌써 죽어갔다.

낮의 평화, 그리고 밤의 공포가 일주일째 이어진 어느 날, 포란 성에 뜻밖의 손님이 찾아왔다.

적군의 술수에 놀아나선 안 된다는 것을 알면서도 버나드는 속수무책으로 당할 수밖에 없었다. 특히 그를 답답하게 하는 것은 적에게 맞춰 낮에 휴식을 취하고 밤에 전투를 치러야 하는 현실이었다. 하루빨리 적의 근거지를 찾아 분쇄해야 함에도 불구하고 음산하고 귀기 서린 안개 때문에 정찰조차 어려운 상황인지라 그저 포란 성을 지키는 데 급급했다.

원래 제1돌격기병단 출신인 탓인지 언데드들은 상당히 고단수의 전법을 구사했다. 간혹 천기장들은 물론 버나드조차 놀랄 정도의 기발한 것들, 예를 들면 투석기로 언데드 병사를 날려 보낸다거나 땅굴을 판다거나 자신들의 살점을 찢어 화살로 날려 보내는 수법들을 사용했다. 그들은 자체가 독이었기 때문에 그런 공격들은 매우 위협적이었다. 결코 정공법이 아니면서 또한 정공법을 교묘하게 이용한 것들이었다.

아마도 원래 제1돌격기병단의 지휘관 중에 굉장한 녀석이 있었던 탓에 훈련이 잘된 것이라고 근위대의 기사들은 생각했다. 적어도 그 사람이 카슨은 아니었다. 뛰어난 검술에 비해 낙천적인 성품인 카슨이 병사들을 독려해 훈련을 시켰을 리는 만무했기 때문이다.

그렇다면 또 다른 누군가, 어쩌면 카슨의 부관이거나 부하 지휘관 중에 군사학에 정통한 녀석이 있었다는 얘기였다. 그 누군가의 뛰어난 훈련 계획표에 의해 제1돌격기병단은 지금 가공한 전법을 구사하며 포란 성의 근위대를 괴롭혔다.

특히 4근위대의 자존심은 여지없이 무너졌다. 돌격기병단은 물론 근위대에서도 최강이라는 전력을 자랑했던 4근위대는 겨우 1돌격기병단에게 꼼짝 못하는 현실에 완전히 낙담했다. 입심 좋기로 유명한 다니엘조차 찍소리 못할 정도였다.

물론 언데드로 변한 탓에 적의 세력이 막강한 것도 하나의 이유겠지만 그들이 펼치는 전법들이 모두 상상을 초월하는 것들이었고 일사불란하게 통솔되는 병사들의 움직임을 보건대 원래의 전력도 결코 만만치 않았음을 깨달을 수 있었던 것이다.

덕분에 매일 밤 근위대의 기사들과 병사들은 초죽음이 될 정도의 전투를 치러야 했다.

새벽이 찾아오고 뿌연 안개와 함께 회색 하늘이 보일 때쯤엔 병사들은 물론 건장한 천기장들조차 뻗어버리는 현실은 버나드라도 어쩔 수 없었다. 그런 상황에서 새로운 타개책을 낸다는 것은 말 그대로 불가능했다.

칠 일째 전투를 끝낸 아침, 버나드는 백작부의 집무실에 앉아 작은 찻잔 위에 담긴 물을 마시며 휴식을 취했다. 점점 어려워지는 상황에 어떻게든 머리를 짜냈지만 뾰족한 수가 없었다. 지끈거리는 머리를 지그시 누르며 버나드는 한숨과 함께 창밖으로 시선을 돌렸다.

연병장 구석에 커다란 술통이 산처럼 쌓여 있었다. 타스틴이 밤낮을 가리지 않으며 정화시킨 물이 담긴 것이었다. 그 앞에 하이렌의 감독하에 사람들에게 물을 나눠 주는 모습도 보였다.

식수가 부족한 사태에 이르자 물은 배급제로 바뀌었다. 우선적으로 전투를 치르는 기사들과 병사들에게 물이 돌아갔고 다음으로 마을 주민들 중에 여자와 아이, 노약자에게 마지막으로 청장년 층에게 물을 나눠줬다. 누구 하나 빠짐없이 물이 돌아갔지만 타스틴의 정화력에 한계가 있는 탓에 날이 갈수록 물의 양은 적어졌다.

혹시라도 자신의 차례에 물이 떨어지진 않을까 걱정하면서도 사람들은 순서를 지켰다. 그 이유는 앞에서 관리하는 하이렌 백작 탓이기도 했다. 레스터 가문의 형제 중에서 둘째로 영지 내에서도 두 번째로 막강한 권한을 갖고 있으며 실제로 영주 대리였던 그는 현재 포란에서 검술로는 최강, 권력으로도 버나드 다음의 실세였다.

한데 그런 하이렌이 벌써 며칠째 자신의 몫으로 할당된 물을 거의 알에게 건넸다는 것을 마을 사람들이 알게 되었기 때문이다. 포란의 토박이인 알이 고아원 출신이라는 것은 모두들 알고 있었다. 즉, 알에게 물을 건넸다는 것은 바로 고아원 아이들에게 물을 주었다는 것을 의미했다.

그런 소문을 듣고서도 자신의 욕심을 차릴 정도로 뻔뻔한 녀석은 없었다. 포란 주민들 중 그를 칭송하지 않는 이가 없었다. 어려운 상황에서도 분란이 일어나지 않는 것은 하이렌의 인품 때문인 것이다.

창고 안에서 물을 정화시키던 타스틴이 잠시 휴식을 취하러 밖으로 나왔다. 물론 그 역시 하이렌이 물을 사양한 일을 알고 있었다. 문득 타스틴은 생각난 것이 있어 그의 곁으로 다가갔다.

"으흠~"

"아, 타스틴 사제. 뭐 불편한 거라도 있습니까?"

뒤에서 들린 기침 소리에 돌아보던 하이렌이 깜짝 놀라며 그를 반겼다. 지금 포란의 식수는 그의 손을 거치는 만큼 그가 필요로 하는 것은 당장 구해야 한다고 하이렌은 생각했다. 그러나 타스틴은 고개를 저었다.

"아니, 아무것도 없답니다, 귀족 형제."

하지만 하이렌은 상대의 눈빛이 반짝거리는 것을 지켜보며 뭔가 할 말이 있다고 느꼈다. 잠자코 마주 보고 있으니 역시 타스틴은 입가에 미소를 지으며 질문했다.

"누구라도 자신의 물을 포기하는 용기를 내지 못할 것입니다. 한데 하이렌 형제께서는 그런 일을 쉽게 해내니 그 얼마나 훌륭합니까? 어쩌면 버나드 공작보다 더 뛰어난 분이실 겁니다."

"글쎄요……."

그의 질문에 하이렌은 불쾌함이나 의아함이 아닌 당연하다는 듯한 표정을 지었다.

"물을 마시지 않는 것보다 물을 마시는 것이 더 용기있을 수도 있습니다, 타스틴 사제. 나 하나 없어져도 포란이 궤멸될 일은 없겠지만, 형이 사라지면 포란은 물론 레스터 전체가 무너지는 일이니까요. 형도 알고 있기에 물을 마시는 것을 포기하지 않는 것이겠지요."

대답하던 하이렌은 손으로 타스틴을 가리켰다.

"사제께서 물을 마시는 것을 누구라도 당연하게 여기는 것처럼 말입니다. 그 당사자에게 있어선 고통스러운 일일지라도 '진정 모두를 위해서'라는 건 그런 것일 겁니다."

타스틴은 어깨를 으쓱했다.

"이거 형제께 한 방 먹었군요. 그렇게 말하면 전혀 대꾸할 여지가 없잖아요?"

문득 손을 들어 대머리를 문지르며 타스틴은 자그마하게 속삭였다.

"레스터에 버나드 공작이 필요한 것처럼 하이렌 경도 필요하답니다. 겨우 몸이 버틸 정도만 마시는 것은 위험해요. 게다가 형제께서는 전투에도 참가하지 않습니까? 적당량을 섭취한다고 해서 그 누구도 형제를 탓하지 않을 겁니다."

그제야 하이렌은 타스틴이 말하고자 하는 것이 무엇인지 깨달았다. 그는 미소를 띠며 타스틴의 호의를 받아들였지만 이내 고개를 저었다.

"저는 마스터입니다. 보통 사람보다 적게 마셔도 버텨낼 수 있기에 그렇게 하는 겁니다. 사제께서 너무 걱정할 필요는 없어요. 하지만 걱정해 줘서 감사하군요."

"그렇게 말씀하신다면……."

타스틴은 고개를 끄덕이며 말끝을 흐렸다.

마스터의 경지와 물을 섭취하는 것에 아무 상관이 없다는 것쯤은 타스틴도 알고 있었다. 하지만 이렇게까지 말하는 하이렌을 꺾을 순 없었다. 문득 타스틴은 사제복을 걷어올렸다. 어른 허벅지 굵기는 될 듯한 팔뚝을 자랑스럽게 드러낸 타스틴은 알통을 만들며 장난스럽게 말했다.

"으샤~ 으샤~ 또 기운 내서 물을 정화해야겠군요!"

포란 성은 동서남북으로 네 개의 문이 있었다. 북문 쪽으로 포란 마을이 위치했고 남문과 서문으로 라이언 강이 흘렀다. 오래전부터 레스터의 중심 성이었고 교통의 요충지였던 만큼 성문은 크고 튼튼했다. 이만의 근위대는 그 동서남북의 사대문을 흩어져 방비하고 있었는데 동문과 남문은 4근위대가 서문과 북문은 7근위대가 담당했다.

새벽의 전투가 끝난 후 병사들은 휴식을 취했다. 짙은 안개에 가려 회색 하늘빛이었지만 분명 아침은 찾아왔고 평화가 시작되었다. 그리고 시간이 조금 지나지 않아 짙은 안개를 헤치며 동문 쪽에 사람이 나타났다.

동문을 수비하고 있던 이는 찰스 채프맨이었다.

처음 4근위대의 군단장을 거론할 때 찰스가 다니엘을 제칠 수 있었던 것은 견실한 성격을 바탕으로 맡은 바 책무를 충실히 이행하는 능력을 높이 샀기 때문이다. 당연하게도 그는 전투가 끝난 후에도 방어 태세를 점검하며 순시를 하던 중이었다. 아침 식사로 준비된 햄을 곁들인 빵이 도착했을 때에도 그는 여전히 성문 위에서 이것저것 지시를 했다.

그리고 아침을 겸한 식사를 성루에서 하던 중 바깥에서 들려오는 소리를 들었다. 혹시 잘못 들은 것이 아닌가 하여 찰스는 씹던 것을 멈추고 귀를 기울였다. 확실히 성 바깥에서 무슨 소리가 들렸다.

"이게 무슨 소리지?"

찰스는 주변을 둘러보았다.

밤마다 치러지는 전투는 강도 높은 훈련을 받아온 근위 병사들조차 지치게 만들었다. 가까이 있던 병사들 대부분은 쓰러지듯 바닥에 앉은 채였다. 그들은 상관인 찰스가 있는 것조차 개의치 않는 것 같았다. 물론 찰스 역시 휴식을 취하는 병사들을 탓하지 않았기에 가능한 일이었지만 당연하게도 찰스가 들은 소리를 쉬고 있던 병사들은 거의 듣지 못했다.

병사들이 고개를 젓자 찰스는 손가락을 입에 대며 모두를 조용히 시켰다. 이번엔 병사들도 다 같이 귀를 기울였다. 소리는 성 바깥에서 들려왔다.

그리고 모두의 귀에 그 소리는 이렇게 들렸다.

"도와주시오."

곧 성 밑을 바라본 몇몇 병사들이 외쳤다.

"밑에 사람이 있습니다."

"뭐?"

의아한 찰스가 달려가 아래를 내려다봤다. 병사의 말대로 밑에 사람이 있었다. 안개에 가려 흐릿하긴 했지만 분명 검은 외투를 걸친 중년을 넘은 남자였다. 며칠을 씻지 않은 듯 머리칼은 헝클어졌고 멀고 험한 길을 온 듯 때가 탄 외투의 몇 군데는 찢어져 천 조각을 날렸다.

"사, 사람이다……."

밑을 내려다보던 병사 중에 누군가 중얼거렸다.

며칠 동안의 전투를 치르면서 성내에 있는 사람을 제외하곤 사람을 찾아볼 수 없었던 탓에 병사의 중얼거림은 반가움보다 두려움을 품었다. 그것은 또한 모두의 생각이기도 했다.

그들을 대표해 찰스가 아래를 향해 외쳤다.

"누구냐?"

중년의 사내는 몸을 움찔 떨더니 이내 위를 향해 고개를 들었다. 그리고 안도하는 음성으로 위를 향해 외쳤다.

"저는 남쪽에서 왔습니다. 저희 마을이 몬스터의 습격을 받고 있어 도움을 청하고자 왔습니다. 부디 저희를 도와주십시오!"

"남쪽에서? 정말이냐?"

"그렇습니다. 어서 성문을 열어주세요. 이곳은 너무 춥습니다."

두툼한 외투는 가죽으로 만들어졌고 털로 뒤덮여 있어 웬만한 추위는 버텨낼 것 같았지만 정말로 추운지 그는 온몸을 부들부들 떨었다. 그때 병사들 중에 누군가 찰스에게 말했다.

"전에 정찰을 나가봤기 때문에 아는데 저 안개는 정말 이상합니다, 찰스 군단장님. 바람이 부는 것도 아닌데 온몸이 오싹할 정도니까요."

그는 다시 아래를 내려다보곤 덧붙였다.

"만약 저 사람이 정말 사람이라면 저곳의 추위를 이겨낼 수는 없을 겁니다."

"흐음……."

찰스는 깊은 신음과 함께 턱을 쓰다듬었다.

기사라면 물론 도움을 청하는 사람에게 매정할 수는 없었다. 하지만 이곳은 전쟁터, 게다가 포란 성은 벌써 며칠째 언데드에게 공격을 받고 있는 중이었다. 외부와의 소식은 두절 상태였고 정찰조차 불가능할 정도의 독기 어린 안개에 싸였다.

나갈 수도 들어올 수도 없는 상황, 그런 상황에 갑자기 성 밑에 민간인이 와서 도움을 청하는 것을 아무 의심 없이 받아들일 수는 없었다. 그렇다고 그를 무조건 내칠 수도 없었다. 만약 사내가 정말 민간인이라면 그는 외부의 소식을 가져온 아주 귀한 존재이기 때문이다. 그리고 사실 여부를 밝히지 않은 채 결정을 내리는 어리석은 짓을 범할 찰스가 아니었다.

이윽고 결정을 내린 듯 찰스는 곁에 있던 병사에게 명령했다.

"즉시 지휘부로 가서 버나드 대장께 성 밑에 민간인이 있다고 보고하라."

다음에 찰스는 모두를 둘러보며 병사들을 통솔했다.

"즉시 전투 준비를 갖추고 성 주위를 정탐하라. 수상한 것이 있을 수도 있으니 각별히 조심하고 성벽 바깥으로 고개를 내밀지 말라. 다른 성문 쪽으로도 사람을 보내 상황을 알리고 헝겊을 싼 화살과 화로를 준비하라. 어서, 어서 빨리 움직여라."

찰스의 명령에 쉬고 있던 병사들이 분주히 움직였다. 동문 전체에 새로운 긴장이 감돌았다.

명령이 떨어진 후 곧바로 시작된 그 긴장은 지휘부에서 버나드가 달려오고 성 밑의 민간인과 버나드가 몇 마디 문답을 한 후에 성문이 열릴 때까지 유지되었다.

그리고 동문 쪽으로 찾아온 손님 덕분에 포란 성은 새로운 국면을 맞이하게 되었다.

밤새 전투를 치른 후엔 곧바로 포란 주민들을 찾아다니며 안심을 시키고 뒤이어 물을 배급하는 것을 관리하는 하이렌은 거의 휴식을 취하지 않은 채 초인적으로 움직였다. 그러나 그는 지친 기색 없이 당당하면서 인자한 미소로 주민들을 맞이하고 있는 중이었다.

그런 그에게 갑자기 전령이 달려왔다. 바로 지휘부에서 버나드의 명령을 전하러 온 병사였다. 그에게 버나드의 명령을 전해들은 하이렌은 금세 얼굴을 굳혔다.

"뭐라고? 타스틴 사제를 모셔오라고 했단 말인가? 무슨 일로?"

"급히 치유해야 할 사람이 있는 것 같았습니다."

"말도 안 되는 소리 말게. 지금 타스틴 사제께서 무슨 일을 하는지 몰라서 그런 소리를 한단 말인가?"

"하지만 공작 각하께서 분명히……."

대꾸하던 병사는 하이렌의 노려보는 눈빛에 흠칫하여 입을 다물었다.

"뭔가 착오가 있었을 거네. 가서 다시 한 번 알아보고 오게."

"하지만 매우 급한 일이라고 하셨습니다."

"다른 사제 분을 찾도록 하시라고 전해주게. 물을 정화할 수 있는 사제는 포란 성에서 타스틴 사제뿐일세. 그런 분에게 치유라니? 말도 안 되는 소리로군."

다시 뭐라고 말하려던 병사는 곧 하이렌에게 쫓겨 지휘부로 돌아갔다. 그러나 곧 또 다른 전령이 하이렌을 찾아왔다. 그는 하이렌도 잘 아는 사람, 바로 아벤이었다.

"무슨 일입니까?"

물통 옆에서 배급하는 상황을 지켜보던 하이렌은 뚱한 얼굴로 아벤을 쳐다봤다. 그가 무슨 일로 왔을지 짐작한 탓이었다.

"타스틴 사제를 모시러 왔습니다."

"안 된다고 했습니다만?"

'역시' 하는 얼굴로 하이렌은 준비했던 대답을 마쳤다. 하지만 아벤은 덤덤한 얼굴로 뜻밖의 말을 꺼냈다.

"성내에 사람이 들어왔습니다."

하이렌은 잠시 무슨 뜻인지 의아한 얼굴을 지었다. 그리고 뚫어져라 아벤을 쳐다보며 황급히 물었다.

"뭐라고 했습니까? 성내에 사람이 들어왔다니요?"

"마을이 몬스터의 습격을 받아 도움을 청하러 왔다는 것 같습니다. 하지만 독기를 너무 맡아 지금 상태가 좋지 않습니다. 그래서 타스틴 사제를 모셔오라는 공작 각하의 전언이십니다."

"그럼 민간인이란 말입니까?"

"그렇습니다. 그것도 레스터 영지에 소속된 사람이겠지요."

하이렌은 두말없이 타스틴 사제를 만나볼 수 있도록 승인했다. 아울러 그는 지휘부로 사용하고 있는 백작부를 바라보며 서둘러 말했다.

"그런 급한 일이 생겼을 줄은 몰랐습니다. 백작께서는 사제님을 모셔오도록 하세요. 전 먼저 지휘부로 가보겠습니다."

그리고 하이렌은 대답을 기다리지도 않은 채 바삐 걸음을 옮겼다.

하이렌이 지휘부로 들어서며 살펴보니 어수선하면서 어딘가 흥분된 기색이 역력했다. 하이렌이 그러하듯 근위대의 기사들 역시 바깥 사람이 들어왔다는 소식에 묘한 기대를 하는 듯했다. 그는 가까이 있는 기사를 붙잡아 외부에서 들어왔다는 사람이 어디 있는지 물었다.

기사는 하이렌을 알아보곤 곧바로 예를 갖추어 공작 각하의 집무실에 있다고 말했다.

하이렌은 망설임없이 곧바로 그 방으로 갔다. 안에는 버나드와 함께 맨 처음 발견한 찰스를 비롯하여 도널드와 천기장 몇 명, 알과 스레이, 제프, 그리고 담요에 덮여 소파 위에 누워 있는 사람이 있었다.

하이렌이 들어서자 버나드는 얼른 손짓을 했다. 동시에 근위대의 기사들이 좌우로 갈라서며 하이렌에게 자리를 양보했다. 하이렌은 서둘러 소파로 다가갔다.

중년의 사내는 실신하여 정신을 차리지 못했다. 아마도 그동안 이곳까지 오느라 긴장했던 것이 한순간에 풀리며 쓰러진 것 같았다. 찰스의 말에 의하면 그는 포란 성을 둘러싼 독 안개 속에서 너무 오래 있었다고 했다.

알은 손에 낡은 외투를 들고 있었는데 하이렌에게 내밀며 말했다.

"제가 보기엔 레스터 남부 출신인 것 같습니다. 안감의 상태로 봐선 농노가 아니라 자유민인 것 같고, 어촌 지역이 아닐까 합니다."

"저희 생각도 같습니다."

곧 이어 제프와 스레이가 덧붙였다.

하이렌은 짤막하게 고개를 끄덕인 후 버나드를 바라보았다. 기다렸다는 듯 버나드가 입을 열었다.

"내가 달려갔을 때엔 거의 정신을 잃은 정도여서 제대로 대화를 할 수 없을 정도였다. 우선 그를 치유한 후 상황을 듣는 것이 좋을 것 같아 사제님을 부르러 보낸 것이지. 한데 타스틴 사제는 어디에 있지?"

"곧 올 겁니다."

하이렌은 걱정스런 눈빛으로 사내를 내려다봤다.

템플러라는 정체가 밝혀지며 포란의 희망으로 떠오른 타스틴은 모두의 기대에 부응하듯 금세 사내를 치유했다. 더불어 정화술을 펼쳐 사내의 몸에서 독기를 완전히 빼내어 곧 정신을 차릴 수 있게 했다.

사내가 깨어나자 모여 있던 사람들은 눈을 빛내며 사내를 둘러쌌다. 사내는 갑작스런 시선 집중에 불안한 눈빛을 지으며 연신 두리번거렸다.

버나드는 그를 안심시키듯 부드러운 음성으로 말했다.

"내가 버나드일세. 그대가 찾고 있는 가장 높은 사람이지."

버나드를 쳐다보는 사내의 눈빛이 절박함으로 물들었다. 그리고 다급하게 말했다.

"우리 마을을 구해주세요."

영문을 알 수 없는 갑작스러운 말이었지만 버나드는 차분하게 상대를 바라보았다. 그리고 담담한 어조로 사내를 안심시키며 물었다.

"그렇게 앞뒤 다 잘라먹고 얘기하면 알아듣지 못하네. 침착하게 설명해 보게."

그러나 버나드가 보기에 상대는 혼란 상태에 빠져 상황 설명을 할 수 없을 것 같았다. 버나드는 슬쩍 뒤에 있던 찰스에게 눈짓을 보냈다. 찰스라면 사내에게서 중요한 정보를 얻어낼 수 있으리라 생각한 것이다.

그의 눈짓을 받고 찰스는 곧 사내에게 다가앉았다.

"어느 마을에서 왔는가?"

"저는… 저는……."

찰스의 질문과 사내의 대답은 꽤 오랫동안 이어졌다. 그러나 주위에 둘러서서 듣고 있는 이들은 끈기있게 귀를 기울였다.

그렇게 하여 그들은 사내가 가지고 온 소식을…

알게 되었다.

사내의 이름은 자일.

레스터 남쪽 해안가에 위치한 어촌 일대의 최근에 생긴 푸노란이란 마을에서 왔다. 위클리프의 라이든이나 콘버드의 고든 같은 자유민이 주체가 되어 건설된 마을. 자유 마을은 물론 레스터에도 있었다. 바로 푸노란 마을이 레스터의 자유 마을인 것이다.

야론인 해적단을 물리친 후에 레스터에서 내세운 방침 중에 하나가 어촌을 중심으로 남부를 중흥시키는 것이었다. 그 와중에 많은 어촌이 만들어졌는데 대개는 귀족들의 소유로 돌아갔지만 푸노란 마을은 소규모였기에 아직도 자유 마을로서 존재했다.

즉, 푸노란은 소영주에 속하지 않아 세를 받치지 않는 대신 어떤 보호도 받지 않는 것이다. 그렇기 때문에 버나드가 내린 공문, 모든 레스터 주민은 가까운 성으로 안전하게 대피하란 명령에서 철저하게 버림받게 되었다.

마을 사람들은 가까운 성에 도움을 청했지만 그쪽 사정도 여의치 않았다. 인근의 주민들을 대거 받아들임으로 인해 이미 식량난에 빠진 소영주들이 쉽게 푸노란 마을 사람들을 받아들일 리 만무했다. 오히려 지금까지 푸노란 마을이 세를 받쳤던 유일한 영주, 레스터를 총괄하는 대영주가 있는 레스터 성으로 가보란 것이 그들이 권한 유일한 방책이었다.

그리하여 푸노란 마을에선 마을을 대표하여 자일을 뽑아 북으로 보냈다. 남부 일대에 넘쳐 나는 오크로부터 보호받기 위해, 그리고 마을을 구하려는 사명감에 자일은 험난한 길을 걸어왔다.

오로지 레스터 성을 목표로 북쪽을 향해 걸어오던 자일은 중간에 들른 성에서 뜻밖의 소식을 접했다. 바로 레스터의 영주 버나드 공작이 포란 성에 근거를 마련하여 적과 싸울 준비를 하고 있다는 것이었다. 그 소문을 접했을 때 자일은 포란 성에서 멀지 않은 곳에 있었다. 당연하게도 그는 서둘러 길을 재촉했고 이제야 포란에 도착한 것이다.

대충 상황을 이해한 버나드는 찰스에게 눈짓을 보냈다.

찰스는 병사들을 불러 자일이 쉴 수 있도록 지시했다. 그가 나가길 기다렸다가 찰스는 곧 버나드를 바라보았다.

"어떻게 하시겠습니까?"

"어떻게 하다니? 그게 무슨 말입니까?"

반문한 이는 하이렌이었다. 그는 두 눈을 동그랗게 뜨고 찰스를 빤히 쳐다봤다.

"푸노란 마을을 구하러 병사를 보낼 것이냐는 질문이다, 찰스의 말뜻은."

"그 정도는 저도 압니다."

하이렌은 버나드에게 고개를 돌렸다. 그리고 약간 불쾌하다는 듯 덧붙였다.

"당연한 질문을 하니까 의아해서 물은 겁니다."

"당연한 질문?"

이번엔 버나드의 이마가 살짝 찌푸려졌다. 그러나 대꾸하는 하이렌의 얼굴도 만만치 않게 일그러졌다.

"지금 당연한 질문이라고 했나? 어째서 당연하다는 말이지?"

"당연히 마을을 구하러 병력을 보내야 하기 때문입니다. 당연하지 않습니까?"

하이렌의 언성이 조금씩 높아졌다. 허리 좌우로 늘어뜨린 그의 꽉 쥐어진 두 손은 살짝 떨리기까지 했다.

"우리 영지의 백성이지 않습니까? 우리를 믿고 여기까지 왔습니다. 우리가 구하지 않으면 누가 구한단 말입니까?"

하이렌의 외침이 끝나고 방 안은 침묵이 감돌았다. 누구 하나 선뜻 입을 열지 못한 채 무거운 표정만을 짓고 있었다.

버나드는 천천히 손가락 두 개를 펼쳐 하이렌에게 내밀었다.

"이만."

짤막한 말과 함께 버나드는 팔짱을 꼈다. 그리고 그의 고개가 숙여지며 하이렌의 시선을 외면했다.

"내 휘하에 있는 근위대 병사들의 숫자다. 마스터 한 명, 크루세이더 스물네 명, 마법사 템플러 정령사가 각 한 명, 그리고 근위대 이만, 레스터 기사단 오천. 현 포란의 전 병력이다. 무슨 뜻인지 아느냐?"

"……."

"그런 병력을 가지고도 지금 버거운 싸움을 하고 있다. 이 상황에서 병력을 쪼개 남쪽에 구원군을 보내겠다는 것은 어불성설이다."

"그럼… 그냥 두고 보겠단 말입니까?"

하이렌의 분노에 찬 눈빛이 버나드를 비롯해 모여 있는 기사들에게 향했다.

그의 눈빛이 자신에게 향할 때마다 몸을 움찔거리던 기사들 중에 도널드가 용기를 내어 말했다.

"두고 보겠다는 것이 아니라 지금으로썬 저희도 여력이 없다는 겁니다."

"지금 적이 총공세를 펼치는 곳은 바로 포란입니다. 이곳이 무너지면 레스터 전체가 무너지는 것을 적도 알고 저희도 알고 있지 않습니까? 우리가 해야 할 최선의 일은 이곳을 지키는 것입니다, 하이렌 백작."

뒤이어 찰스도 주저하면서도 침착하게 자신의 의견을 내놓았다.

주위를 둘러보던 하이렌은 점점 분노와 실망의 감정에 몸을 떨었다. 그는 허공을 향해 주먹을 휘두르며 소리쳤다.

"좋습니다! 저 혼자라도 가겠습니다. 그것마저 말릴 생각은 하지 마십시오."

"이곳엔 십만의 포란 주민도 있다. 겨우 몇백 명을 구하기 위해 너를 보낼 순 없다."

"…지금 뭐라고 하셨습니까?"

버나드의 말이 너무 황당했는지 물어보는 하이렌의 목소리는 가늘게 떨렸다.

"겨우 몇백 명이라고 했습니까? 몇백 명? 형님께서는 사람의 목숨이 달린 일에 대해 그렇게밖에 말할 수 없습니까?"

"닥쳐라, 하이렌!"

버나드는 고개를 들며 버럭 소리를 질렀다. 버나드의 검은 눈동자가 빛을 뿜었다. 꾹 다문 입술은 가볍게 떨렸으며 그의 팔짱낀 두 손은 양팔을 꽉 움켜쥐고 있었다. 거친 숨을 내쉬며 버나드는 흥분을 가라앉히려고 노력했다. 그리고 조금 누그러진 음성으로 덧붙였다.

"몇백 명의 목숨도 중요하지만 이곳 포란 성에 있는 십만의 목숨도 생각해라. 지금 우리에겐 마스터를 밖으로 빼돌릴 여유가 없다."

"그런 분이 마스터를 세 명이나 밖으로 보냈단 말입니까?"

하이렌의 냉랭한 말이 방 안을 울렸다.

그 말은 버나드의 명령을 전적으로 따르는 근위대의 군단장인 찰스와 도널드조차도 의아하게 생각하던 것이었다. 마스터의 경지에 이른 세 명을 아무런 설명 없이 북으로 보낸 것에 대해 모두들 궁금했지만 누구 하나 묻지 못했다. 막강한 전력을 지닌 세 사람, 키렌과 레온과 로딘을 빼버린 덕분에 지금 포란 성은 아무런 타개책을 찾지 못한 채 고전을 면치 못하고 있지 않은가! 그리고 지금 하이렌이 그 부분에 대해 물었으니 모두의 시선이 버나드를 향하는 것은 당연했다.

갑자기 자신을 향하는 눈길에 버나드는 당황했다. 그러나 냉정한 표정은 전혀 흔들림이 없어 누구도 그가 당황했다는 것을 알아채지 못했다. 버나드는 애써 차분하게 대답했다.

"그것과 이것은 별개의 문제다. 세 사람씩이나 보내야 했던 건 그만큼 사안이 중요하기 때문이다."

"대체 어떤 일이 몇백 명의 목숨보다 중요하단 말입니까?"

하이렌의 언성이 높아졌지만 반대로 버나드의 눈빛은 차갑게 빛났다. 버나드는 냉랭한 어조로 대답했다.

"지금은 말할 순 없다. 하지만 그들 세 사람은 겨우 몇백 명을 살리기 위해 보낸 것만은 아니다. 그들이 일을 성공하느냐 마느냐에 따라 레스터 전체, 아니, 나아가서는 페나인 전체가 살 수도 죽을 수도 있다. 지금은 그렇게만 알아라."

단호했다.

더 이상 이의를 다는 것을 용납하지 않는 그런 단호함이었다. 그리고 그 뜻을 이해한 모두는 더 묻지도 못한 채 침묵해야만 했다.

어색한 침묵과 긴장된 분위기를 깬 것은 알이었다. 그는 수요의 정체를 최초로 알았던 만큼 세 명의 마스터가 북쪽으로 향했던 이유를 잘 알고 있었던 것이다. 버나드의 심중을 가장 잘 이해하고 있다는 뜻이기도 했고 지금 그의 난처한 상황도 잘 알았다.

"제 생각입니다만……."

주저하는 듯하면서도 당당하게 알은 버나드와 하이렌을 번갈아 쳐다봤다.

"소수의 병력을 조직해 푸노란을 구원하러 보내는 것이 어떨까 합니다."

의외의 말이었다고 느꼈는지 사람들은 금세 반응을 나타내지 않았다.

군단장 찰스와 도널드의 얕은 헛기침이 이어졌고 천기장들도 약간의 동요를 일으켰다. 타스틴은 누구도 눈치 채지 못할 정도로 간단하게 고개를 끄덕여 동의를 표했고 제프는 의아한 얼굴로 알을 쳐다보았다.

그러나 누구보다 반응을 보인 것은 구원군을 보낼 것이냐 말 것이냐를 가지고 싸우고 있던 두 당사자 버나드와 하이렌이었다.

하이렌은 알이 자신의 의견에 동조하자 반가운 기색을 띠었다. 반대로 버나드는 약간 인상을 찡그렸다. 그리고 두 사람은 동시에 알을 주시했다.

적어도 알과 자주 얼굴을 맞대었던 하이렌도, 여러 대화를 나눠봤던 버나드도 알의 성격상 이렇게 말하는 데는 이유가 있음을 알고 있기 때문이었다.

두 사람의 시선을 받고도 알은 침착했다. 오히려 그는 버나드를 향해 고개를 돌리며 반문했다.

"이상하지 않습니까, 공작 각하?"

"뭐가 말인가?"

"자일의 말에 의하면 마을을 습격한 몬스터의 숫자는 이삼십에 불과한 것 같습니다."

"그 정도 숫자라면 충분히 많은 것이지. 도망치는 것이라면 모르겠지만 직접 맞붙어 싸운다면 우리 중에 제대로 이길 사람은 거의 없으니까."

찰스의 대답과 함께 다니엘의 투덜거림이 이어졌다.

"그렇긴 하죠. 지금까지 전투 양상을 살펴보면 결국 신성력을 지닌 크루세이더만이 상대할 수 있었으니까요. 솔직히 포란 성을 지키는 것은 근위대가 아니라 근위대에 소속된 콘버드 출신의 크루세이더 때문이 아닙니까?"

"바로 그 점입니다."

알은 재빨리 다니엘이 말했던 것을 지적했다. 그리고 모두를 향해, 정확하게는 버나드에게 재차 설명했다.

"푸노란은 남부에서도 서쪽에 속합니다. 즉, 몬스터가 들어왔을 때 가장 먼저 습격을 받았단 얘기입니다. 뉴카슬 협곡의 전투를 위해 좀비 오크들이 대거 모이기 전에 이미 습격을 받았다고 자일이 말하지 않았습니까? 전투가 끝난 후 오크들이 흩어져 다시 남부를 헤집고 다닐 때에도 푸노란은 여전히 존재해서 습격을 받았습니다."

잠깐 말을 끊은 후 알은 주위를 둘러보았다.

"뭔가 이상하지 않습니까?"

잠시 생각에 잠겼던 사람들이 하나둘씩 이상한 점을 깨닫기 시작했다.

버나드의 말대로 엄청난 병력이 주둔하고 있는 포란 성도—물론 적들역시 대규모라는 점은 있지만—버티는 것만으로도 힘겨울 정도인데 전투 병력조차 없는 푸노란은 어떻게 지금까지 존재할 수 있단 말인가?

"뭔가 이유가 있을 겁니다. 푸노란이 오크들을 상대로 버틸 수 있는 이유가 말입니다."

알의 말은 계속 이어졌다.

"어쩌면 그것이 타개책이 되리란 생각은 들지 않습니까, 공작 각하?"

"확실히 일리가 있군."

알의 설득에 수긍하는 듯한 버나드였지만 여전히 승낙할 기색은 아니었다. 구원군을 보낸다는 것은 그만큼 포란이 위험에 빠지는 것이기 때문에 버나드의 망설임은 당연한 것이기도 했다.

알은 이번엔 하이렌을 향했다.

"하이렌 백작님, 자일이 마을을 떠난 것은 열흘 정도입니다. 그동안 마을이 어떻게 바뀌었을지는 알 수 없지 않습니까? 만약 대규모 병력을 보냈는데 마을이 멸망했다면 그야말로 헛수고가 아닙니까? 그렇지 않습니까?"

"하지만 방금 네가 마을이 버티고 있는 데는 이유가 있을 것이라 하지 않았는가? 자일이 출발하기 전까지 버텼다면 지금까지도 버티고 있을지도 모르지 않나?"

"그렇습니다. 우린 그것을 확인해야만 합니다. 그리고 아직까지 버티고 있다는 것은 앞으로도 버틸 수 있다는 뜻이기도 하지 않을까요?"

순간 하이렌이 움찔 몸을 떨었다. 잠시 머뭇거리던 그는 확인하듯 물었다.

"구원 병력은 소규모로 해야 한다는 것인가?"

"네, 그렇습니다. 그 편이 이동에도 편할 테니까요. 게다가 마을 사람들을 구한다 해도 당장 어디로 피할 수 있는 것도 아니지 않습니까?

어쩌면 구원 병력도 그곳에 남아 싸움에 임해야 할지도 모릅니다. 그렇다면 소규모가 낫겠죠. 물론 다시 포란 성에 돌아올 수 있을 정도로 강한 자여야 합니다."

마지막 말은 버나드에게 한 말이었다.

버나드는 알의 의견을 듣고 있다가 하이렌에게 고개를 돌렸다. 그의 표정엔 알의 의견을 받아들이겠다는 뜻이 역력했다. 물론 그렇게 하기 위해선 하이렌의 생각도 중요했다. 만약 하이렌이 여전히 대규모 파병을 주장한다면 문제가 심각했기 때문이다.

그러나 버나드의 염려와 달리 하이렌도 순순히 고개를 끄덕였다. 그러나 그는 한 가지 조건을 덧붙였다.

"푸노란 마을을 구하러 가는 병력은 제가 지휘하겠습니다."

그것만은 양보할 수 없다는 단호한 말이었고 버나드도 쉽게 응낙했다.

알의 중재에 두 사람의 의견이 합해지자 사람들은 긴장을 풀며 다시 버나드를 향해 시선을 모았다. 의견이 모아지면 버나드는 신속하게 명령을 내려왔기 때문에 언제나처럼 그것을 기다리는 것이다.

그리고 모두의 기대에 부응하듯 버나드는 입을 열었다.

"푸노란 마을 구조 병력은 소규모로 한다. 알의 말대로 아직 푸노란이 그곳에 존재하고 있다면 뭔가 이유가 있을 것이다. 구조 병력의 제일 목적은 그것을 알아오는 것이다. 제이 목적은 마을 주민들을 안전하게 보호하는 것이다. 이 두 가지를 실행하기 위해서는 상당한 실력을 소지한 자들을 중심으로 선출해야 할 것이다."

잠시 말을 끊고 버나드는 스레이를 쳐다봤다.

"일전에 로딘에게 듣자니 숲에서 이동하는 것은 자네가 가장 빠르다고 하던데?"

"반은 엘프니까요."

수줍게 스레이는 미소를 지었다.

"요정의 길을 열고 닫을 수 있기 때문입니다."

"그럼 평지에선 빠르게 이동할 수 없다는 말인가?"

스레이는 잠시 질문의 뜻을 이해하지 못해 고개를 갸웃거리긴 했지만 솔직하게 답했다.

"요정의 말을 구할 수 있을 겁니다. 숲에는 대개 요정들이 있으니까 그들에게 부탁하면 한 마리 정도는 빌려줄지도 모르죠."

"그건 얼마나 빠르지?"

"보통 말이라면 일주일을 가야 할 길이라도 요정의 말이라면 하루면 됩니다."

"그거 잘됐군."

짤막하게 고개를 끄덕인 후 버나드는 다시 모두에게 지시를 내렸다.

"연락을 위해 스레이를 참가시키겠다. 그리고……."

버나드의 시선이 다니엘에게 머물렀다.

"너, 가라."

"네?"

눈을 동그랗게 뜨고 반문하는 다니엘. 하지만 버나드는 번복할 생각이 전혀 없는지 다시 한 번 확인시켰다.

"너, 가라고."

"왜 저입니까? 전 여기서 열심히 싸우렵니다."

"넌 여기 있어봐야 전혀 도움이 안 되니까 가서 어떻게 된 것인지 원인이나 알아봐."

"음, 그런 이유라면 마법사가 한 명 있어야 할 것 같은데요."

"죽을래?"

"…다녀오죠."

마지못해 다니엘이 대답하자 버나드는 다시 추가 인원을 선출하기 시작했다.

"레스터 일대의 지리를 잘 아는 사람이 좋을 것 같으니 제프와 키리모아도 가담하게. 그리고 지휘는 하이렌이 한다. 이상! 질문있나?"

잠시 시간을 두자 얼른 알이 나섰다.

"제가 꺼낸 의견인만큼 따라가게 해주십시오."

"넌……."

알을 쳐다보며 거절하려던 버나드는 말끝을 흐렸다. 알은 불과 며칠 전에 애리오트 사제를 잃은 아픔이 있다는 것을 떠올린 것이다. 어쩌면 그에겐 뭔가 색다른 변화가 필요할지도 모르는 일이라고 생각한 버나드는 곧 그의 참가를 허락했다.

버나드는 손바닥을 마주치며 모두의 행동을 재촉했다.

"좋다. 서둘러 준비를 마치도록 하게. 하이렌, 너는 모두와 상의해서 성을 빠져나갈 방법이나 연락 방법에 대해 계획을 짜내도록. 그리고 빠른 시간 내에 갔다 올 수 있도록 해라."

"알겠습니다, 공작 각하."

씩씩하게 대답하는 하이렌을 버나드는 물끄러미 바라봤다. 그리고 고개를 끄덕이며 나지막한 목소리로 말했다.

"무운을 빈다."

다음날 전투가 끝난 직후에 일곱 사람이 남쪽 문에 모였다. 바로 하이렌이 이끌 '푸노란 구원대'였다. 그들은 하이렌을 비롯해 다니엘, 스레이, 제프, 키리모아, 알과 자일이었다.

밤마다 전투를 벌이는 포란도 위험했지만 상황을 전혀 모르는 바깥도 위험하긴 마찬가지였다. 레스터 지리를 잘 아는 제프나 키리모아가 있다 해도, 그리고 숲길을 잘 찾는 스레이가 있다 해도 떠나는 사람들의 불안을 감출 순 없었다.

그들 중에서도 알의 근심은 가장 컸다. 위험한 일을 자처한 하이렌이나 숲에서 살아온 스레이 일행, 그리고 명령에 의해서라고 해도 근위대의 다니엘은 알에 비해 오히려 편안해 보일 정도였다.

배웅을 위해 나온 버나드와 근위 기사들 사이에 몇몇 민간인이 보였다. 바로 알을 배웅하기 위해 고아원과 상회에서 나온 지나와 바론이었다.

"여긴 걱정 말고 다녀와라, 알."

"오빠, 애들은 내가 잘 돌보고 있을게."

"그래, 지나도 몸 조심하구. 바론, 레온도 없는 지금 바깥에 나가게 돼서 미안하다. 상회의 일은 네게 전적으로 일임하마."

"놀러 가는 것도 아닌데 너무 미안해할 필요는 없다. 그리고 상회의 일이라고 해도 지금은 장사할 수 있는 상황도 아니잖아?"

"무슨 일이 생기면 아벤 백작과 상의하는 거 잊지 말고."

"물론이지."

그때 하이렌으로부터 집합 신호가 떨어졌다. 성벽에서 바깥을 정찰하던 자네트로부터 안전하다는 신호가 들어온 것 같았다. 알은 아쉬운 듯 지나의 손을 한번 잡아준 후 두 사람 옆에 서 있는 또 한 명의 청년을 바라봤다.

그는 바로 고아원 출신으로 소나임과 용병 생활을 했다는 휴우타였다.

"휴우타, 부탁 좀 하자."

"형이라고 불러."

퉁명스럽게 말했지만 휴우타는 천천히 고개를 끄덕였다.

"최선을 다하지. 어쨌든 이젠 사제님도 안 계시잖아. 나나 네가 아니면 누가 고아원을 돕겠냐? 걱정 마."

휴우타의 대답에 만족했는지 알은 세 사람을 번갈아 쳐다본 후 몸을 돌렸다.

알이 구원대를 위해 준비된 말과 마차에 몸을 싣자 곧바로 성문이 반쯤 열렸다. 그리고 하이렌을 선두로 다섯 마리의 말과 마차는 재빨리 성문을 빠져나갔다.

독기가 몸에 침투하지 않도록 타스틴의 축복과 가호를 받은 덕에 뿌연 안개는 그들에게 영향을 미치지 못했다. 낮이었던 탓에 적도 보이지 않았다. 그러나 포란 성 앞의 다리가 부서졌기 때문에 일행은 강을 따라 동남쪽으로 달렸다. 하류의 다리를 이용하려는 것이었다.

그리고 얼마 달리지 않아서 타스틴의 말대로 포란 성 주위의 안개가 자연적으로 발생한 것이 아님을 깨달았다. 놀랍게도 언덕을 넘자마자 해맑은 겨울 해가 나타났다.

시야가 확보된다면 크게 걱정할 일은 없었다. 아무리 죽지 않는 오크라 해도 말보다 빠를 순 없었고 수십 마리 정도는 충분히 뚫을 수 있을 정도의 실력을 지녔기 때문이었다.

그들은 가뿐한 마음으로 말을 달렸다.

레스터 영지 전역에 퍼진 탓인지 길을 가는 동안 다시 언데드를 마주치진 않았다. 또한 스레이와 제프의 안내로 숲과 언덕을 무사히 지날 수 있었다. 그들은 종종 근처의 성에 들러 다른 소식을 탐문하기도 했지만 별다른 점은 없었다.

놀랍게도 그들은 포란 성이 공격받고 있다는 것조차 알지 못했다. 포란 성에 나타난 적군은 그야말로 신출귀몰했다는 얘기였다.

하이렌은 버나드가 각 성에 내린 명령서를 전하며 계속 남하했다. 그렇게 며칠이 지나지 않아 일행은 드디어 레스터 영지 남서쪽에 위치한 푸노란 마을에 도착했다.

멀리 언덕 위에서 바라본 푸노란 마을에 대한 알의 첫인상은 깨끗하다는 것이었다. 그동안 대도시에서 살았고 대도시를 많이 보아온 알로선 푸노란의 정경은 깔끔하면서 단아해 보였다. 수십 채의 집이 오밀조밀하게 모여 있었고 가까운 해안은 파랗고 멀리 수평선은 겨울 해에 초록 물결을 반사했다.

"아름다운 곳이군."

하이렌의 중얼거림이 이어졌고 다들 그렇게 생각했다. 하지만 잠시 마을을 지켜보던 일행은 뭔가 이상하다는 것을 쉽게 알아챘다. 마을은 꽤 오랫동안 버려진 듯 물건들이 흐트러졌고 사람의 흔적은 거의 없었다.

불안한 마음으로 마을을 훑어보던 중에 제프가 먼저 입을 열었다.

"마을 쪽에 사람의 흔적이 없는데 어떻게 된 거지?"

그러자 자일이 수평선을 가리켰다.

"우리들은 저곳에 피신해 있습니다."

겨울 햇살은 추위를 막아주진 못했지만 수면에 반사되는 빛은 더욱 화사하게 빛났다. 사람들이 이마에 손을 얹고 지그시 바라보자 이윽고 수면 위로 떠 있는 작은 집 한 채가 보였다.

마치 배처럼 바다 위에 떠 있는 작은 집.

그 집으로부터 해안가로 나무 다리가 파도에 애처롭게 흔들렸다.

"저곳에 피해 있단 말인가?"

하이렌의 질문에 자일이 얼른 대답했다.

"그렇습니다, 나리. 저희는 포구를 가지지 못해서 커다란 배를 댈 수 없었습니다. 그래서 고기잡이가 수월치 않았죠. 하지만 마을 촌장께서 바다 위에 작은 집을 만들어서 포구로 삼자고 했고, 그렇게 해서 만들어진 곳이 바로 저곳입니다. 몬스터가 습격해 왔을 때 저희 백삼십여 명은 저곳으로 피했습니다."

"폭풍이라도 불면 큰일 나겠군."

하이렌의 근심스런 말에 다니엘은 고개를 저었다.

"지금은 폭풍이 불 때가 아니니 괜찮을 겁니다. 저곳에 배는 없는가? 그 배를 타고 도주하면 될 것 같은데?"

마지막 말은 자일에게 묻는 것이었다. 그러나 자일은 고개를 저었다.

"현재 저곳엔 배가 없습니다. 작은 나무배가 몇 척 있을 뿐이지만 저희가 모두 탈 수는 없거든요. 건설은 했지만 아직 배를 마련하지 못했기 때문입니다."

"그렇다면……."

잠자코 듣던 하이렌이 결론을 내며 다니엘을 바라봤다.

"지금 당장은 안전하지만 어딘가 피신하지 않으면 꽤나 위험한 상황이 될 것 같군."

"제 생각도 그렇습니다, 하이렌 백작. 이건 마치 궁지에 몰린 쥐와 같군요. 더 달아날 곳도 없고 공격이라도 받으면 그대로 끝장날 판이에요. 어떻게 지금까지 버틸 수 있었던 것일까?"

스스로 생각해도 의아했던지 다니엘은 고개를 갸웃거렸다.

"식량은 충분하냐?"

알의 질문에 자일은 고개를 저었다. 그는 바다 위의 집에서 연결된 작은 다리를 가리켰다.

"안전하다고 판단될 때 우린 저곳을 통해 마을 주위에서 식량을 가져가곤 해. 하지만 이제 그마저도 힘들 거야. 겨울이라 날씨가 추워서 풀뿌리조차 얻을 수 없을 지경이니까. 눈이라도 온다면 더욱 큰 문제지."

으음, 하고 모두가 신음하며 침묵했다. 문득 알은 하이렌을 바라보며 물었다.

"군대를 통솔하는 방법을 잘 몰라서 묻는 것인데, 오크가 저 다리를 건너 공격할 수 있으리라 판단하십니까?"

"음, 불가능할 것 같군. 오크처럼 커다란 몸집을 가진 녀석들이 저런 좁은 다리를 건널 수 있을 거라곤 생각되지 않아."

"그렇다면 저 다리를 왜 부수지 않는 것일까요? 자일의 말대로라면 저 다리야말로 저곳에 피신한 사람들의 마지막 생명줄인 셈이지 않습니까?"

알의 질문에 얼른 대답하는 이는 없었다. 그가 생각하고 있던 것을 모두 의아해하고 있던 중이었기 때문이다. 그러나 자일은 그 질문에도 쉽게 대답했다.

"다리를 지키는 이가 있어."

"뭐? 자네, 지금 뭐라고 했나?"

"다리를 지키는 사람이 있다고 했습니다, 나리."

"다리를 지키다니? 그럼 몬스터와 싸워서 그들을 물리치는 자가 있단 말인가?"

"그렇습니다, 나리."

황당하다는 듯 입을 쩍 벌린 채 하이렌은 놀랐다. 그러자 제프가 알겠다는 듯 고개를 끄덕였다.

"포란의 애리오트 사제님처럼 이곳에도 고위 신관이 있었던 것인지도 모르죠."

"그렇다 해도 사제 혼자서 오랫동안 지킬 수는 없을 텐데?"

"죄송하지만 나리들……."

자일이 머리를 긁적이며 입을 열었다.

"다리를 지키는 이는 검사입니다요."

"검… 사?"

"성직 계열의 크루세이더일지도 모르겠군요."

이번엔 다니엘이 아는 체를 했다.

"누구인지 혹시 알 수 있을까?"

"그게… 저희도 잘 모르는 사람입니다."

"뭐라고?"

"한 넉 달 전쯤에 촌장이 바다에서 건져 올린 사람인데, 신분은 높아 보입니다만 기억 상실증에 걸려 아무것도 기억하지 못하더군요. 말도 하지 못할 정도인데 이상하게도 몬스터를 공격할 때는 무서울 정도로 광분합니다요. 우리가 바다로 피신할 때도 그가 몬스터를 막아줘서 무사할 수 있었죠. 게다가 그는 다리 앞에서 꿈쩍도 안 하며 연일 몬스터와 싸우고 있어요."

자일의 설명에 모두들 입을 쩍 벌렸다. 마스터조차 감당할 수 없었던 존재를 과연 어떤 이가 막아냈다는 것인지 이해할 수 없었던 것이다.

그때 자일이 해변에서 시작되는 다리 한 지점을 가리켰다.

"바로 저 사람입니다."

모두의 시선이 한순간 그쪽으로 쏠렸다.

붉은 머릿결의 남자가 붉은 옷을 입고 앉아 있었다. 그리고 그의 뒤에 한 소녀가 서 있었다. 멀리 떨어져 있어 자세히 볼 수 없었던 탓에 마치 연인 같다고 알은 생각했다. 하지만 이내 하이렌의 중얼거림에 자신의 생각이 틀렸다는 것을 알아챘다.

"피로 물들었군. 맙소사! 어떻게 저 정도까지 싸워온 거지?"

"이봐, 키리모아. 저 청년 머리색이……?"

"백발."

"오, 역시 짐작대로군. 그럼 저 아가씨가 머리를 만지는 것은 피를 닦아내고 있는 것이로군."

제프와 키리모아의 대화가 이어진 후에 다니엘의 짧은 휘파람 소리가 언덕을 울렸다.

"이야, 귀여운 소녀로군. 깔쌈한데?"

일순간 언덕 위로 황량한 바람이 불었다. 뒤이어 여섯 명의 시선이 동시에 다니엘에게 향했다. 그러나 다니엘의 철벽 얼굴은 활짝 미소를 지으며 반문할 뿐이었다.

"왜 그래요? 예쁘잖아요? 맘에 들지 않나요? 아참, 하이렌 백작께서는 결혼하셨죠? 이야, 안타까우시겠어요. 후훗. 버나드 공작 각하께서 레스터 남부의 미인을 소개해 주려고 날 보낸 거였군. 크크. 꼬셔봐야지. 저런 피투성이 남자보다야 내가 훨씬 낫지. 그렇고 말고."

혼자 북 치고 장구 치는 광경을 다들 묵묵히 지켜보기만 했다. 왜 근위대의 명물 중에 '다니엘 짓밟기' 같은 항목이 있는지 새삼 깨닫는 일행이었다.

그러나 다른 사람의 시선 따위 원래부터 신경 쓰지 않는 다니엘은—그가 신경 쓸 때는 여자 앞일 때뿐이다—자연스럽게 손을 들어 한쪽을 가리켰다. 그리고 일행을 향해 부드러운 말로 속삭였다.

"짜잔~ 저 두 사람의 애정 행각을 방해하기 위해 지금 막 오크가 등장했습니다~"

너무나도 태연하게 말했기에 다들 무심코 넘겼지만, 이내 다니엘이 가리킨 방향을 쳐다보던 일행은 화들짝 놀라며 곧 무기를 꺼내 들었다.

다리 앞에서 멀리 떨어지지 않은 곳에 오크 여섯 마리가 어기적거리며 나타난 것이다.

"저 청년 혼자서는 위험할 것이다. 어서 전투 준비를 하라."

하이렌의 명령이 떨어졌지만 이내 다니엘은 능글맞게 웃었다.

"에이, 지금까지 버텨왔는데 저 정도는 청년에게 맡기죠? 실력도 볼 겸 말입니다."

그러나 다들 그의 표정을 보고는 진짜 속셈을 알아챘다. 그저 할 말을 잃고 황당해하는 동안 알이 대신 그를 비꼬았다.

"혹시 그가 죽으면 저 소녀를 꼬실 생각이겠죠, 다니엘 경?"

"허걱! 무, 무슨 그런 소리를! 날 그렇게 악독하게 보지 말라고. 난 단지 저 청년이 위험에 처했을 때 바람같이 나타나 저 녀석들을 물리친 후 저 소녀에게 멋진 모습을 각인시키려는……."

다니엘이 중얼거리는 동안 벌써 청년은 괴성을 지르며 오크를 향해 달려들고 있었다. 그리고 하이렌은 버나드가 다니엘과의 대화를 피하는 이유를 알아챘다. 그는 말고삐를 잡아채며 모두를 향해 외쳤다.

"자, 가자!"

아직도 중얼거리는 다니엘을 놔둔 채 네 마리의 말과 한 대의 마차가 언덕을 질주하기 시작했다.

"조심해요, 사일런스."

소녀의 외침이 이어졌지만 금세 고함 소리에 묻혀 사라졌다. 그 고함은 결코 오크의 입에서 나온 것이 아니었다. 인간의 목소리라고 생각할 수 없는 괴성이 방금 사일런스라고 불린 사나이의 목에서 터졌다.

어기적 다가오는 오크들을 향해 피 묻은 백발을 휘날리며 사일런스는 달려들었다. 그의 손에는 묵직한 쇠몽둥이가 쥐어졌다. 보통 체구 정도의 사내에겐 버거울 것 같은 그 쇠몽치를 들고 사일런스는 거침없이 오크에게 돌진했다.

약간 굼뜬, 아니, 실은 사일런스의 몸놀림이 빠른 탓이겠지만 오크들이 깜짝 놀라 좌우로 흩어지려 했다. 하지만 사일런스의 쇠몽둥이가 그보다 더 빨랐다. 허공을 가르는 쉿소리가 대기를 울리며 맨 앞에 다가오던 오크에게 가격되었다.

파삭!

뼈가 부서지는 소리가 아닌, 마치 잘 말린 고기 조각을 으깨는 소리가 오크로부터 터졌다. 그리고 정말 잘 다져진 듯 오크의 몸이 산산조각이 났다. 첫 번째 오크를 부순 후 사일런스는 붉게 충혈된 눈빛을 빛내며 사방을 훑었다. 그리고 묵직한 쇠몽둥이를 번쩍 쳐들어 다음 상대를 찾았다.

두 번째 세 번째 오크를 향해 사일런스의 쇠몽둥이가 춤을 추었다. 그리고 순식간에 다리 앞에서 피가 튀는 교향곡이 울리기 시작했다. 사일런스의 전율적인 지휘봉도 보는 이로 하여금 두렵게 했지만 오크들의 춤도 전율적이었다.

고함치는 지휘자와 반대로 침묵하는 오크들.

팔이 떨어지고 내장을 흩뿌리는 기괴한 모습으로 오크는 계속 사일런스의 지휘에 부응해 달려들었다. 부서지고, 으깨지고, 그리고 뭉개지는 오크의 모습은 금세 알아볼 수 없을 정도로 바뀌었다. 그런 고통스러울 것 같은 모습에도 오크는 단 한 번도 울부짖지 않았다.

한쪽 구석에서 재생되는 오크, 두 팔을 잃고도 날카로운 이빨을 드러내며 공격하는 오크, 도끼를 쳐든 채 달려드는 오크, 부러진 허리에 매달리듯 두 팔을 허우적거리는 오크, 그런 오크 틈에서 새롭게 피에 젖어 고함치는 사일런스의 모습.

어느 하나 정상적이라곤 볼 수 없었다. 사지가 멀쩡한 오크도 없었고 죽음을 향해 달려가는 오크도 없었다. 그리고 무엇보다 하이렌 일행을 질리게 만든 것은 공격하는 당사자 사일런스의 비정상적인 모습이었다. 오크가 죽든 말든 그의 쇠몽둥이는 사정없이 주변을 훑었다. 서 있는 녀석은 당연하게, 그리고 누워 있는 녀석도 예외없이 친 데 또 치고 가격한 데 또 가격하는 그의 공격은 거의 반미치광이에 가까웠다.

언덕을 달려와 다리 앞에 이른 하이렌은 할 말을 잃고 멍청히 그 광경을 지켜봤다. 그때 다리 위에서 한 무리의 사내들이 나타났다. 손에 손에 물이 가득 든 양동이를 하나씩 들고 나타난 사내들은 일행을 무시한 채 곧장 사일런스와 오크의 싸움터로 달려들었다.

맨 앞에서 달려가던 누군가가 사일런스를 향해 고함쳤다.

"이제 됐다, 사일런스! 이제 우리에게 맡겨라!"

어느새 달려왔는지 뒤에서 다니엘이 의아하여 혼잣말로 중얼거렸다.

"맡기라니? 그건 또 뭔 소리?"

다리를 건너 사일런스에게 달려들던 사내들이 양동이에 들어 있던 물을 오크에게 끼얹었다. 그러자 놀라운 일이 벌어졌다.

뉴카슬 협곡에서 화염에 싸여서도 비명 한번 지르지 않던 오크들이 갑자기 '쿠억, 쿠억 거리며 고통스러운 비명을 지르기 시작한 것이다. 그리고 정말 온몸을 비틀며 고통을 참지 못하겠다는 듯 땅바닥을 뒹굴었다.

사일런스의 고함에 오크들의 고함이 더하면서 다리 앞에선 교향곡 제2악장이 시작되었다. 기합도 신호도 아닌, 뭐라 알아들을 수 없는 소리를 지르는 사일런스와 더불어 고통에 몸부림치는 오크들의 비명이 이어졌고 뒤이어 마을 사람들의 마치 연습이라도 한 듯한 기합이 울렸다. 고깃배에서 그물을 끌어 올릴 때 '어기영차' 하는 기합과 더불어 불이라도 진화하듯 오크를 향해 물을 끼얹는 마을 사람들의 모습과 그리고 정말 고통스러운 오크들의 모습에 하이렌 일행은 놀라움과 당혹스러움으로 미처 사태를 깨닫지 못한 채 한쪽 구석에서 어정쩡한 태도를 취하고만 있었다.

그리고 뒤이어 알이 고함쳤다.

"저, 저 물이야! 저 물에 푸노란이 버텨올 수 있었던 비밀이 담긴 거야!"

손을 들어 마을 사람들이 들고 있는 양동이를 가리키던 알은 곧 자신의 주위에 서 있는 이가 하이렌인 것을 깨닫고 말을 정정했다.

"저 물입니다! 푸노란이 버텨올 수 있었던……."

"내 생각도 그러네, 알. 하면 저 물은 어디서 온 것이지?"

알이 반말했다는 것을 신경 쓰지 않는지 하이렌은 양동이를 유심히 바라봤다. 그의 곁에서 알도 눈을 반짝이며 양동이를 바라봤다. 특히 비어 있는 양동이를. 그 비어 있는 양동이를 마을 사람들이 어디로 가져가는지, 그리고 어떤 물을 어떻게 가져오는지 그것이 바로 알이 풀어야 할 푸노란 마을의 비밀인 것이다.

"……?"

"……!"

두 눈을 반짝이던 하이렌과 알은 황당한 듯 입을 쩍 벌렸다.

"에?"

그리고 그들 뒤에서 다니엘이 대신 입을 벌려 대꾸했다.

놀랍게도 빈 양동이는 릴레이처럼 교대로 마을 사람들의 손을 거쳐 바다로 이어졌다. 그리고 바닷가에 서 있던 사내는 빈 양동이 가득 바닷물을 퍼 담았고 그것은 다시 마을 쪽으로 릴레이 되어 싸움터로 전해졌다. 그리고 오크를 향해 끼얹어졌다.

"바닷… 물?"

"해수란 말인가?"

당황한 세 사람이 벙찐 표정으로 릴레이 되는 양동이를 바라보는 사이에 굵직한 저음의 목소리가 뒤에서 울렸다.

"돌아왔군, 자일. 이분들은?"

마차 위에 있던 자일을 비롯해 일행이 돌아보자 헝클어진 머리와 다부진 체격의 전형적인 어부의 모습을 한 중년의 사내가 서 있었다. 그를 보고 자일이 반가운 듯 소리쳤다.

"메트 촌장! 포란 성에서 우리를 지켜줄 분들을 모셔왔습니다!"

자일의 외침에 메트라 불린 촌장의 얼굴이 환하게 변했다.

"반갑습니다. 푸노란 마을을 구하기 위해 여러분들이 달려와 주다니 우린 정말 살았······."

"어떻게 된 것인가? 어째서 저 오크들이 바닷물에 꼼짝 못하는 것이지?"

그러나 하이렌은 다짜고짜 소리부터 질렀다. 그, 그리고 알과 다니엘 또한 무엇보다 그것이 가장 궁금했다. 벌써 저쪽 싸움터에선 오크의 자지러지던 비명 소리도 점차 잦아들었다. 분명 푸노란 마을 사람들의 바닷물 공격이 그만큼 위협적이란 뜻이었다.

그리고 이런 사실은 자일조차도 몰랐었는지 그의 얼굴에도 궁금한 기색이 역력했다.

"네?"

메트는 잠시 의아한 얼굴을 짓더니 이내 미소를 띠며 대답했다.

"저희도 우연찮게 발견한 것입니다. 저 몬스터들은 이상하게 바다로 피신한 우리를 공격하지 않은 채 모래사장에서 돌을 던지기만 했거든요. 우리로선 대항할 수단이 없어 사일런스를 지원할 수 없는 상황이었는데 줄리아가 용감하게 바닷물을 끼얹자 놈들이 비명을 지르며 물러가더군요. 그때부터 놈들이 공격을 해오면 우린 바닷물로 응수하게 되었습니다."

"이런 말도 안 되는 일이!"

하이렌의 고함과 더불어 다니엘도 이해할 수 없다는 표정으로 고개를 저었다.

"모스 섬에서 나타난 언데드가 바닷물에 약하다니, 정말 아이러니한 일이로군요."

"중요한 사실을 알아내긴 했지만 별로 소용은 없겠군요."

알도 한마디 덧붙였다.

"그렇군. 내륙에는 바닷물이 없으니까."

하이렌도 체념하며 중얼거렸다.

자일이 포란 성에 왔을 때 구원병을 보내는가 마는가를 놓고 버나드와 논쟁을 펼치고 결국 구조대에 자원한 하이렌이었다. 순수한 의도의 구조대가 아닌 푸노란 마을이 지금까지 버틴 이유가 무엇인지 알아보기 위한 것이었지만, 하이렌은 사람들을 구할 수 있다는 데 만족했었다. 하지만 그 역시 마음 한편엔 알의 의견에 동조했다. 혹시라도 푸노란이 지금까지 견딜 수 있었던 비밀을 파헤칠 수 있다면, 그리고 그것을 모든 전투에서 사용할 수 있다면 전쟁은 훨씬 수월할 것이고 빨리 끝날 것이며 그것은 결국 많은 사람을 구할 수 있는 것이라 생각했던 것이다.

그런데 너무나도 어이없게 도착과 동시에 파헤친 비밀이라는 것이 겨우 바닷물이라니, 아니, 그보다 그것을 이용할 방법이 전혀 없다는 것에 하이렌은 다소 낙담하고 말았다.

그때 문득 스레이가 중얼거리는 말이 들렸다.

"광전사……."

"뭐라고 했나, 스레이?"

하이렌이 돌아보니 멍한 표정으로 스레이는 싸움터를 바라봤다. 그의 시선을 따라가니 그곳엔 피에 엉겨 붙은 백발을 휘날리는 사일런스의 광분한 모습이 보였다.

원래부터 정상적으로 보이진 않았지만 그 잠깐 사이에 사일런스는 더욱 망가졌다. 붉게 물든 눈동자를 사납게 일그러뜨렸고 잔뜩 인상을 구긴 채 입에선 하얀 거품처럼 침을 흘리는 사일런스의 모습은 그야말로 미친개의 모습과 똑같았다. 게다가 벌써 바닷물에 녹아버린 오크의 시체를 그는 굵은 쇠몽둥이로 미친 듯이 두들겨 댔다. 바닷물에 녹은 것인지 그의 쇠몽둥이에 분해된 것이지 알 수 없을 정도로, 아니, 오크였기나 한 것인지 모를 정도로 잘게 저며진 고깃덩어리들이 그의 주위에 즐비했고 그 가운데에 사일런스는 교향곡 제3악장을 켜고 있었다.

그 알아들을 수 없는 기괴한 음성을 목으로부터 흘려내며 쇠몽둥이를 하늘 높이 쳐들었다가 바닥, 오크가 바닷물에 녹아들던 바로 그 바닥을 내려치는 행동을 반복했다. 보고 있는 것만으로도 섬뜩한 기분에 소름이 돋을 정도였다.

그 순간 스레이의 중얼거림이 이어졌다.

"말려야 해요. 안 그러면 저 사람 죽습니다."

"무슨 뜻인가, 스레이?"

"걱정 마십시오. 저러다 멈추거든요."

메트의 대답이 이어지는 동안 좀 전의 소녀가 사일런스를 향해 다가 갔다. 깜짝 놀란 스레이가 소녀를 향해 외쳤다.

"다가가지 마! 위험해!"

메트는 달려들려는 스레이를 막아서며 제지했다.

"걱정 말아요. 쥴리아는 그를 진정시킬 수 있으니까요."

"뭐, 뭐라고요?"

당혹스러운지 스레이는 얼른 그 말을 이해하지 못한 듯했다.

"광전사를 진정시킬 수 있단 말인가요?"

"광전사라는 것은 뭔가, 스레이?"

하이렌은 '으흠' 하는 헛기침과 함께―그의 말은 무려 두 번이나 씹혔 던 것이다―재차 질문했다. 그러자 스레이가 정신을 차린 듯 하이렌에 게 설명했다.

"광전사란 분노의 정령이 깃든 사람을 말합니다."

"지금 저 사람이 그렇다는 말인가?"

"그렇습니다."

"아, 들어봤어요. 광전사라는 거."

박학다식을 자랑하듯 언제나처럼 다니엘이 대화에 끼어들었다. 그 는 스레이와 같은 걱정스런 표정으로 흘깃 사일런스를 바라봤다. 어느 새 사일런스는 '크르르' 하는 야수의 신음을 토하며 쥴리아라는 소녀 의 품에 안겼다.

사일런스의 광적인 모습이 진정되자 다니엘과 스레이는 조금 침착 해진 모습으로―물론 그를 진정시킨 쥴리아에게 감탄하며―일행을 향해 몸을 돌렸다. 먼저 입을 연 것은 다니엘이었다.

"정령은 크게 물질계와 정신계로 나뉘는데, 불, 물, 땅, 공기와 같은 것들은 물질계에 속하고 분노, 기쁨, 슬픔, 즐거움 같은 것들은 정신계에 속한다고 들었습니다. 대개 정령사라고 지칭하는 자들은 물질계의 정령들을 부리는 자로 정신계의 정령들은 쉽게 접하지도 못하고 또한 자존심이 강해서 접촉하기 힘들기 때문에 거의 논외로 칩니다. 하지만 간혹 정신계 정령들이 나타나는 일이 있는데, 예를 들면 몇 날 며칠을 웃기만 하거나 또는 우는 행동을 보이는 사람들이 바로 그것입니다. 그들은 바로 정신계 정령이 몸에 깃들어 웃고 싶지 않아도 웃게 되고 울고 싶지 않아도 울게 되는 것이죠."

의외로 다니엘의 설명이 정확했기에 스레이는 놀랐다. 그러나 곧 정신을 차리며 설명을 덧붙였다.

"그 정신계 정령 중에 가장 독한 것이 바로 분노의 정령입니다. '퓨리아'라고 하는 분노의 정령은 자신이 깃든 자의 정신을 분노 상태로 만들어 모든 것을 파괴하게 만들어요. 그 대상자로 하여금 정신을 파괴하고 육체가 탈진될 때까지 혹사시켜 끝내 죽음에 이르게 하는 녀석입니다."

"그럼 지금 저자가 그런 상태란 말인가?"

문득 하이렌이 사일런스를 애처롭게 바라보며 물었다. 반대로 푸노란 마을의 촌장 메트는 의아하여 되물었다.

"하지만 저 사람은 지금까지 저런 상태였습니다. 주위의 '모든 것을 파괴한다고 하셨지만 그는 오직 몬스터에 대해서만 광분합니다. 우리도 말릴 수 없을 지경이지만 쥴리아는 그를 진정시킬 수 있어요."

"그건……."

대답이 궁한지 스레이는 다시 사일런스를 바라봤다.

"아마도 그가 원래 굉장한 검사였기 때문일 겁니다."

"굉장한 검사? 크루세이더라도 되었단 말인가?"

그런 지식은 없는지 다니엘이 되물었다.

"아니, 그런 것보다도 의지가 강했거나 자기 생활에 철저한 사람, 즉 원래는 분노의 정령 퓨리아와 거의 상관없었던 사람일 것이란 얘깁니다. 그러나 어떤 예기치 못한 사고로 주체할 수 없는 분노에 사로잡혀……."

대답하던 스레이는 갑자기 말을 끊고 사일런스를 유심히 바라보기 시작했다. 그리고 경악한 듯 두 눈을 크게 뜨며 제프와 키리모아를 불렀다.

"저, 저 사람……?"

"너도 눈치 챘냐? 아까부터 나도 이상하다고 생각했지."

기이한 제프의 대답이 이어졌다. 세 사람의 반응에 곧 하이렌이 물었다.

"아는 사람인가?"

"아는 사람 같습니다. 머리색이 바뀌어서 못 알아봤습니다만."

제프가 머리를 긁적이며 대답했다. 뒤이어 스레이도 떨리는 목소리로 말을 이었다.

"전에 제1돌격기병단에 크루세이더 이상의 검사는 다섯 명이라고 하지 않았습니까?"

"그랬었지. 포란 성을 공격하는 병사들을 지휘하는 자들 중에 그 셋이 있지 않았나?"

기억을 떠올리던 하이렌도 깜짝 놀라 사일런스를 바라봤다.

"그럼 카슨과 그 셋을 제외한 나머지 한 사람이?"

"그렇습니다, 바로 저 사람이에요!"

스레이는 확인하듯 제프와 키리모아를 쳐다봤다.

"파운 허드슨."

키리모아의 확답에 이어,

"아마 하이렌 백작께서도 들어보셨을 겁니다."

제프의 설명이 이어졌다.

"아······!"

허드슨 가라면 레스터 남부에서도 유명한 귀족 집안이었다. 하이렌이 모를 리 없었다. 하지만 이내 의아한 생각이 들었다.

"허드슨 가문에 백발이 있었던가?"

그의 중얼거림은 당연한 의문이었다. 검은색이나 갈색, 또는 금발이라면 흔히 볼 수 있는 만큼 궁금하게 여기지 않겠지만 차게 빛나는 백발을 지닌 이는 거의 만 명에 하나 있을까 말까 했던 것이다. 어쩌면 페나인 왕가의 전통적인 붉은 머리보다 더 희귀한 색인지도 몰랐기에 하이렌은 궁금증이 치밀었다.

"그는 원래 검은색이었어요."

스레이의 대답이 이어졌다.

"그를 압니까?"

이번엔 메트가 호기심을 보였다.

"그는 원래 제가 고기를 잡으러 갔다가 물에서 건진 사람입니다. 기사님의 말대로 처음엔 검은색 머릿결이었죠. 하지만 집에 데려왔을 때엔 거의 죽어가고 있었습니다. 쥴리아의, 아, 저 소녀의 이름인데 바로 제 딸입니다. 하여간 쥴리아의 정성 어린 간병에 겨우 정신을 차리긴 했지만 밤새 비명을 지르며 괴로워하더니 다음날 아침에 머리가 하얗게 세었더군요. 그 다음부터는 거의 실성한 모습으로 말조차 하지 않았어요."

설명하던 메트는 잠시 쥴리아의 품에 안긴 사일런스를 바라봤다.

"그가 누구인지 몰라서 어디로 데려갈 수도 없었습니다. 그래서 저희가 임시로 이름을 붙였던 것이죠. 사일런스(Silence:침묵)라고 말이죠."

"그의 이름은 파운 허드슨. 제1돌격기병단의 부관으로 실질적인 참모야."

제프의 중얼거림에 이어 스레이도 슬픈 듯 혼잣말했다.

"그가 광전사가 되다니……."

"그럼 사일런스는, 아니, 저분은 귀족이셨군요?"

새삼 메트의 놀라는 말투와 함께 키리모아가 슬픈 어조로 말했다.

"그리고 그는 제1돌격기병단의 마지막 생존자이기도 해."

키리모아의 굵은 목소리는 여운처럼 바닷가를 감쌌다.

그들은 아직 몰랐다. 파운 허드슨, 그가 제1돌격기병단의 마지막 생존자이면서 결국 마지막 돌격기병단원이었다는 것을. 모스 섬에 들어간 기병단이 전부 언데드가 되었던 것처럼, 북쪽 국경을 지키던 기병단과 수도에 남아 있던 제6돌격기병단 역시 반란에 가담했다는 것을 몰랐기에 그저 지금은 제1돌격기병단의 마지막 생존자로만 생각할 뿐이었다.

하지만 파운의 지금 몰골만으로도 충분히 사람들을 슬픔에 젖게 만들었다. 그의 모습이야말로 바로 돌격기병단의 마지막 운명을 말하는 것이었으니까.

"기분 나쁜 안개로군."

계곡 입구에서 키렌은 중얼거렸다.

북쪽 산맥의 영향으로 스고우 영지는 산이 험했다. 특히 글라디우렌 산맥은 북쪽 국경을 전담하다시피 할 정도로 깎아지른 산과 험준한 바위가 많았다. 당연히 계곡도 많았다.

하지만 그런 계곡들 중에서도 글렌 계곡은 기이했다. 신이 장난이라도 한 것처럼 반으로 쪼개진 계곡은 양쪽 모두 깎아지른 절벽으로 이루어졌고 폭이 좁고 항상 습기가 차 있어 사람들이 살 수 없는 지형이었다. 당연히 인적이 드물어 그다지 알려지지 않은 곳이었다. 스고우 출신의 거녀와 알란도 타바비아의 설명을 듣고 한참 생각한 끝에 '글렌 계곡'이란 이름을 떠올렸을 정도였다.

어쨌든 레온 일행은 무사히 글렌 계곡 앞에 설 수 있었다. 그리고 그들 눈에 들어온 글렌 계곡의 첫인상은 '별로 들어가고 싶지 않은 곳'이었다. 폭이 좁은 탓에 햇살은 거의 비치지 않았고 안개로 인해 계곡 내부는 음습했다.

그러나 들어가지 않을 순 없었다. 그들은 글렌 계곡에 있다는 9써클의 마법사를 찾는 것이 목적이었기 때문이다.

짧은 한숨과 함께 키렌은 수요를 돌아봤다.

"어떤 위험이 있을지는 모르겠지만 들어갈 수밖에 없을 것 같습니다."

"그렇겠죠."

대답과 함께 수요는 말에서 내렸다. 그리고 여기까지 자신을 태우고 온 말을 토닥이며 중얼거렸다.

"수고했다, 녀석아. 아무래도 이곳은 네가 들어가긴 험할 것 같구나. 우리가 나올 때까지 이곳에 남아 있어라."

그리고 수요는 모두를 향해 빙긋 미소를 지었다.

"무슨 뜻인지 알겠죠, 키렌 경?"

키렌은 가볍게 고개를 끄덕였다. 그리고 잠시 하늘을 쳐다보며 입을 열었다.

"우선 오늘 밤은 이곳에서 지내는 게 좋을 것 같습니다. 글렌 계곡으로 들어가는 것은 내일이 좋을 것 같군요. 그래도 저 기분 나쁜 안개가 걷힐 것 같지는 않습니다만."

"좋은 생각 같습니다. 밤에 산에서 움직이는 것만큼 위험한 일은 없으니까요."

로딘도 한마디 거들었다.

뒤이어 거녀와 알란이 식사와 야영 준비를 했고 일행은 타바비아가 서둘러 피운 모닥불에 모여 앉았다. 앞으로 무슨 일이 일어날지 두려웠기에 수요와 키렌들은 긴장 속에서 조용히 식사를 마쳤다. 하지만 항상 밝은 얼굴의 레온이나 입가에 미소를 트레이드마크처럼 달고 다니는 로딘, 그리고 타바비아는 별다른 걱정이 없는지 수다를 늘어놓았다.

"타바비아는 이곳에 와봤나요?"

"와본 적은 없지만 이야기는 많이 들었어."

"어떤?"

"사람들은 이곳을 '글렌 계곡'이라고 부르는 모양이지만 엘프나 드워프들은 '슬라임 계곡'이라고 부르거든. 이곳에 대한 소문 정도는 접한 적이 있지."

"그러고 보니 전에도 계곡을 설명할 때 슬라임이란 말을 자주 했었죠? 슬라임이란 지명은 어디에서 유래한 것인가요?"

"그건 그냥 정령의 이름이야."

"정령?"

타바비아의 대답에 사람들의 시선이 모였다. 처음 듣는 말인데다가 슬라임이란 정령이 어떤 것인지 궁금하기도 했다. 그러자 타바비아는 어깨를 으쓱하고는 곧 자랑스럽게 늘어놓기 시작했다.

"정령이라고 하기에도 우습지만 어쨌든 슬라임은 맑고 깨끗한 물방울의 정령이야. 새벽 이슬처럼 잠깐 나타났다가 사라지는 존재인데 조금이라도 때가 묻은 곳엔 나타나지 않기 때문에 슬라임이 살고 있는 곳은 태초의 자연 그대로를 유지하고 있다는 설이 가장 많아."

"그럼 글렌 계곡이 그런 곳이란 말입니까?"

"그렇지. 그래서 요정 족이나 난쟁이 족은 슬라임이 사는 곳을 함부로 밟지 않지. 나도 소문만 접해봤을 뿐 슬라임 계곡에 대해 자세히 알고 있는 것은 아냐. 한데 지금 보니 안개가 항시 껴 있고 습기가 가득한 것이 슬라임이 좋아하는 환경인 것만은 확실한 것 같아. 그래서 이곳에 슬라임이 많이 살게 된 것이겠지."

"하긴 이런 곳에 사람들이 들어와 살 일은 거의 없을 테니 그대 말이 맞을지도 모르겠군."

키렌은 혼잣말로 중얼거린 후 레온을 돌아봤다.

"아까 수요의 말도 있었지만 누군가 계곡 입구에 남아야 할 것 같다. 우리가 타고 왔던 말과 마차를 지켜야 함은 물론 혹시라도 무슨 일이 생기면 형에게 소식을 전할 사람이 있어야 하니 말이야. 그 일은……."

키렌은 곧 거너와 알란에게 고개를 돌렸다. 그의 눈빛이 무슨 뜻인지 알아챈 두 사람이 순순히 고개를 끄덕였다.

"거너와 알란에게 맡길 생각인데, 그렇게 되면 네 도움이 필요할 것 같아서 말이다."

"무슨 일인데요, 형?"

"산길에 밝은 로딘이나 슬라임 계곡의 소문을 접했던 타바비아, 그리고 내가 앞에서 길을 내는 동안 네가 수요의 옆에 붙어서 지켜줘야 할 것 같다. 거너와 알란이 같이 갈 수 있다면 두 사람에게 맡기면 되겠지만……."

친위대가 해야 할 일을 맡기는 것이라 키렌은 다소 주저하는 듯했다.

"걱정 말아요, 형. 제가 할게요."

선선히 대답하며 레온은 수요를 향해 빙긋 미소를 지었다.

"소원대로 한번은 너의 기사가 돼야 할 것 같다."

"그거 영광이군."

수요도 피식 웃음을 지었다.

잠시 화기애애한 분위기가 무르익자 로딘도 끼어들었다. 입가에 미소를 지어내며 그는 조심스럽게 키렌에게 물었다.

"죄송스럽지만 키렌 경께서도 그렇고 거녀 경이나 알란 경도 수요에게 존대를 하는 것 같습니다."

모두의 시선이 곧장 로딘에게 향했다. 키렌이 무슨 뜻인지 잠시 헤아리고 있는데 거녀가 고개를 갸웃거리며 물었다.

"하지만 그대도 쓰고 있지 않소?"

"설마 수요께서 어떤 분인지 모르는 것은 아닌지?"

혹시 하는 마음에 알란이 물었지만 로딘의 표정을 살피곤 곧 자신의 짐작이 맞았음을 알았다. 그는 황당하여 키렌을 돌아봤다.

"정말 모르는 것 같은데요?"

"그러고 보니 로딘에겐 말하지 않았었군."

머리를 긁적이며 키렌은 미안한 표정을 지었다.

키렌과 레온은 버나드와 함께 자리를 가졌기 때문에 포란 성에서 가장 먼저 수요의 정체를 알게 되었다. 그 다음에 거녀나 알란, 타바비아는 이번 여행이 계획되었을 때 버나드가 따로 불러내 수요의 신분을 말해 줬기 때문에 2차로 알게 되었다. 타바비아는 계획을 세울 당시에 자리에 있었고 거녀와 알란은 친위대의 기사였기 때문에 미리 알려두는 것이 좋을 거란 버나드의 판단 때문이다.

하지만 로딘에게 귀띔을 해준 사람은 없었다. 다만 원래 로딘은 자신의 부하들 이외에겐 거의 미소 띤 얼굴로 존대를 해왔기 때문에 지금까지 누구도 눈치 채지 못했던 것이다.

친위대와 상관없다고 해도 마스터라는 경지와 실력, 그리고 지금으로썬 중요한 전력의 한 사람인 로딘에게 여행의 목적이라고 할 수 있는 수요의 신분에 대해 가르쳐 주지 않았다는 것에 키렌은 미안한 마음이 들었다. 그렇다고 이제 와서 설명하자니 어색하기도 하여 머뭇거리고 있는데 곁에 앉아 있던 타바비아가 대뜸 소리쳤다.

"왕자래!"

"네? 뭐라고 했습니까, 타바비아?"

"페나인 왕국의 왕자라는구먼."

"누가 말입니까?"

"여기 수요라는 사람 말이야. 무슨 리처드 폰… 카프라고 했었지?"

확인을 위해 타바비아가 바라보자 수요는 고개를 끄덕였다. 그리고 로딘을 향해 정색하며 정중하게 자기소개를 했다.

"내 이름은 리처드 폰 카프, 페나인 왕가의 유일한 생존자입니다."

"그리고 앞으로 국왕 폐하가 되실 분이지."

타바비아가 소리친 덕에 부담을 던 탓인지 조금 편한 목소리로 키렌이 덧붙였다. 그리고 약간은 걱정스러운 듯 로딘의 눈치를 살폈다. 혹시라도 자신만 사실을 몰랐다는 것에 화를 낼까 염려스러웠다.

하지만 로딘은 처음 타바비아가 소리칠 때 약간 당황한 것을 빼고는 곧 언제나처럼 미소를 머금었다.

"몰랐습니다, 왕자 전하인 줄은."

"괜찮아요. 어차피 친위 기사조차 알아채지 못했는데요."

수요는 천연덕스럽게 대꾸하며 크게 웃었다. 그의 곁에 있던 키렌의 얼굴이 발갛게 변하며 투덜거렸다.

"거짓말에 능숙한 분이라는 것을 미처 생각지 못했기 때문입니다."

"알고 있었어도 몰랐을 거예요, 키렌 경은."

놀리듯 말하는 수요였고 반박할 말을 잃은 키렌이었다.

그런 두 사람을 지그시 지켜보던 로딘은 살짝 입꼬리를 말아 미소를 자아내며 반문했다.

"혹시 리처드 전하께서는 마법에 걸린 겁니까? 그래서 아무도 알아볼 수 없는 얼굴이 된 것은 아닌가요?"

정확하게 상황을 지적하는 로딘을 모두는 감탄한 얼굴로 바라봤다.

"맞아요, 로딘. 아주 정곡을 찔렀네요. 어떻게 알았어요?"

"별거 아닙니다, 레온. 9써클의 마법사가 반드시 필요하다는 건… 그래서가 아닐까 했거든요."

수요가 왕자였다는 것을 알았다 해도 보통은 거기까지 생각하기 힘들었다. 하지만 로딘은 벌써 그런 부분에까지 추론해 냈다. 그러고도 정말 별거 아니란 듯 로딘은 태연한 얼굴이었다.

다음날 아침, 조금 늦은 시간에 일행은 출발을 서둘렀다. 혹시나 안개가 조금은 엷어지지 않을까 했는데 역시나 안개는 조금도 사라지지 않았다. 계곡에서 얼마나 헤매야 할지 모르는 상태에서 더 시간을 지체할 수는 없다고 판단한 키렌은 결국 출발하기로 결심했다.

거녀와 알란의 배웅을 받으며 네 사람과 한 명의 드워프는 드디어 계곡에 첫발을 디뎠다.

입구에서 보던 것과는 달리 안개는 그렇게 을씨년스러운 것이 아니었다. 약간 시야를 방해하긴 했지만 걷고 있는 일행의 마음을 평온하게 만드는, 그런 느낌의 안개였다. 습한 기운인 것은 짐작대로지만 짙은 것에 비해 호흡이 곤란하지도 않은, 아니, 어떤 면에선 오히려 신선

한 공기를 듬뿍 마실 수 있는 것 같았다. 걱정과 달리 안개 때문에 불편하지 않아 일행은 조금 가벼운 발걸음으로 담소를 즐겼다. 마치 소풍이라도 가는 것 같은 마음이었다.

하지만 얼마 지나지 않아 걱정했던 안개와는 전혀 다른 위기에 봉착했다.

계곡이란 것이 원래 암반이 낮은 탓에 물이 모여 개울을 이루는 것처럼 글렌 계곡도 별반 다르지 않았다. 다만 글렌 계곡이 보통 계곡과 다른 점은 입구의 폭이 훨씬 좁다는 점이었다. 그래도 전날 야영을 할 때 눈여겨본 바로 수량이 적다는 것과 한쪽으로 치우쳐 있어 계곡을 거슬러 올라가는 데 그리 불편하진 않겠다는 점이었다.

하지만 올라갈수록 계곡은 점점 좁아져 결국은 개울 위를 걸어가야 할 지경이 되었다. 이렇게 되자 계곡을 올라가는 속도가 현저하게 떨어지기 시작했다. 아무래도 자갈이 덮인 길을 걷는 것과 이끼가 잔뜩 낀 바위를 뛰어다니는 것은 큰 차이가 있었다.

산에서 살아온 로딘이나 타바비아는 별반 어려울 것이 없었고 마스터인 레스터 형제 역시 약간 부담이 되긴 했지만 조금씩 익숙해졌다. 하지만 수요에겐 매우 힘겨운 산행이었다. 옆에서 레온이 부축이라도 하지 않았다면 개울에 벌써 몇 번이고 코를 박았을 정도였다. 그리고 행군 속도를 수요에게 맞춘 탓에 전체적으로 느리게 계곡을 거슬러야만 했다.

그리고 짐작대로 가장 먼저 수요가 지쳤다. 곁에서 그를 부축하던 레온이 그의 힘든 기색을 눈치 채고 앞의 키렌에게 소리쳤다.

"형! 조금 쉬어가야 할 것 같아. 수요가 너무 힘들어해."

"알았다."

키렌은 대답과 함께 위쪽을 살폈다. 흐릿한 안개 속에 거대한 바위의 실루엣이 보였다. 키렌은 곧 그 바위를 가리키며 수요에게 말했다.

"조금만 참으십시오. 저 바위만 넘으면 곧 평탄한 길이 될 것 같습니다. 그곳에서 쉬는 것이 좋을 듯합니다."

"알았어요, 키렌 경. 난 걱정하지 말고 길을 가도록 합시다."

거친 숨을 몰아쉬면서도 수요는 발걸음을 늦추지 않았다. 레온이 부축을 해주고 있다 해도 두 사람은 선두와 꽤 거리가 벌어졌다. 맨 앞에 있을 로딘이나 타바비아의 모습은 이미 보이지 않았고 바로 앞이어야 할 키렌의 형체도 뿌옇게 윤곽만 나타날 뿐이었다. 하지만 실제로는 그렇게 먼 거리가 아니었는지 키렌이 조금 쉬어가자는 얘기를 했을 때 로딘의 대답은 매우 가까운 곳에서 들렸다.

조금 더 걸어갔을 때 레온의 시야에도 안개 사이로 검게 드리워진 바위의 형체가 보였다. 그는 수요를 북돋아줄 요량으로 그 바위를 가리켰다.

"저기가 형이 말한 곳인가 봐. 얼마 남지 않았으니 조금만 힘내."

"알았어."

대답과 함께 고개를 세워 앞을 살피던 수요는 곧 투덜거렸다.

"두 사람에겐 잘 보일지 모르겠지만 내 눈엔 어림도 없어. 정말 엄청나게 짙은 안개로군."

기운을 북돋아줄 생각이었는데 오히려 역효과를 낸 것 같아 레온은 당황했다. 그러나 수요는 씩 웃으며 힘차게 걸음을 내디뎠다. 두 사람이 위를 향해 힘을 내는 동안 위쪽의 세 명은 벌써 바위 정상에 도달한 모양이었다.

곧 로딘의 '으약' 하는 소리가 들렸고 키렌의 황당한 목소리가 이어졌다.

"이게 뭐야?"

곧 이어 타바비아의 외침도 들렸다.

"이게 바로 슬라임이란 거야! 만지지 마!"

슬라임이란 존재가 바위 위에 나타났다는 생각에 레온은 호기심이 동했다. 수요가 곁에 없었다면 당장이라도 올라갔겠지만 그는 애써 호기심을 억제했다. 그리고 형에게 소리쳤다.

"형, 그쪽에 뭐가 나온 거야?"

"그래, 엄청난 게 나타났다."

"주먹만한 물방울이 꿈틀거리고 있군요."

뒤이어 로딘의 소리도 들려왔다.

"주먹만한 물방울?"

이번엔 수요도 궁금증이 치밀었다. 누가 먼저랄 것도 없이 두 사람은 걸음을 재촉했다. 이윽고 바위 앞에 이르자 그곳엔 로딘과 타바비아가 만들어놓은 밧줄이 드리워져 있었다.

바위 정상에 무엇이 있을지 궁금한 레온은 서둘러 올라가고 싶은 마음에 냉큼 수요를 업었다. 미안한 마음이 들었지만 혼자서는 밧줄을 타고 올라가기 힘들다고 생각한 수요는, 게다가 아직도 가야 할 길이 많이 남았다는 것을 유념한 수요는 순순히 레온의 등에 업혔다.

레온이 손에 힘을 주고는 끙 하고 당기자 두 사람은 안개를 헤치며 하늘로 솟구치듯 위로 뻗어 올라갔다. 삽시간에 바위 정상에 도착한 두 사람의 시야가 갑자기 환해졌다. 안개가 사라진 것이다.

갑자기 환해진 계곡의 풍경에 레온은 놀랐다. 시야가 트인 것만으로도 가슴 한구석이 뻥 뚫리는 기분이 들 정도였다. 지금까지의 안개는 거짓이었던 것처럼—그러나 여전히 발 아래로 짙은 안개가 끼어 있었지만—
바위 너머 펼쳐진 풍경은 놀라움으로 가득했다.

키렌의 말대로 평탄한 것은 물론 약간 넓어졌으며 무엇보다 빛이 가
득했다. 고개 들어 하늘을 봐도 아득한 절벽만이 존재하는 계곡에 어
디서 빛이 들어오는 것인지 알 순 없지만 분명 투명하면서 영롱한 은
빛이 한가득 넘쳤다.

마치 은으로 바닥을 깐 인공 호수에 들어선 것 같은 착각이 들 정도
였다. 그리고 어느 순간 레온은 그 은빛이 출렁이는 광경에 감탄했다.
좌에서 우로, 앞에서 뒤로 실바람에 수면이 일렁이는 것처럼 계곡 가득
은빛이 생기를 뿜었다.

"와아, 정말 굉장한 풍경이에요!"

레온의 감탄사가 계곡을 울리자 갑자기 폭풍이라도 분 것처럼 은빛
물결이 흔들렸다. 그리고 타바비아의 손짓에 레온은 입을 다물고 그
은빛 물결을 주시했다. 놀랍게도 그 은빛은 바위에서 나오는 빛이 아
니었다.

로딘의 말대로 은빛으로 빛나는 주먹만한 물방울들이 계곡 전체에
빼곡하게 들어찬 채 빛을 뿜어냈다. 머리끝은 뾰족하고 몸은 동글동글
하고 통통했으며 손도 발도 없이 몸통 한가운데에 진한 은색의 눈동자
만 박힌 물방울들은 갑작스럽게 들이닥친 이방인들에게 놀랐는지 연신
바닥을 통통거리며 튀었다.

처음 레온 앞에서 시작된 그 통통거림은 점차 계곡 전체로 확산되어
급기야는 눈앞이 어지러울 정도였다. 한 번 통 하고 튈 때마다 귀로는
감지할 수 없는 희미한 소리가 바닥을 울렸다. 그러나 수천 수만의 슬
라임이 튀는 소리는 계곡을 울리며 위화감을 조성했다. 혹시라도 물방

울이 공격이라도 하려는 것이 아닐까 불안해진 레온이 검자루를 움켜쥐며 수요의 앞을 가로막았다.

그때 타바비아가 레온을 제지하며 가만히 있으란 신호를 보냈다. 그리고 책망하는 어조로 자그마하게 속삭였다.

"네 녀석 때문에 슬라임이 또 흥분했잖아!"

"소리에 민감한 것 같습니다. 아까도 엄청 날뛰었거든요."

"하지만 곧 잠잠해지니까 가만히 있도록 해."

세 사람이 번갈아 설명한 탓에 레온도 이내 한쪽 귀퉁이에 걸터앉아 가만히 슬라임을 지켜봤다. 언제 그랬냐는 듯 금세 소리가 잦아들며 출렁이던 물결도 잠잠해졌다. 마치 한줄기 바람이 스쳐 지나간 후의 수면처럼 슬라임은 고요함에 몸을 묻었다.

잠자코 지켜보던 레온이 감탄하며 중얼거렸다.

"정말 멋진 장면이군요. 한 번 더 보고 싶을 정도예요."

"그 말은 또 소리라도 지르겠다는 뜻이야?"

"안 될까?"

눈빛을 빛내는 레온의 시선에 농담을 건넸던 수요가 땀을 삐질거렸다. 레온의 눈빛 가득 '해보고 싶어, 해보고 싶어!' 라는 내용이 가득했다. 그리고 수요는 그런 레온의 표정을 바라보며 뭐라고 대답해야 할지 당황했다. 그런 수요를 대신해 타바비아가 레온을 말렸다.

"자꾸 슬라임을 자극하지 마. 슬라임은 공격적인 성향은 아니지만 한번 화나면 굉장히 무섭거든."

"어떻게 말인가요?"

레온은 호기심이 발동했는지 말똥말똥한 눈망울로 타바비아를 바라보았다.

"알려진 바로는 슬라임은 단합이 뛰어나다고 해. 만약 한 마리가 공격당하면 옆에 있는 동료 슬라임이 같이 돕는다고 하지."

"어떤 위력을 가지고 있는데요?"

"그건 나도 몰라. 물방울이기 때문에 베어도 베어지지 않는다는 얘기도 있고 웬만한 화염이 아니면 불태울 수도 없다고들 하지만 자세한 사항은 거의 알려지지 않았으니까. 역시 소문뿐이란 얘기야."

"……."

레온이 입을 다물고 물끄러미 슬라임을 향해 고개를 돌렸다. 그러자 헛기침을 하며 키렌이 주의를 주었다.

"실험해 보려는 생각은 아예 하지 말아라, 레온!"

"헛!"

화들짝 놀라며 자세를 고쳐 앉는 레온의 모습에 다들 황당한 표정으로 바뀌었다. 만약 키렌이 주의라도 주지 않았다면 레온은 정말 슬라임을 공격해서 어떤 반응을 보이는지 지켜봤을지도 모르는 일이었다.

일행의 시선이 레온을 향했다가 천천히 계곡 안쪽 가득히 들어찬 슬라임을 향해 돌아갔다. 그 헤아릴 수 없을 정도로 많은 슬라임의 숫자에 일행은 아무 생각도 들지 않았다. 아직도 가야 할 길이 얼마나 남았는지 모르는데 레온이 호기심을 충족하려고 슬라임을 자극이라도 했다간……

앞을 분간할 수 없는 안개를 헤치고 계곡을 순식간에 빠져나간다는 것은 어차피 불가능―그렇다고 마스터 셋이서 수만의 슬라임을―게다가 어떤 능력을 갖고 있는지도 모르는 것들을 상대로 이겨낼 수 있다고 장담할 수도 없었다.

키렌의 지적대로 아예 레온의 호기심을 원천 봉쇄하는 것이 가장 현명한 수단이었다. 그리고 일행은 그런 내용을 가득 실어 레온을 노려봤다.

"그냥 생각만 해봤던 것뿐이에요. 정말로 그럴 생각은 아니었다고요."

레온의 변명이 이어졌지만 일행의 무시무시한 압력의 눈빛은 강도를 더해갔다. 레온은 땀을 삐질거리며 배시시 웃었다.

"그런데… 저 슬라임이 계곡 가득히 메우고 있는데 이제 어떻게 가지요? 아직 앞으로 더 가야 하는 것 아닌가요?"

"말 돌리지 마, 레온!"

퉁명스럽게 대꾸하긴 했지만 궁금하긴 마찬가지인 수요도 타바비아를 바라봤다. 계곡 전체가 은빛으로 빛날 정도로 밀집한 슬라임의 숫자에 질린 키렌과 로딘도 걱정스런 눈빛이었지만 오히려 타바비아는 느긋하게 대답했다.

"걱정할 것 없어. 슬라임은 온순하고 얌전하니까 우리가 해를 끼치지만 않는다면 먼저 공격해 오진 않아."

타바비아는 계곡 깊숙한 곳을 가늠해 보더니 머리를 긁적였다.

"조금 더디긴 하겠지만 그 방법밖에 없겠어."

"타바비아께서 그렇다면 그런 것이겠죠."

로딘이 말을 받으며 고개를 들어 계곡을 바라봤다. 머리 위로는 구름인지 안개인지 분간할 수 없는 하얀 연기가 계곡을 덮고 있었다. 시야에 들어오는 것은 끝을 알 수 없는 절벽이 전부였고 하늘은 보이지도 않았다. 그 풍경을 유심히 바라보던 로딘은 쓸쓸히 중얼거렸다.

"그 9써클의 마법사란 사람은 대체 왜 이런 곳에 사는 것일까요? 햇볕도 잘 들어오지 않는데 말입니다. 희한한 일이로군요."

"우리가 찾아가는 사람은 로이니스란 마법사의 후손일 거야."

타바비아는 심드렁하게 대꾸했다.

"로이니스님도 일단은 사람이니까. 살아 있다면 아마 백오십은 넘었을 테니 불가능한 일이지. 위대한 대마법사라 해도 말이야. 그러니 그 후손을 찾아가는 것이겠지."

"가능한 일인가? 이런 외진 곳에 후손이 살아남을 수 있을까?"

키렌이 의아하여 묻자 타바비아는 알 바 아니란 듯 퉁명스럽게 대꾸했다.

"그거야 로이니스란 분이 어떻게 했겠지. 뭐, 재능있는 자를 납치해서 키웠든지, 아니면 자식을 낳아서 가족이 함께 살았든지 나야 알 수 없지. 하지만 한 가지는 확실히 알고 있어. 에드워드님이 돌아가실 때쯤 로이니스님은 이 슬라임 계곡에 은식처를 마련했는데……."

오래전 조상의 일에 대한 얘기에 키렌과 레온이 귀를 곤추세웠다. 물론 수요나 로딘도 입을 다물고 그의 다음 말을 기다렸다.

"그분은 이렇게 말씀하셨지. '앞으로의 일을 대비해 난 이곳에서 마지막 연구를 해야겠소'라고. 그래서 내가 물었어. '무슨 연구를 한단 말인가요?'라고. 그러자 로이니스님은 희미한 미소를 지으며 대답했지. '나도 어차피 인간. 에드워드님의 마지막 증손자를 마냥 기다릴 수는 없지 않겠소? 어차피 예정된 싸움이라면 나 역시 준비를 해야 할 일. 그것을 위한 연구요'. 나는 알 수 없었지만 당시의 로이니스님은 비장해 보이기까지 했지."

타바비아가 잠시 말을 끊고 쉬는 동안 키렌은 잠자코 레온을 바라봤다. 레온 역시 고개를 갸웃하며 그의 말을 곱씹었다. 정확하게는 타바비아가 전한 로이니스란 마법사의 말을. 그의 말속에서 '마지막 증손자'가 가리키는 사람이 바로 레온이라는 것을 레스터 형제는 잘 알고 있었다. 그렇기 때문에 로이니스가 말한 것 중에 '예정된 싸움'에 대해 궁금함이 치밀었다.

키렌도 그러했지만 레온은 '카논의 세이버'에 가문에서 알지 못하는 어떤 비밀이 있음을 느꼈다. 그리고 그것이 매우 심각한 것일지도 모른다는 불안감이 들었다. 지금 치러지고 있는 전쟁보다 더 심각한 그 어떤 것이 에드워드라는 증조부로부터 전해지고 있다는 것을. 최소한 그것은 숲 속에서만 살아가는 배타적인 드워프 족이 맹목적으로 매달릴 정도로 중대한 것임은 분명했다.

타바비아는 계속 말을 이었다.

"자세한 것을 말하려 하진 않았지만 내게 귀띔하길 그분은 '난 슬라임을 연구할 생각이오'라고 했지. 아마 그분과 그분의 후손이 여기에서 사는 이유는 그것이 아닐까 해."

"슬라임을 연구한단 말인가요?"

반문하던 로딘의 눈은 어느새 슬라임에게 향했다.

"혹시 이 많은 슬라임이 생긴 유래는……?"

"어헛?"

로딘의 중얼거림에 타바비아는 숨을 들이켰다.

"저, 정말 로이니스께서 슬라임을 키워냈을 수도 있겠군. 하지만 이것은 전혀 관계가 없는데? 에이, 아닐 거야. 설마 이 많은 슬라임을 로이니스께서……?"

그렇게 중얼거리면서도 타바비아는 쉽게 부정하진 못했다.

그리고 로딘과 타바비아를 비롯한 사람들은 망연히 슬라임을 바라봤다. 은빛의 물결이 계곡 안쪽까지 잇닿아 있는 것처럼 보일 정도로 슬라임은 많았다. 그리고 그들은 그 슬라임을 헤치고 안쪽으로 들어가 야만 했다.

"아득하군요."

수요가 중얼거리자 키렌은 자리에서 일어섰다.

"하지만 가야 합니다."

키렌은 머리를 들어 계곡 위를 바라봤지만 하얀 안개가 자욱한 지금 상황으로는 시간을 짐작할 수 없었다. 그저 배가 고픈 정도를 짐작해 점심을 훨씬 넘겼을 거란 생각만 들었다. 배낭을 열어 말린 과일과 치 즈를 꺼내 모두에게 나눠 주며 그는 일행을 재촉했다.

"가면서 먹도록 하죠. 보아하니 저 슬라임을 헤집고 가는 것은 시간 이 꽤 걸릴 것 같으니까요."

"그다지 어렵지 않아."

받아 든 과일을 씹으며 타바비아가 자리에서 일어섰다. 그리고 앞장 서며 손짓을 했다.

"내 뒤에 바짝 붙도록 해. 한 번에 통과하는 게 슬라임을 자극하지 않는 것이니까."

서둘러 레온과 수요가 일어섰고 키렌과 로딘이 그 뒤에 바짝 붙었 다. 이윽고 타바비아는 슬라임을 향해 첫걸음을 옮겼다. 그의 발이 맨 앞의 슬라임에게 닿는 순간 슬라임이 좌우로 출렁였다. 그리고 타바비 아의 발에서 시작된 은빛 물결이 조금씩 벌어지기 시작했다.

"원래 슬라임은 위험을 피하는 성격이라서 우리가 지나가는 소리에 반응해 피하려 할 거야. 그러니까 여길 통과하는 것은 그다지 어렵지 않아. 다만 우리가 이들을 해치려는 것이 아니란 것을 인식시키기 위 해선 속도가 늦어질 수밖에 없지만 말야."

타바비아의 설명이 이어졌다.

확실히 슬라임은 느릿한 속도로 좌우로 갈라지며 길을 터주었다. 간혹 더욱 느릿하게 움직이는 슬라임도 있었지만 타바비아는 비켜줄 때까지 참을성있게 기다렸다. 계곡의 물줄기를 거슬러 올라올 때보다 더 느린 행군이었지만 다섯은 딱 붙어서 조금씩 전진해 나갔다.

해를 끼치는 정령이 아니라고 타바비아가 말하긴 했지만 일행은 바짝 긴장했다. 특히 앞뒤로 끝이 보이지 않을 정도로 깊숙이 들어갔을 때 마스터 세 명의 긴장은 심각할 정도였다. 막중한 사명을 띠고 있는 키렌은 물론, 항상 여유를 지녔던 로딘과 웃음을 잃지 않던 레온조차 얼굴을 굳힌 채 불안한 눈으로 주변을 살폈다. 그럴 수밖에 없는 것이 아무리 온순하다고 해도 이렇게 많은 숫자에게 포위된 상황에서 어떤 일이 발생할지 모르기 때문이었다.

다행히 선두에서 일행을 이끌던 타바비아의 침착한 대응에 네 사람도 섣불리 행동하지 않을 수 있었다. 이윽고 앞쪽에 계곡의 어두운 부분이 일행의 시야에 들어왔다. 계곡 가득 몰려 있는 슬라임을 뚫고 들어온 것이 분명했다. 거의 반나절 남짓 걸어서 보게 된 그 어둠에 일행은 금방이라도 환호를 지를 듯한 표정으로 안도의 숨을 내쉬었다.

"다 왔군요."

"여기서부턴 더 조심해야 합니다, 타바비아."

"알아, 안다고! 모든 일은 끝마무리가 가장 중요한 법이니까."

로딘의 말에 타바비아는 고개를 끄덕이며 더욱 신중하게 발걸음을 옮겼다. 순순히 길을 터주는 슬라임을 뚫고 반대 편 계곡에 도착했을 때 일행은 매우 지쳤다. 어림짐작하기에 벌써 시간은 저녁을 훨씬 넘긴 것 같았다. 계곡 전체가 슬라임이 뿜어내는 은빛 때문에 어둡진 않았지만 별로 길지 않은 거리를 긴장 속에 조금씩 행군한 것만으로 일행은 축 처졌다. 그것은 비단 마스터의 경지에 이르렀다고 해서 예외는 아니었다. 오히려 그들은 신경을 고도로 곤두세운 탓에 수요나 타바비아보다 훨씬 더 지친 기색이었다.

"조금… 쉬었다 가도록 하죠."

머뭇거리며 레온이 말문을 열었다. 그러자 키렌이 동의하듯 고개를 끄덕이며 한마디 덧붙였다.

"오늘은 여기서 자는 게 좋을 것 같군. 아직 가야 할 길이 얼마나 되는지 모르니까 말야."

"그럼 모닥불이라도 피워야겠군요."

로딘이 자리에서 일어나 주변을 살폈다. 계곡 주위에 태울 만한 것들을 찾기 위해서였다. 그때 타바비아가 그를 제지했다.

"그만둬. 슬라임은 불을 싫어해."

그 말에 로딘은 엉거주춤 자리에 앉았다. 그저 슬며시 미소를 지으며 변명하듯 중얼거렸다.

"계곡에 습기가 차서 장작을 찾는 것도 힘들 것 같군요. 그냥 눕는 수밖에 없겠어요."

"뭐, 할 수 없지. 쉬는 동안 슬라임에게 공격받고 싶지는 않으니까."

투덜거리듯 키렌도 한마디 했다. 그는 외투를 벗어 수요에게 건넸다.

"이것을 덮고 자도록 하십시오."

"괜찮습니다, 키렌 경."

"한두 번 정도는 제 말을 듣도록 하세요."

"저도 남자입니다. 나 혼자 편할 순 없어요."

강력한 수요의 반발이었지만 곁에 있던 레온이 고개를 갸웃거렸다.

"하지만 우린 그다지 춥지 않아."

"그렇습니다, 왕자 전하. 이 계곡은 안개에 쌓여 있어 기온의 변화가 적은 것 같습니다. 이 정도라면 크루세이더의 경지라도 추위를 타지 않을 겁니다. 하지만 보통 사람이라면 예외겠지요. 한여름이라도 상당한 추위를 느낄 것입니다. 우린 괜찮으니 그 옷을 덮도록 하세요."

로딘의 설명에 수요는 마지못해 키렌의 겉옷을 받아 들었다. 키렌의 체구가 장대한 만큼 외투는 수요가 덮을 정도로 컸다. 외투를 덮고 몸을 떨며 한쪽 바닥에 누운 수요는 누구에게도 들리지 않도록 중얼거렸다.

"젠장! 마스터랑 모험을 떠나는 짓은 다신 하지 않을 테다!"

하지만 그 자리에 있던 사람들 중에 그 소리를 듣지 못한 이는 타바비아뿐이었다. 당연하게도 나머지 셋은 마스터였기 때문이다. 레온이 '정말?' 하고 물으려 했지만 키렌이 눈짓으로 제지하자 곧 입을 다물었다.

그리고 세 사람 모두 쓴웃음을 지으며 각자의 잠자리에 들었다.

아침이라고 예상되는 시간에 일어난 일행은 개울에 대충 얼굴을 씻었다.

누가 먼저랄 것도 없이 일행은 마른 과일과 딱딱하게 굳은 검은 빵을 목에 우겨 넣듯 삼키며 동시에 자리에서 일어났다. 그리고 계곡 안쪽을 향해 발걸음을 옮겼다.

얼마 걷지 않아 개울도 사라졌고 비스듬했지만 편한 길로 바뀌었다. 입구에서부터 좁아지던 계곡의 폭은 슬라임이 있던 곳에서 넓어졌지만 그곳을 지난 후엔 다시 좁아지기 시작했다. 그것도 사람 한 명이 겨우 지나갈 수 있을 정도로 좁아졌다. 위로도 계곡 좌우에서 튀어나온 암반 때문에 고개를 숙이고 걸어야 할 때가 많았다.

키는 작아도 근육이 옆으로 붙은 타바비아는 물론 일행 중에선 다소 키가 큰 편인 로딘도 고생이었지만 그 누구보다도 고생한 이는 바로 키렌이었다. 그는 로딘보다 머리 반 정도 더 컸고 타바비아만큼 체구가 장대했기 때문에 좁아지는 계곡의 영향을 가장 많이 받았다. '아약', '으윽' 하는 신음 소리가 연신 그의 입에서 터졌다.

세 명에 비해 왜소한 수요나 레온은 아직 여유가 있었다. 가장 뒤에 처진 두 사람은 고개를 숙인 채 조심스럽게 길을 걸었다. 아니, 그다지 조심할 필요도 없는 것이 앞서 걷는 키렌의 신음 소리를 유념해서 듣기만 해도 어떤 장애가 있는지 쉽게 알아챌 수 있었다.

키렌의 투덜거림이 거의 반나절 가까이 이어진 후에 계곡의 길이 끝났다. 앞장서 걷던 타바비아의 탄성과 함께 어두운 계곡에 한줄기 빛이 비쳤다. 좁은 동굴 같은 계곡 길을 빠져나가자 슬라임이 머물던 곳보다 더 넓은 분지가 나타났다. 작은 동산처럼 가운데가 도톰하게 솟은 분지였다. 머리 위로 햇살도 찬란하게 빛났으며 나무도 있었고 시원한 바람도 불어왔다.

"이런 넓은 곳이 있었다니 정말 속이 다 후련하군!"

좁은 계곡 길에 얼마나 시달렸는지 키렌은 시원하게 외쳤다.

문득 레온이 분지 위를 가리켰다.

"집이 있어요."

일행의 눈이 동시에 가운데로 향했다. 정말 레온의 말대로 나무로 지어진 오두막 한 채가 세워져 있었다. 약간 떨리는 음성으로 키렌은 타바비아를 돌아보았다.

"여기요?"

"몰라, 그건 나도."

"그게 무슨 말이지?"

키렌의 얼굴이 일그러졌다. 하지만 타바비아는 어깨를 으쓱하고는 너스레를 떨었다.

"전에도 말했지만 난 여기에 온 적이 없으니까 정확한 목적지는 모른단 얘기지."

말하는 동안 타바비아는 오두막을 향해 걸음을 옮겼다.

"하지만 이런 곳에 집을 짓고 살 사람이 또 있을 거란 생각은 안 드는군. 그렇지 않냐, 로딘?"

"그것도 그렇군요. 누구의 오두막인지 알아보는 것이 좋을 것 같습니다."

로딘은 고개를 끄덕이곤 곧바로 타바비아를 따라갔다.

두 사람의 생각이 옳다고 여겼는지 키렌도 군소리없이 그들을 따라갔다.

키렌의 부탁대로 수요를 책임져야 했지만 레온의 호기심은 벌써 오두막 문을 두드리고 있는 중이었다. 그는 재빨리 수요의 팔을 잡아채곤 뛰어갔다.

다섯 명이 오두막 앞에 이르렀다. 그리고 잠시 동안 오두막을 살폈다. 오두막과 그 주변을 대충 눈으로 살피며 일행은 뭔가 이상한 생각이 들었다. 제일 먼저 입을 연 이는 창문을 살피던 로딘이었다.

"안에 아무도 없는 것 같습니다."

"흠, 꽤 오랫동안 비웠던 오두막 같은걸?"

주변을 살피던 키렌도 한마디 했다.

"게다가 매우 낡았어."

오두막의 벽과 문을 뚫어져라 쳐다보던 타바비아도 한마디 했다.

"그럼 아무도 없다는 뜻입니까?"

약간 불안한 듯 수요의 목소리가 떨려왔다. 뭐라고 대답해야 할지

막막했던지 키렌은 머리를 긁적이며 수요의 눈을 피했다.

그때 레온이 말했다.

"뭐 해요? 우선 안으로 들어가 보도록 하자고요."

그러더니 대뜸 손잡이를 잡고 돌렸다.

끼이익.

타바비아의 말대로 오랜 시간 손질이 안 된 문이 레온의 힘에 의해 기괴한 소리와 함께 열렸다. 푸스스, 하며 먼지가 천장 부근에서 떨어졌지만 레온은 신경 쓰지 않으며 성큼 안으로 들어갔다.

"레, 레온!"

키렌이 다급하게 외쳤지만 레온을 막진 못했다. 서둘러 그를 따라 안으로 들어가며 키렌은 주의를 줬다.

"이곳에 어떤 함정이 있을지도 모르는데 그렇게 성급하게 행동하면 어쩌자는 거냐?"

"하지만 아무 일도 없잖아, 형."

담담하게 대꾸하던 레온은 주변을 훑어보다가 벽에 걸린 작은 식기 도구를 발견했다. 그중 넓적한 팬을 집어 들곤 키렌에게 건넸다.

"이 팬을 봐요, 형. 설마 자기가 살던 집에 함정을 거는 바보는 없을 거야."

"이 자체가 함정일 수도 있는 거란다. 봐라, 이 팬을! 과연 언제 사용했을지 상상도 안 갈 정도로 먼지가 쌓여 있지 않냐?"

"하지만 녹슬진 않았지."

뒤이어 들어오던 타바비아가 키렌이 들고 있던 팬을 유심히 살피다가 고개를 끄덕였다.

"누군가 사용하긴 한다는 얘기야, 녹슬지 않았다는 얘기는."

"누군가 살았다는 얘기로군요."

한 명이 누울 정도로 작은 침대를 살피며 로딘도 한마디 했다.

타바비아와 로딘의 대화를 듣고 있던 키렌은 잠자코 천장에 늘어진 거미줄을 헤쳤다. 더 이상 레온을 책망할 구실이 없어 입을 다문 것이다. 그가 보기에도 오두막엔 사람이 살았던 흔적이 역력했다. 다만 그것이 언제까지인지, 그리고 언제부터 사용하지 않았는지 알 수 없다는 것이 문제였다.

그때 수요의 결정적인 한마디가 터졌다.

"아무리 봐도 던전 같지는 않군요."

"던전?"

"여기서 갑자기 왜 던전이……."

모두들 의아한 얼굴로 수요를 바라보자 수요는 한심스러운지 콧방귀를 뀌었다.

"우리들의 목적을 잊은 건 아니겠죠? 우린 마법사를 찾으러 온 겁니다."

"그야 그렇지."

"한데 이 오두막은 먹고 자는 데 사용되는 것 같지 않아요?"

수요의 말에 일행은 곧 무슨 뜻인지 알아챘다.

그들이 있는 오두막은 너무 평범했다. 마법사가 살았다는 흔적은 전혀 없었고 나무꾼이 살았다고 해도 믿을 수 있을 정도였다. 키렌은 발로 바닥을 찍어대곤 일행에게 말했다.

"확실히 전하의 말씀이 일리있소. 어제 타바비아가 말하길, 로이니스란 마법사 분께서 이곳에 은거할 때 슬라임에 대한 연구를 목적으로 했다고 하지 않았소? 그렇다면 그 흔적이 어딘가 있을 것이오."

"여기가 그 마법사의 은신처란 증거도 없지 않아요?"

"그럼 이런 외진 곳에 사람이 와서 살았을 거라고 생각하는 거냐, 레온?"

키렌의 반박에 레온도 수긍한 듯 입을 다물었다. 로딘도 슬며시 미소를 짓곤 침대 밑을 살피며 중얼거렸다.

"가정이란 것이겠지요. 하지만 제 생각에도 이런 곳에 따로 거처를 마련할 사람이 몇이나 있을지 궁금하군요."

"음, 이럴 줄 알았으면 둔 족장이 말할 때 유심히 들어둘걸."

타바비아도 혼잣말을 하며 이곳저곳 벽을 관찰했다.

레온도 가만히 있기 뭐해서 허리를 숙이고 주변 바닥을 더듬으려 했다. 그때 수요가 그의 팔을 잡으며 제지했다.

"왜?"

"우리가 본다고 뭘 알겠냐? 그냥 지켜보기나 하자고."

"그냥 이상하게 생긴 거 찾으면 되는 거 아냐?"

"마법사의 던전을 찾는 게 그렇게 쉬운 일인 줄 알아? 뭔가 여러 가지 방법을 동원했을 거야."

그 말에 수긍하면서도 레온은 이상한지 연신 세 명을 번갈아 쳐다봤다. 아무래도 세 사람이 찾는 폼을 보아하니 자신보다 나은 것 같지는 않았기 때문이다.

"형, 던전 찾는 법 알아?"

도저히 궁금증을 못 참겠는지 기어코 레온이 키렌에게 물었다. 그러자 키렌은 너털웃음을 터뜨리곤 바닥을 두드리던 짓을 멈췄다.

"그런 게 있을 리 없잖아? 설사 누군가 '던전 찾는 법'에 대해 썼다고 치자! 던전을 차리는 대부분의 사람들은 마법사인데 그들이 과연 표본에 맞게 던전을 꾸미겠어?"

"규격에 맞추면 왜 안 되는데?"

"'여기 던전이 있으니 찾아보시오' 하는 꼴과 같잖아!"

"원래 던전이란 것은 마법사들이 비밀리에 자신의 연구를 하기 위해 만드는 곳입니다, 레온. 자기 이외에 다른 사람이 출입하지 못하게 꾸미는 것이 당연하지요."

로딘의 설명이 이어지자 레온은 더욱 이상한 생각이 들었다. 그는 수요를 바라보며 퉁명스럽게 말했다.

"뭐야? 그럼 여기 세 명도 나보다 나을 건 없는 거잖아? 왜 나보고 찾지 말라는 거야?"

"예전에 키렌 경은 페로즈 성의 던전을 찾은 경력이 있어. 그리고 던전이란 것도 어차피 건축물인만큼 드워프인 타바비아의 눈썰미도 한 몫하겠지."

마치 기다렸던 것처럼 수요는 태연하게 답했다. 그러나 레온은 다른 것에 관심을 보였다.

"페로즈 성의 던전?"

"페로즈 성 마을 중심의 분수대엔 히드리크가 만든 던전이 있어. 그는 워프를 통해서 왕래하는 것 같았는데 왕자 전하를 가르치는 선생 중에 한 명이었으니까 그의 행동을 유심히 살피다가 발견하게 되었지."

담담하게 대꾸하던 키렌은 문득 말을 끊고 하던 행동을 멈췄다. 그의 태도가 이상했지만 뭔가 골똘히 생각하는 것 같아 레온은 더 묻지 못한 채 잠자코 기다렸다.

갑자기 키렌은 이마를 탁 치더니 아쉬운 듯 고개를 저었다.

"그렇군. 히드리크도 자신의 던전을 들어갈 때는 워프를 이용했는데 9써클의 마법사라면 그보다 더하겠지. 아마 이곳에 던전으로 들어갈 출입구 따윈 없을지도 몰라."

그의 말에 한참 바닥을 두들겨 대던 로딘과 타바비아도 슬며시 자리에서 일어섰다. 일리가 있다고 생각한 것이다. 게다가 좁은 오두막 바닥을 계속 두드려 봤지만 어떤 곳도 이상한 곳은 없었다.

한가운데에 빙 둘러서서 일행은 난감한 표정을 지었다. 어렵게 찾아온 오두막인데 마법사는 없었고 어디로 가야 할지에 대한 정보도 없었다.

갑자기 막다른 골목길을 마주한 형국이었다. 차라리 막다른 골목길이라면 뛰어넘기라도 할 텐데, 이건 그나마 할 수 있는 일조차 없으니 일행이 난감한 표정으로 서로의 눈치를 살피는 것은 당연했다.

으흠, 하고 헛기침을 하며 키렌이 입을 열었다.

"우선 오두막 주위를 살피면 뭔가 나올지도 몰라. 가능성은 없더라도……."

"잠깐, 키렌 경! 저것을 보십시오."

갑자기 키렌의 말을 막으며 로딘은 창밖을 가리켰다. 모두의 눈이 창문으로 향했다. 창문 밖으로 보이는 것은 분지 전체에 하얀 안개가 서서히 가라앉듯 스며드는 풍경이었다. 햇볕에 반사되어 무지갯빛을 반사하는 안개에 레온은 감탄사를 발했다. 일생 동안 몇 번 볼까 말까 한 아름다운 풍경이 창밖에서 일어나고 있었다.

레온은 얼른 문을 열고 밖으로 나가 자세히 살피려 했다. 그러나 벌써 키렌의 큼직한 손이 그의 손목을 잡고 놓아주지 않았다.

"왜 그래, 형?"

그러나 키렌은 레온을 바라보지 않았다. 유심히 창밖을 살피며 로딘과 타바비아에게 말을 건넬 뿐이었다.

"이상하군. 이건 무슨 현상이지?"

"밤새 안개가 시작되어 아침에도 자욱한 적은 있어도 맑은 해가 비치는 한낮에 안개가 시작된다는 것은 듣지도 보지도 못했습니다."

"나도 꽤 오래 살았고 여러 곳을 돌아다녀 봤지만 처음 보는 광경이로군."

로딘의 설명과 타바비아의 확인.

키렌은 확신하듯 중얼거렸다.

"마법일 가능성이 크겠군."

"내 생각도 그래요, 키렌 경."

수요도 한마디 하곤 천천히 문으로 걸어갔다. 깜짝 놀란 듯 키렌이 달려들어 수요의 손목도 잡아챘다.

"위험합니다, 전하!"

"그렇다고 마냥 오두막에 있을 수는 없잖아요, 키렌 경. 나가서 어떻게 된 일인지 확인하는 것이 순서라고요."

"그렇긴 합니다만 그 일을 전하께서 하실 필요는 없는 겁니다."

대답과 함께 키렌은 양손에 잡혀 있는 두 청년 중 레온을 끌어당겼다.

"넌 지금부터 전하 곁에서 떨어지면 안 된다. 알겠냐?"

"알았어요."

"나와 로딘, 그리고 타바비아는 저 이상한 안개에 대해 살펴보도록 하지."

그리고 키렌은 앞장서서 밖으로 나갔다. 그 뒤로 어느새 웃음을 거

둔 로딘과 긴장한 얼굴의 타바비아가 뒤를 따랐다.

　오두막에 있던 다섯 중 셋이 밖으로 나가자 좁은 공간이 금세 넓어졌다. 잠자코 수요 곁에 있던 레온은 슬쩍 미소를 지으며 그를 돌아보았다. 그러자 수요도 피식 실소를 머금었다.

　"나가고 싶다는 뜻이지?"

　"어? 아, 아냐! 그럴 리가! …어떻게 알았어?"

　"전에 알이 말하지 않던? 넌 얼굴에 다 드러나니까 거짓말 같은 건 금방 표가 난다고."

　"쳇!"

　혀를 찬 후에 레온은 다시 수줍은 미소를 지으며 수요를 바라봤다.

　"저기 말이야……."

　"같이 가자."

　"에?"

　"나도 궁금하거든. 이 안개의 정체에 대해서 말이야. 너 못지 않게."

　그렇게 대꾸한 수요는 성큼 문을 향해 걸었다. 당황한 레온이 그의 뒤에 바싹 붙으며 중얼거렸다.

　"형이 널 지키고 있으라고 했단 말야."

　"아니, 아니지! 키렌 경은 내 곁에 붙어 있으라고 했지 나가지 말란 말은 안 했어."

　천연덕스러운 수요의 대답에 레온은 순간 황당한 얼굴로 바뀌었다. 잘 생각해 보니 수요의 말이 맞는 것도 같아 레온도 수긍하며 밖으로 나갔다.

　먼저 문을 나선 키렌의 시야에 잡힌 것은 하늘을 가득 메운 하얀 안개였다. 하늘은 보이지도 않았고 하얀 안개는 땅 위로 쏟아져 내렸다. 기이하긴 해도 자연적인 현상이라면 감탄을 늘어놓았겠지만 이곳은 마법사가 사는, 아니면 살던 터전이었다. 인위적인 것이 분명한 현상을 놓고 감탄을 늘어놓을 수는 없었다. 게다가 작은 분지 전체에 안개를 일으킬 정도라면 또 다른 위험이 있을 수도 있었다.

키렌은 바짝 긴장을 하며 뒤를 돌아봤다. 어느새 따라나온 로딘과 타바비아의 굳어진 얼굴이 보였다. 키렌은 좌우를 가리키며 소리쳤다.

"로딘은 오른쪽, 타바비아는 왼쪽을 살피도록 하시오! 나는 우리가 들어온 계곡 입구를 살피도록 하지!"

말을 마친 후 키렌은 힘차게 달려 내려갔다.

등 뒤로 로딘과 타바비아가 흩어지는 소리를 들으며 키렌은 속도를 높였다. 그들이 들어온 길은 유일한 탈출구인 셈이었다.

맑은 하늘이었을 때 확인한 바로는 분지 전체가 깎아지른 절벽에 둘러싸였다는 점이었다. 계곡에 들어온 후에 처음으로 높이를 눈으로 확인할 수 있었는데 험난함은 둘째 치고 평범한 사람은 그 끝을 알지 못할 정도로 높았다. 이곳에 들어온 다섯 중 타바비아와 수요는 끝내 그 끝을 짐작할 수 없었고 마스터인 세 사람만 겨우 확인할 수 있을 정도로 높았다. 그러니 이 기이한 안개와 또 다른 위험이 닥쳐서 계곡 입구가 사라진다면, 또는 막힌다면 큰일인 셈이었다. 설사 마스터인 세 사람이라도 절벽을 올라간다는 것이 불가능함을 알기 때문이었다.

조급한 마음에 걸음을 서두르던 키렌은 그러나 이내 멈춰야 했다. 하늘에서 번져 내려오는 것 같던 안개의 속도가 갑자기 빨라진 것이다. 그리고 순식간에 분지 전체에 우윳빛 안개가 자욱하게 끼었다. 키렌은 당황하여 주변을 살폈다.

뒤로 돌아 오두막을 살폈지만 보이지 않았다. 한 바퀴 빙 돌며 안개가 덜 낀 곳을 찾았지만 그런 곳도 없었다. 반경 2미터 이내만이 겨우 보일 정도로 자욱한 안개였다. 계곡 입구보다 훨씬 짙었다.

주변을 살피던 키렌은 더욱 당황하여 두리번거렸다. 몇 바퀴 맴도는 사이에 그는 방향을 잃은 것이다. 게다가 이 기이한 안개는 시야뿐만이 아니라 소리도 차단하는 것 같았다.

어느새 키렌의 주위로 들리는 소리라고는 그의 숨소리뿐이었다.

당황하여 두리번거리던 것도 순간, 어느새 키렌은 속으로 '아차' 하며 혀를 찼다. 이렇게 빨리 안개가 주변을 장악할 줄 알았다면 결코 일행을 떨어지지 않게 했을 것이다. 게다가 그는 친위대의 기사, 이런 상황에서 왕자를 내버려 둔 채 따로 행동하는 실수를 범하고 만 셈이었다.

설사 레온이 곁에 있어 안전하다 해도—물론 키렌이 알고 있는 한 레온은 키렌보다 강했다—친위대의 기사로서 해야 할 책무를 저버린 꼴이니 자책하는 마음이 드는 것도 당연했다. 그리고 서둘러 돌아가야 한다는 조급한 마음에 그는 땅을 더듬으며 방향을 잡으려고 애썼다.

그리고 그 순간이었다, 갑자기 안개 사이로 사람의 형체가 보인 것은.

"누구냐?"

반가움이 치밀어 얼른 일어서서 상대에게 외친 순간, 키렌은 다시 한 번 당황했다. 어스름한 형체이긴 했어도 상대는 족히 키렌보다 목 두 개는 더 컸다. 넓은 어깨 위에 뭉툭한 머리통이 달렸고 옆으로 흔들리는 것이 팔이라는 것은 분명했지만 다가오는 그림자의 크기는 족히 키렌의 두 배에 가까운 크기였다.

키렌의 오른손이 재빨리 허리춤에 매달린 장검의 자루를 잡았다. 다가오는 것의 정체는 알 수 없지만 분명 일행이 아닐 것임은 자명했다. 적이라고 가정할 수도 없겠지만 키렌은 만반의 채비를 갖추는 데 주력했다.

이윽고 키렌의 눈에 상대의 어스름한 형체가 안개를 헤치며 나타났다.

"마, 맙소사?!"

키렌의 입이 절로 벌어지며 경악이 터졌다.

나타난 것은 놀랍게도 사람이 아니었다. 물론 키렌도 큰 편이기 때문에 그보다 큰 사람을 찾기란 힘들었다. 캐러디안의 키리모아 정도라면 모를까, 거의 찾기 힘든 체구임은 분명했다. 그렇기 때문에 그림자를 지켜볼 때부터 키렌은 상대가 인간이 아닐 것이라고 짐작했었다. 오크나 오우거 같은 대형 몬스터의 일종이 아닐까 어림짐작했었는데 나타난 상대는 놀랍게도 생명체가 아니었다.

"고, 골렘?"

안개를 헤치고 나타난 것은 전체가 바윗덩어리로 이루어진 골렘이었다. 그러나 키렌이 알고 있던 골렘과는 전혀 다른 것이었다. 물론 그는 지금까지 골렘을 본 적이 없었다. 하지만 전에 카슨이 윈저에 있는 마법사 학회의 요청을 받아 골렘을 상대했던 얘기를 전해듣기는 했었다.

카슨이 상대했던 골렘은 마법사들이 철을 조합한 후에 의지를 불어넣은 것이었다. 키는 2~3미터, 무게는 몇 톤에서 거대한 것은 십 톤을 넘기도 했다.

중요한 것은 지금 키렌의 눈앞에 있는 돌 골렘이 카슨이 설명했던 몇 가지와 맞아떨어진다는 점이었다.

생명체에게서 느낄 수 있는 마나가 없었고 사람의 형상을 지녔지만 움직임이 느리다는 것이었다. 그리고 만약 카슨이 설명했던 대로라면 눈앞에 있는 돌 골렘은 엄청난 방어력을 지닌 것이 분명했다. 설마 돌이 철보다 강하겠냐마는 거의 바위에 가까울 정도의 두께라면 베는 것은 거의 불가능하다고 봐야 했다.

"검기로 단번에! 알겠냐? 골렘을 상대할 때는 마나를 많이 소비하더라도 한 번에 처리하는 게 좋아. 어영부영 상대하다가 자칫해서 검이라도 부러지면 골치 아프니까. 그리고 베어야 할 곳은……."

그리고 카슨은 키렌의 허리를 툭 하고 치곤 씩 웃음을 지었었다.
'단번에 허리를!'
다시 한 번 카슨의 말을 상기하며 키렌은 자루를 쥔 손에 힘을 가했다. 왼쪽 허리에 매달린 장검에서 오른쪽의 중검으로 교환하며.
스릉.
그의 왼손에 묵직한 중검이 뽑혀졌다. 키렌은 다가오는 돌 골렘을 바라보며 잔인한 미소를 지었다.
"안됐지만 말이다, 난 우리 가문에서 유일하게 타격 전용의 검을 사용하는 사람이란다. 겨우 바윗덩어리 정도에 애먹을 내가 아니란 얘기지."
자신만만한 미소와 함께 키렌은 양손으로 검을 쥐고 골렘에게 달려들었다. 타핫, 하는 기합을 지르며 그의 검에서 검은 기운이 숫구쳤다. 가문에서 유일하게 검은빛을 띠는 키렌의 검기였다.
그리고 검기는 정확하게 골렘의 허리를 노리며 비스듬하게 베어졌다. 카슨의 설명대로 골렘은 상당히 느렸다. 처음 상대하는 탓에 키렌은 언제라도 뒤로 물러설 수 있도록 속도를 늦췄지만 골렘은 전혀 따라오지 못했다. 베어 들어가는 검을 그저 멀거니 서서 쳐다볼 뿐이었다. 막아낼 엄두도 없는지 흔하게 팔을 들어 막는 행동도 취하지 못했다.

그리고 키렌의 검은 정확하게 골렘의 허리에 닿았다. 키렌의 검기가 먼저 닿으며 '치직' 하고 타는 소리를 냈다. 그리고 뒤이어 검이 골렘의 허리를 잘랐다.

단번에!

쩌억, 하고 돌이 쪼개지는 소리가 났지만 주위를 덮고 있는 안개는 그 소리마저도 삼켰다. 뒤이어 돌 골렘이 무너지듯 바닥을 구르는 소리조차도 안개는 꿀꺽 삼켰다.

"후우, 간단하군."

중얼거리는 것과는 달리 키렌은 잔뜩 긴장한 탓에 식은땀이 흐르는 이마를 닦아냈다. 처음 상대하는 것이었지만 카슨에게 들었던 정보가 있었던지라 그다지 어렵진 않았다. 오히려 손쉬운 편이었다. 그는 허리가 잘려져 바닥에서 버둥대는 돌 골렘을 내려다보며 중얼거렸다.

"이런 녀석을 상대하고 그렇게 생색을 내다니, 형도 참 뻥이 심하군."

그리고 키렌은 잠시 갸웃거리곤 다시 정정했다.

"하긴, 형은 골렘의 약점도 모르는 채 스무 마리를 동시에 사용한 것이었으니 힘들었을 수도 있겠군. 하여간에 마법사들이란… 쯧쯧……."

혀를 차며 키렌은 고개를 저었다.

"대체 이런 걸 왜 만드는 거냐고. 왜 쓸데없는 일에 체력을 낭비하는지……."

그렇게 중얼거리면서 그는 자신의 검을 내려다봤다. 검기를 주입한 탓에 검은 전혀 손상이 없었다. 오히려 날은 더욱 빛을 뿜었다.

"하긴, 내가 마스터가 아니었다면 오히려 당했을 수도 있겠군. 아니, 아마 나라도 스무 마리 정도라면 꽤 힘들었을지도 몰라."

마지막 결론을 내며 키렌은 주변을 둘러봤다. 여기서 이러고 노닥거릴 시간이 없다는 것을 생각해 낸 것이다. 골렘이 자신에게만 나타났을 리는 만무하니 다른 일행들도 어디선가 이것들을 상대하느라 힘을 낭비하고 있음이 분명했다. 최소한 레온이나 로딘은 문제가 없을 것이고 드워프 최강이라고 자신을 소개했던 타바비아 역시 문제는 없을 것이었다. 그러나 레온이 지키고 있을 수요가 걱정이었다.

레온은 골렘과 싸워본 경험이 전혀 없었고 그런 정보를 듣지도 못했을 것이다. 혹시라도 무턱대고 검을 휘둘렀다가 검이 부러지기라도 한다면, 아니, 그렇더라도 레온은 그다지 걱정되지 않았다. 골렘의 속도라면 레온을 따라잡을 수 없을 테니까. 하지만 수요는 정반대였다. 레온의 검이 부러지는 시점에 그를 보호할 방법이 없을 테니까. 두 마리 이상이라도 붙는다면 제아무리 레온이라도 속수무책일 수밖에 없는 것이다.

"아참! 레온의 검은 미스릴이었지. 그런 게 부러질 리가 없잖아!"

혼자 걱정에 잠겨 있던 키렌은 퍼뜩 떠오른 생각에 이마를 탁 쳤다. 레온의 검, '카논의 세이버'는 검기 따위 주입하지 않아도 골렘 정도는 무수히 베어 넘길 수 있는 천하제일의 명검이란 생각을 미처 하지 못했던 것이다.

레온의 검은 지금처럼 수십 마리의 골렘이 주변을 에워싸듯 다가와도 전혀 겁낼 필요가 없었다.

"……."

방향을 가늠하며 혼자 생각에 잠겨 있던 키렌은 곧 생각을 접어야만 했다.

"…지금… 처럼?"

글렌 계곡의 안개가 특이해서 시야를 흐리고 소리를 차단한다고 해도 땅을 울려오는 진동까지 막을 순 없었다. 그리고 지금 키렌은 발끝에서부터 희미하게 느껴지는 진동에 다시 긴장해야만 했다. 이건 결코 한두 마리가 움직일 때 나는 진동이 아니었다. 적어도 방금 전에 다가왔던 한 마리는 이런 기척을 내지 못했었다.

"대, 대체 몇 마리인 거야?"

어이없는지 혼잣말로 중얼거리는 키렌의 양손엔 각각 중검과 장검이 쥐어졌다. 안개에 가려지긴 했지만 느껴지는 진동이 어느 한쪽이 아닌 것으로 미루어 그는 포위된 것이 확실했다. 그는 전후좌우 어느 방향으로든 쉽게 공격할 수 있도록 새가 날개를 펴듯 검을 벌렸다. 물론 양쪽 검 모두 시커먼 검기가 흘렀다.

발치가 보이지 않을 정도로 시야는 흐렸고 마나도 느껴지지 않았다. 그리고 귀가 먹먹한 느낌만 있을 뿐 주변에서 들리는 소리도 없었다. 그저 믿을 거라곤 발치에서 느껴지는 작은 진동뿐. 그러나 키렌은 전혀 겁내지 않으며 온 신경을 발끝에 집중했다.

이윽고 지금까지 느껴지던 진동이 약간 세졌다고 생각된 순간 그의 장검이 오른쪽에서 왼쪽으로 크게 이동했다. 검끝에서부터 울려오는 느낌에 키렌은 속으로 '베었다'라고 중얼거렸다. 그리고 골렘이 움직일 때마다 돌이 부딪치는 소리도 들렸다. 그와 함께 안개를 헤치며 수 마리의 골렘이 그를 에워싸듯 모습을 드러냈다.

키렌의 양팔이, 양손이, 양검이 바쁘게 움직였다. 눈으로 보고 베는 것만이 아니었다. 두 발을 대지 위에 꼿꼿이 세우고 두 귀를 곤두세우고 두 눈을 바삐 움직였다. 발끝에서 느껴지는 진동에, 귀로 들리는 희미한 소리에, 안개 너머 보이는 검은 형체에 그의 양 검이 민첩하게 대응했다. 그것은 카슨이 가르쳐 줬던 대로 '단순히 허리를 베어 넘기는' 것만은 아니었다. 골렘은 일정한 크기, 일정한 높이를 지닌 것들이 아니었기에 어떤 것은 허리 깊숙이 베어졌고 어떤 것들은 허리를 반만 벨 수 있었다. 또 어떤 것들은 두 팔과 함께 몸통이 절단되었고 어떤 것들은 허리 아래를 베기도 했다.

그러나 키렌의 고도로 집중된 신경은 그런 것까지 일일이 체크했다. 검을 타고 느껴지는 감각에 '베었다'라고 생각되는 것은 내버려 두고 '베지 못했다'라고 생각되는 것은 연속으로 검을 내려쳤다.

그의 주위로 골렘이 즐비하게 무너졌다. 골렘이 무너지는 순간 울리는 진동과 혼동될 법도 했지만 키렌은 그것을 정확하게 꿰뚫었다.

열다섯 마리에 달하는 골렘을 베었을 때, 그리고 그 골렘이 바닥을 굴렀을 때 키렌의 주위에 울리던 진동은 사라졌다. 키렌은 잠시 귀를 기울였지만 어떤 기척도 느껴지지 않았다. 한숨과 함께 중검을 허리에 꽂아 넣은 키렌은 흐르는 땀을 닦았다. 그리고 재빨리 일행을 찾기 위해 걸음을 옮겼다.

그리고 그 순간, 또다시 울려오는 희미한 진동에 키렌의 얼굴은 하얗게 변했다.

"마, 맙소사! 대체 몇 마리나 있는 거야?"

비명에 가까운 고함과 함께 키렌은 다시 중검을 뽑아 들고 주위를 둘러봤다.

"아, 이건 그다지 재미없는 안개로군요."

키렌이 지시했던 방향으로 무엇을 찾아야 하는지도 모르는 채 한참을 달려가던 로딘은 혼잣말과 함께 걸음을 멈췄다. 키렌이 놀랐듯 그 역시 굉장한 속도로 번지는 안개에 조금 당황했다. 그는 잠시 멈춰서 어떻게 하는 것이 가장 현명한 것일지 궁리했다.

'이건 아무리 봐도 마법이로군. 맑은 날에 안개가 끼는 것도 그렇고 퍼져 나가는 속도도 너무 빨라. 게다가……'

로딘은 신경을 곤두세우며 귀를 기울였지만 아무 소리도 들리지 않았다.

"소리도 차단하는 것 같군요."

멀거니 서 있던 로딘은 곧 봉을 쳐들어 바닥을 죽 그었다. 일직선으로 줄을 그은 후 양쪽의 모양을 다르게 하였다. 그 선은 바로 로딘이 달려가던 방향을 표시한 것이었다. 앞쪽이 달려가던 곳이었으니 당연히 뒤쪽은 오두막이라는 뜻이었다.

로딘은 우선 자신의 위치와 방향을 정해놓은 후 다시 자신이 처한 상황을 점검했다.

"시각은 잃었고 청각도 소용없는 것 같군요. 아마 냄새를 맡는다거나 바람이 부는 것도 느낄 수 없을 테니 후각이나 촉각도 소용없겠지요."

중얼거리던 로딘은 곧 발끝에서 울리는 진동을 감지했다. 그는 희미한 미소를 지으며 한쪽 무릎을 바닥에 대고 손을 짚었다. 신발을 신은 발보다 훨씬 진하게 진동이 느껴졌다. 꽤 먼 거리에서 일정한 간격으로 자신을 향해 울려오는 진동에 로딘은 정신을 집중했다.

"꽤 먼 거리에서부터 진동이 울릴 정도라면 상당한 무게라는 건데… 마치 바위가 구를 때와 같은 진동입니다. 하지만 일정하게 울리는 것으로 미루어 걸어가는 것과 같다고 봤을 때……."

중얼거리던 로딘은 퍼뜩 떠오른 생각에 입을 다물었다. 그리고 천천히 바닥에서 손을 떼곤 짧고도 단호하게 말했다.

"골렘!"

여전히 무릎을 댄 상태에서 로딘은 봉을 만지작거렸다.

"어쩐다? 싸워야 하나? 아니면……."

검을 뽑아 다가오는 골렘에 맞설 것인가, 아니면 피할 것인가를 놓고 로딘은 심각하게 고민했다. 그러나 고민은 그리 오래가지 않았다. 그는 싸움을 피하기로 결심했다.

봉으로 땅에 그린 자국은 자신이 어디로 가야 할지에 대한 표시였다. 만약 이곳에서 결전을 벌였다간 그 표시가 사라질 가능성이 높았다. 그렇다고 여기를 벗어나서 싸운 후에 다시 이곳을 찾아와 방향을 잡는다는 것도 불가능해 보였다.

가능하다면 싸움을 피한 채 일행과 합류하는 것이 가장 좋았다. 즉, 싸움을 피하는 것이 가장 현명한 방법이었다.

그렇지만 다가오는 골렘은 정확하게 로딘을 향하고 있었다. 분명 이 안개에서 골렘은 상대를 감지할 수 있다는 뜻이었다.

"마나… 입니까?"

희미한 미소와 함께 로딘은 봉을 들어 힘차게 바닥에 꽂았다. 그리고 그 앞에 책상다리를 한 채 앉았다. 오른손으로 봉의 끝, 검자루를 쥐어 언제라도 뽑을 수 있도록 자세를 취한 채 그는 살며시 눈을 감았다.

찬 바닥의 느낌과 함께 묵직한 울림이 온몸에 느껴졌다. 그 진동이 조금씩 가까워질수록 로딘의 이마에서 식은땀이 흘렀다. 마치 바로 곁에서 진동이 울려오는 것 같은 착각이 들 정도였다. 그렇지만 로딘은 눈을 감은 채 자세를 바꾸지 않았다.

그리고…

로딘이 기다렸던 순간이 다가왔다. 다가오던 진동이 갑자기 방향을 튼 것이다. 처음엔 느낄 수 없을 정도로 아주 미세했지만 바닥에 앉아 있는 로딘은 그 순간을 놓치지 않았다. 진동의 크기가 자신을 향해 점점 세게 울리던 것이 어느 순간 일정하게 바뀌었다. 그리고 점차 멀어졌다.

로딘의 입가에 희미한 미소가 번졌다. 그의 짐작대로 골렘은 상대의 마나를 감지하는 능력이 있는 것이 분명했다. 그리고 지금 마나를 감추고 앉아 있는 로딘을 골렘은 찾지 못하고 지나치고 있었다.

자신의 추측이 맞아떨어졌다는 것과 캐러디안 숲에서 기척을 숨기는 훈련이 성과가 있다는 것에 만족하며 로딘은 천천히 눈을 떴다. 그의 눈에 골렘 한 마리가 주변을 돌아다니는 것이 보였다. 골렘은 바로 앞에 앉아 있는 로딘을 전혀 알아보지 못했다. 그리고 잠시 주춤거리더니 곧 다른 곳을 향해 걸어가기 시작했다.

그 모습을 유심히 바라보던 로딘은 곧 다른 생각이 떠올랐다.

'그래요. 저 녀석을 따라가면 되겠군요. 지금 이 기술은 카슨도 모르는 것, 저 혼자 익힌 기술이니 키렌 경이나 레온은 사용할 수 없을 테니까요. 아마 저 골렘이 감지한 마나는 그들 중에 하나일 것이

니······.'

생각을 정리한 후에 로딘은 천천히 자리에서 일어섰다. 여전히 골렘은 로딘이 움직이는 것을 감지하지 못하는 듯했다.

캐러디안 숲에서 수련을 하던 중에 로딘은 새로운 것을 발견했다. 정확하게는 칸트 숲에 모여 살고 있는 '위대한 엘프 족'과 몇 번 마주치며 깨달은 것으로, 엘프들은 자연 친화력이 강해서 숲에서 가만히 있을 때 아무리 신경을 곤두세워도 찾아내는 것이 힘들다는 점이었다. 어쩌면 엘프들의 특성이 그러한 것인지도 몰랐지만 로딘은 그것을 혼자 연구한 끝에 자신만의 방법을 개발해 냈다.

그 첫 번째 기술이 자신의 마나를 숨기는 것, 바로 기척을 죽이는 기술이었다. 그 원리는 엘프들과 마찬가지로 자연 속에 일체가 되는 것이지만 한 가지 단점이 있었다. 그것은 움직일 수 없다는 점이었다. 제자리에서 천천히 움직이는 정도는 가능했지만 옆으로 이동을 한다거나 심하게 몸을 흔드는 것은 불가능했다.

그 단점을 보안한 것이 두 번째 기술로 이번엔 마나를 지우는 것이 아니었다. 물론 마나를 지우는 기술도 마스터의 경지에 들어야만 가능했다. 우선 자신의 마나를 느낄 수 있어야 하기 때문이다. 하지만 지금 로딘이 사용하려는 기술은 그것과는 전혀 달랐다.

마스터 중급의 경지에 달하면 스피드를 최고로 올려 자신의 모습을 상대가 알아볼 수 없게 만드는 '잔상'이란 기술을 익히게 된다. 그것은 마나를 한순간에 뿜어내는 것으로 지금 로딘이 사용하려는 것이 바로 그것과 유사한 것이었다. 다른 점이라면 잔상은 마나를 한곳에 집중시키듯 하여 자신의 모습을 감추는 것이지만 로딘이 개발한 기술은 마나를 흩뿌리는 것으로 눈에는 보이지만 마나를 느낄 순 없게 만드는 것이었다. 그리고 그 한순간, 자연 속의 마나와 시술자의 마나가 융화되는 그 한순간에 시술자는 자유롭게 움직일 수 있는 것이다.

'십여 초. 그 정도가 한계였지.'

결심한 듯 로딘은 숨을 크게 들이마셨다. 한순간 로딘의 몸에서 보이지 않는 마나의 파동이 주변에 일렁거렸다. 그와 함께 로딘은 재빨리 골렘에게 달려갔다. 가벼운 점프와 함께 로딘의 몸은 골렘의 어깨 위에 걸터앉았다. 그리고 숨을 내뿜으며 재빨리 자신의 기척을 숨겼다.

완벽하게, 그리고 완전하게 로딘은 골렘의 어깨 위에 그대로 은닉한 상태가 되었다.

여전히 골렘은 로딘의 기척을 감지하지 못한 채 어딘가로 열심히 걸어갔다. 묵묵히 그 위에 앉아 있던 로딘은 뿌연 안개 사이로 하나둘씩 나타나는 골렘의 숫자에 속으로 경악했다. 자신이 걸터앉은 골렘과 마찬가지로 어딘가를 향해 걸어가는—분명 그 끝에는 일행이 있겠지만—무수한 골렘들.

처음 분지에 들어왔을 때 전혀 보이지 않았던 그 골렘들은 과연 어디에서 나타난 것인가? 로딘은 새로운 궁금증이 치밀었다. 지금 안개 사이로 보이는 숫자만으로도 족히 십여 마리는 되었다. 시야를 차단하는 안개의 영향을 감안한다면 자신이 보고 있는 지역은 매우 한정적일 수밖에 없었다. 대체 얼마나 많은 숫자의 골렘이 있는 것인지, 그리고 일행들은 안전한 것인지 로딘은 조금씩 불안감에 빠졌다.

문을 나서는 것과 동시에 세 방향으로 흩어지는 세 명이 레온과 수요의 눈에 보였다. 뭐라고 말할 틈도 없이 세 명은 좌우, 그리고 정면을 향해 달려가는 통에 두 사람은 당황하여 오두막 앞에 멈췄다.

그러나 그것도 잠시 레온과 수요는 고개를 들어 하늘로 시선을 돌렸다. 창밖으로 보던 것보다 훨씬 더 하얀 안개가 눈처럼 대지를 적시는 광경은 정말 장관이었다. 누가 먼저랄 것도 없이 두 사람은 탄성을 질렀다.

그리고 잠시 후 두 사람은 앞이 보이지 않을 정도로 내려앉은 안개에 싸여 뭔가 상황이 잘못 돌아가고 있다는 것을 깨달았다.

"어, 어라? 무슨 안개가 이렇게 앞이 안 보일 정도로 짙은 거냐?"

"그러게 말이야. 이렇게 안개가 심하면 다들 오두막으로 찾아오기 힘들겠는걸?"

슬그머니 걱정이 치밀었는지 레온도 한마디 거들었다.

안개가 내려올 때의 장관은 멋졌지만 막상 끼고 난 후엔 앞이 보이지 않아 수요는 불쾌해졌다.

"후우, 소리라도 질러서 방향을 잡게 해줘야겠군."

수요는 몇 걸음 앞으로 걸어나가선 배에 힘을 주었다. 그리고 목을 가다듬어 힘차게 소리쳤다.

"어이~ 여기야~"

속이 후련할 정도의 고함을 몇 번이고 반복해서 소리쳤다. 그동안 주변을 둘러보던 레온은 문득 수요의 어깨를 두드렸다. 막 소리치려던 수요가 하던 행동을 멈추고 돌아봤다.

"왜?"

"소리가 차단당하는 것 같아."

"…무슨 말이야?"

"잘 모르겠지만 이 안개 때문에 소리가 들리지 않는 것 같아."

"흠……."

수요도 주변을 둘러본 후 천천히 레온의 곁으로 걸어갔다.

"역시 마법이란 얘기인가."

"그런 것 같아. 이렇게 안 보이는 상태에다가 소리도 들리지 않는다면 다들 여기로 돌아오는 데 애 좀 먹을 것 같아."

"게다가 또 다른 위험을 당했을지도 모르지."

담담한 말투였지만 내용이 이상하다고 생각했는지 레온은 고개를 갸웃했다. 그리고 수요를 빤히 쳐다보며 물었다.

"무슨 위험?"

"그건 나도 모르지. 난 마법사가 아니니까. 하지만 안개로 시야를 가리는 정도로 이곳을 보호했다고 생각하진 않을 거야. 이 안개는 살상 능력이 없는 것 같으니까. 아마 또 다른 수작을 부렸겠지."

"아!"

알겠다는 듯 고개를 끄덕인 레온은 일행이 흩어진 방향을 둘러봤다. 세 명 모두 안개 너머 어떤 위험에 처했을 가능성도 있다는 얘기였다. 걱정스레 바라보고 있자 수요가 피식 웃었다.

"적어도 키렌 경이나 로딘은 안전해. 두 사람 모두 마스터이니까. 하지만 타바비아라던 드워프는 다소 위험할지도 모르겠어."

"타바비아도 강해. 전에 다니엘 경을 몽둥이 두 개로 제압하던걸?"

"정말?"

"응. 굉장히 재빨랐어. 마스터의 수준은 아니었지만 크루세이더 상급의 경지는 충분히 되는 실력이었지. 게다가……."

레온은 잠시 그때 상황을 떠올렸다. 지금까지 생각해 본 적이 없었는데 막상 떠올려 보니 타바비아의 자세라던가 대응 능력이 보통 수준이 넘었다는 것을 깨달았다. 매우 싸움에 능한 모습이 마치…

"굉장히 경험이 많은 것 같아."

"그래? 그거 다행이군. 적어도 세 명 모두 일단은 안전할 테니까."

"물론이야."

"그럼 당장 걱정해야 할 사람은 우리 둘뿐이군."

갑작스러운 말이었는지 레온은 빤히 수요를 바라봤다.

"무슨 소리야? 나도 마스터라고. 난 믿지 못하겠다는 뜻이야?"

"그동안 네가 싸운 걸 봐왔는데 말이야."

수요는 입가에 장난스런 미소를 지었다.

"솔직히 통쾌하게 이긴 건 별로 없잖아? 경험 미숙이란 과제를 꼬리 표로 달고 다니는 게 너 아니었어?"

"뭐야?! 그게 뭔 소리야? 나도 한다면……."

"그리고!"

약간 정색한 얼굴로 수요는 레온의 말을 끊었다.

"난 마스터가 아니야. 아무리 너라도 나를 보호하면서 싸우는 건 무리일 거라고, 이런 안개 속에서는!"

단호한 어조였다.

그리고 그 말이 뜻하는 것을 알아듣지 못할 레온도 아니었다. 그도 조금 조심스럽게 안개를 훑어보며 당차게 말했다.

"걱정하지 마. 어떤 싸움이 되든 반드시 널 지킬 테니까!"

어떻게든 수요를 북돋아줄 요량으로 자신있게 말한 것이었지만 수요는 머리를 긁적이며 떨떠름한 반응이었다.

"왜?"

"아니, 그냥. 이럴 줄 알았으면 키렌 경이 검을 가르쳐 줄 때 제대로 배워둘 걸 했다는 후회가 들어서 말야."

"배웠으면 어떻게 바뀌는데?"

"적어도 보호받는 입장이 아닐 수도 있겠지."

"그렇다 해도 넌 마스터가 아닐 텐데? 아마 크루세이더도 되지 못했을 거야."

당연한 말이었다. 수요의 나이도 이제 겨우 19살. 아무리 일찍부터 검을 배웠다고 해도 몇 년 사이에 마스터나 크루세이더가 될 수 있을 정도로 만만하진 않았다. 그런 현실에 대해 말하는 레온의 표정은 결코 조롱이 섞인 것이 아니었다. 당연한 사실을 당연하게 대답하는 레온에게 수요는 화도 내지 못하고 어이없는 표정을 지었다.

"야야, 누가 그런 경지에 들고 싶다고 했냐? 난 그냥 다른 사람들이 싸우고 있는 이때에 뒤에서 보호나 받아야 한다는 게 한스러워서 한 말일 뿐이야."

"어, 그랬어?"

알겠다는 듯 미안한 얼굴로 고개를 끄덕이던 레온은 곧 그의 어깨를 툭툭 쳤다.

"넌 왕자잖아. 그 정도 보호는 받아도 돼."

"신분이 귀하다고 해서 특별 취급 받고 싶지는 않아."

약간은 퉁명스러운 수요의 대답, 하지만 레온은 담담하게 중얼거렸다.

"하지만 특별하잖아?"

대답이 맘에 안 들었는지 수요의 눈빛이 날카롭게 빛났다. 그리고 레온을 힐끔 노려봤지만 그의 표정을 보곤 금세 풀어졌다. 그의 얼굴엔 전혀 사심이 없었기 때문이다. 문득 수요는 혼자 생각에 잠겼다.

'특별한 신분이라…….'

수요의 고민과 달리 레온은 다시 일행이 달려간 곳으로 시선을 돌렸다. 그는 손을 들어 안개를 헤집는 시늉을 하며 수요에게 말했다.

"우린 여기 있는 게 좋겠어. 세 방향으로 흩어졌다는 건 결국 이곳으로 다시 오겠다는 뜻일 테니까."

퍼뜩 정신을 차리며 수요는 고개를 끄덕였다.

"그렇군."

앞이 보이지도 않았지만 수요는 주변을 훑어보며 걱정스런 표정을 지었다. 세 명 모두 아무 일 없이 빨리 돌아올 수 있기를 바라는 마음이었다.

빠르게 번지는 안개에 타바비아는 그다지 놀라지 않았다. 다만 의아할 뿐이었다.

"이상하군. 로이니스님은 땅 마법에 강한 분이었는데 이건 물 마법에 속한단 말씀이야?"

벌써 타바비아는 지금의 안개가 인위적인 것, 바로 마법이라고 단정 지었다. 그리고 이런 마법을 설치한 사람이 로이니스일 것이라고 추측했다.

"혹시 후손 중에 물 마법에 정통한 사람이 생긴 것인지도 모르지."

별로 걱정스럽지도 않은지 타바비아는 태연하게 중얼거린 후에 머리를 긁적거렸다. 이렇게 앞이 보이지 않을 정도라면 뭔가를 찾는다는 것은 불가능했다. 그는 오두막으로 돌아가야겠다고 생각했다.

그때 대지에서 느껴지는 기운에 타바비아는 움찔 몸을 떨었다. 드워프라는 종족 특성상 땅에서 일어나는 일에 민감할 수밖에 없기 때문이기도 했지만 지금의 느낌이 결코 낯선 것이 아니었기 때문이다. 백 년 전에 로이니스에 의해 수시로 느꼈던 이 느낌, 그것은 바로 골렘 소환이었다.

"골렘? 그렇다면 이곳이 바로 로이니스님의 은거지였군!"

골렘을 마주친 두 사람, 키렌과 로딘에 비해 타바비아는 훨씬 가벼운 마음으로 소리쳤다. 걱정했던 것과 달리 제대로 찾아왔다는 안도감이 든 것이다. 게다가 골렘이 소환되었다면 어딘가 소환자, 즉 로이니스의 후손이 있다는 얘기였고 그를 만나 얘기를 나누면 된다는 생각도 있었다. 타바비아는 곧 목청을 돋웠다.

"로이니스의 후손이여~ 우린 그대의 적이 아니오! 어서 안개를 거두고 골렘을 멈추시오!"

세 번을 반복하여 외친 후 타바비아는 주위의 반응을 살폈다.

안타깝게도 어떤 변화도 일어나지 않았다. 안개가 사라지는 느낌도, 골렘이 소환되는 대지의 기운도 전혀 사라지지 않았다. 다소 불길한 생각에 타바비아는 손으로 안개를 헤집었다.

"이거 혹시… 소리가 들리지 않는 거 아닐까?"

만약 그렇다면 타바비아로선 큰일이 아닐 수 없었다. 뭔가 의사 소통이 되어야 오해가 있어도 풀 수 있는 것이 아닌가! 한데 지금 로이니스의 후손은 짙은 안개를 뿌려대선 아무 말도 들으려 하지 않는 것으로 생각되었다.

"그, 그렇다면?"

순간 타바비아의 등 뒤로 식은땀이 주르륵 흘렀다.

소환자의 의지만을 맹목적으로 따르는 골렘이 타바비아라고 봐줄 리 없었다. 즉, 이 분지 가득 생성되는 골렘의 적 명단에는 당당하게 타바비아도 올라간다는 뜻이었다. 타바비아가 당황해하는 것은 바로 그런 이유였다. 예전에 로이니스가 소환한 골렘의 숫자와 능력을 알기에 기겁할 수밖에 없었다.

타바비아의 오른손이 천천히 등 뒤에 꽂힌 도끼를 뽑는 순간, 갑자기 뒤에서 사람의 말소리가 들렸다.

"여어, 이게 누구인가? 타바비아가 아닌가?"

흠칫.

타바비아의 몸이 굳어졌다. 방금 들린 목소리가 계곡을 함께 들어온 일행의 것이 아니기 때문만은 아니었다. 물론 귀에 익숙한 목소리라는 것만은 사실이었다. 다만 그 익숙한 목소리의 주인공이 지금까지 살아서 자신에게 얘기를 건다는 것은 있을 수 없는 일이기에 그는 매우 놀란 것이다. 그렇게 오래 살 수 있는 '사람'은 없기 때문이다.

그는 환청일 것이라 생각하며 고개를 저었다. 그러나 그 순간 그 목소리는 다시 물었다.

"오랜만이로군, 타바비아. 한데 이곳은 어인 일로 찾아왔지? 어쨌든 잘 왔어. 나도 무척이나 심심하던 참이었거든. 삼십 년 전에 둔 족장이 온 이후로 아무도 찾아오지 않았거든."

철그렁.

놀란 타바비아가 도끼를 떨어뜨렸다. 들려온 목소리는 결코 환청 따위가 아니었다.

"로, 로이니스, 당신인가요?"

"그렇다네."

그리고 타바비아의 오른쪽 어깨에 묵직한 무엇인가가 걸쳐졌다.

　스고우 영지 북쪽의 하임 마을.

　쌀쌀한 날씨에 검정 숄을 걸친 숙녀티가 물씬 배어나는 시라는 경쾌한 걸음으로 가지런히 늘어선 골목길을 걸어갔다. 그녀의 발걸음이 멈춘 곳은 아담한 벽돌집이었다. 그녀는 동네 언니들과 이곳에서 겨우내 뜨개질을 소일거리로 삼아 이야기꽃을 피우는 중이었다.

　막 문을 닫고 들어선 시라는 뜨개질거리가 담긴 바구니를 내려놓고 숄을 벗어 옷걸이에 걸었다. 그리고 다시 바구니를 들고 복도를 지나쳐 거실 쪽으로 걸어갔다.

　"누구?"

　거실에서 잔느가 고개를 내밀었다. 이내 시라가 온 것을 알고 그녀는 부엌으로 걸어갔다.

　"코코아?"

"좋지. 언니, 애드리엔느 언니는?"

"어, 벌써 왔어. 들어가."

시라는 곧 거실로 들어갔다.

잔느의 말대로 대바늘을 엉성하게 놀리고 있는 애드리엔느의 모습이 보였다. 금발의 시라나 갈색 머리의 잔느와 달리 애드리엔느의 머리색은 매우 새카매 얼굴빛이 창백하게 보일 정도였다.

"나 왔어, 언니."

"어서 와, 시라."

애드리엔느는 고개도 들지 않고 시라에게 인사를 건넸다. 그녀의 표정이 심상치 않다고 여겼는지 시라가 냉큼 그녀에게 다가앉았다. 그리고 물끄러미 그녀의 뜨개질을 지켜봤다.

"좀 엉성하지?"

수줍은 듯 애드리엔느가 물었지만 시라는 고개를 저었다.

"처음엔 다 그렇지 뭐. 줘봐, 언니."

그리고 얼른 애드리엔느의 것을 받아 들고 이곳저곳 유심히 살폈다. 어디 빠진 올이 있지는 않은지 탄탄하게 잘 꼬았는지 살피던 시라는 금세 고개를 끄덕였다.

"처음보다 많이 좋아졌어, 언니. 집에서 연습했나 봐?"

"어머? 내가 이런 걸 연습할 사람으로 보이니? 다 탁월한 재능 덕이겠지. 오호호호호~"

일순 거실을 울리는 애드리엔느의 웃음소리.

뜨개질을 만지작거리던 시라는 물론 코코아를 받쳐 들고 들어서던 잔느도 흠칫 굳어졌다. 손등으로 살짝 입을 가리며 '오호호호호' 하고 웃는 애드리엔느의 모습은 그야말로 가증스럽기까지 했다. 애드리엔느의 요사스런 웃음소리는 절친한 두 사람에게도 익숙지 않은 것이었다.

그녀의 웃음이 끝난 후 멈췄던 시간이 다시 움직이기 시작했다. 잔느는 천천히 코코아를 시라 앞에 내려놓았고 시라는 뜨개질거리를 애드리엔느에게 돌려주었다. 아무 일도 없었던 듯 태연한 애드리엔느는 뜨개질을 받아 들더니 다시 대바늘을 푹푹 꽂아 넣어 실을 돌렸다.

묵묵히 코코아 한 모금을 마시던 시라는 퉁명스럽게 한마디 던졌다.

"언니는 다 좋은데 그 웃음소리는 정말 꽝이야."

"내 생각도 그래요, 언니."

조심스럽게 말을 건넨 후 잔느는 애드리엔느의 잔을 내려다봤다.

"한잔 더 줄까요?"

"아니, 난 됐어."

짤막한 대답과 함께 애드리엔느는 고개를 들어 시라를 빤히 쳐다봤다. 머리색만큼이나 까만 눈동자에는 어떤 카리스마가 숨겨져 있는 듯했다. 시라의 몸이 흠칫 떨리며 고개를 움츠리는 동안 애드리엔느는 태연하게 답했다.

"난 탁월한 재능이 있으니까 웃음소리 정도는 괜찮아."

"그 탁월한 재능이 어떤 건지는 모르겠지만 적어도 뜨개질 솜씨는 아닌 것 같아."

시라는 주눅 든 표정으로 끝까지 할 말을 다하곤 입을 다물었다.

하지만 애드리엔느는 그다지 불쾌하지 않은지 다시 한 번 손등을 들어—이 순간 두 사람의 몸은 흠칫 굳었다—'오호호호호' 하고 웃어준 후 잽싸게 뜨개질을 시작했다. 마치 언제 그랬냐는 듯한 태도에 두 사람이 당황할 정도였다.

"자자, 뜨개질 시작하자. 난 이 겨울이 가기 전에 엄청 예쁜 숄을 떠야 한단 말이야."

"그 소린 작년에도 했어요, 언니."

"시라, 넌 모르겠지만 그 소린 재작년에도 했단다."

"에에엥?"

믿을 수 없다는 표정으로 시라는 애드리엔느가 뜨고 있던 것을 쳐다봤다.

"설마 이걸 삼 년째 뜨고 있는 건 아니겠죠?"

"훗! 날 띄엄띄엄 보지 마!"

"그럼 그렇지. 이걸 삼 년씩이나 걸렸다고 하면 누구도 믿지 않을 거예요."

"5년째야!"

단호한 애드리엔느의 대답에 황당하게 일그러진 시라의 표정. '설마' 하는 마음에 잔느를 바라봤지만 그녀는 간단하게 고개를 끄덕이는 것으로 그녀의 기대를 저버렸다.

애드리엔느와 일 년밖에 나이 차가 안 나는 까닭에 사정을 잘 알고 있는 잔느는 한숨을 쉬었다.

"사실이야. 나랑 같이 뜨개질을 시작했는데 아직 저 정도밖에 못 떴어."

"말도 안 돼! 어떻게 5년 동안 이것밖에 못 떠요? 애드리엔느 언니, 바보 아냐?"

"오홀? 네가 죽고 싶은 게로구나?"

어느새 고개를 든 애드리엔느의 얼굴엔 사악한 미소가 가득했다.

나이로만 7살 차이, 게다가 마을에서 가장 나이 많은 처녀인 애드리엔느에게 시라는 주눅 든 표정으로 고개를 숙였다. 그러자 잔느가 차분하게 대꾸했다.

"그만 해요, 언니."

"내가 뭘? 얘가 먼저 건드렸어."

"알았으니 그만 하도록 해요."

"쳇."

재미없다는 듯 혀를 차며 애드리엔느는 다시 뜨개질에 열중했다.

세 사람은 말없이 뜨개질을 하며 오전 시간을 보냈다. 틈틈이 잔느는 과자나 빵을 가져왔고 코코아가 떨어지지 않게 배려했다. 그렇게 한동안의 시간을 보낸 후 시라는 따분한 마음에 뜨개질을 무릎 위에 내려놓으며 한숨을 쉬었다.

"왜 그러니?"

"슬슬 결혼할 나이가 되니까 싱숭생숭해서요."

"슬슬?"

애드리엔느의 눈꼬리가 살짝 올라가며 매섭게 시라를 노려봤다.

"허걱! 그, 그러니까요… 제 말은 이제 성년이 다가오니까 청혼을 받을 나이가 되어간다는 뜻이었어요."

"오호? 그래서?"

"그러니까 마음의 준비를……."

"오호! 그래서 그 마음의 준비를 해야겠다고 '스물다섯' 인 나와 '스물넷' 인 잔느 앞에서 쫑알대는 게냐?"

어느새 애드리엔느는 뜨개질하던 것을 멈추고 입가엔 사악한 미소를 머금었다. 그 표정은 재미난 장난감을 발견한 어린아이의 표정과 흡사했다.

"아니, 그러니까… 그게 저어……."

한동안 우물거리던 시라는 잔느의 눈짓을 받고서야 얼른 고개를 숙이며 빌었다.

"잘못했어요, 언니."

"오홀? 뭘 잘못했는데?"

"감히 두 분의 노처녀 앞에서 젊음을 자랑하며 결혼 운운한 것이 저의 실수예요."

"……."

"……."

한동안의 침묵이 흐른 후 애드리엔느는 다시 뜨개질을 손에 잡았다. 그리고 담담한 어조로 잔느에게 물었다.

"저 말에 대해서 어떻게 생각해?"

"단 매가 그리운 것 같네요."

"내 생각도 그래. 네 선에서 처리해라."

"그럴게요, 언니."

잠시 후, 잔느의 따스한 손길에 시라는 자지러지는 웃음과 함께 바닥을 굴렀다. 시라의 겨드랑이와 옆구리 깊숙이 손을 찔러 넣어 더듬는 잔느의 표정엔 잔혹함이 서렸다.

"건방진 것! 감히 우리를 노처녀 운운했겠다? 그 말에 대한 대가를 치르게 해주지!"

깊은 원한이 배어 있는 듯한 잔느의 손길이 끝나고도 시라는 정신을 차리지 못했다. 겨우 몸을 추슬렀을 때엔 가증스럽게도 애드리엔느와 잔느는 아무 일도 없었던 듯 태연하게 뜨개질에 열중하는 모습이었다. 시라는 입을 삐죽 내밀며 다시 소파에 앉아 뜨개질을 시작했다.

그때 애드리엔느가 입을 열었다.

"난 결혼하지 못한 게 아니라 안 한 거야."

난데없는 말이었지만 시라는 고개를 끄덕이며 수긍했다. 그녀가 보기에도 약간 창백한 인상이긴 했지만, 게다가 엄청 요사스런 웃음소리를 지녔지만, 또한 제멋대로의 괴팍한 성격이긴 했지만 애드리엔느는 미인이었다. 아마 '저랑 결혼하실 분은 면접을 받습니다'라고 소문만 내도 마을 청년들이 줄을 설지도 몰랐다.

'아니, 잠깐! 마을 청년들은 애드리엔느 언니의 성격을 아주 자~알 알고 있지.'

아마 옆 동네 마을 청년들이 엄청 줄을 설지도 몰랐다.

그녀의 말대로 결혼하지 못한 게 아니라 안 한 것일 수도 있었다. 요상한 웃음과 괴팍한 성격만 아니라면. 뭐, 그것 자체만으로도 결혼하는 조건으로 치명적이긴 했지만.

"언니는 어떤 남자랑 결혼할 거예요?"

시라의 질문과 함께 잔느의 얼굴이 미세하게 일그러졌다. 반대로 애드리엔느는 마치 기다렸다는 듯 화사한 웃음을 요사하게 펼치며 방긋방긋 샐쭉샐쭉 웃었다. 그리고 당당하게 외쳤다.

"난 페나인 제일의 기사와 결혼할 거야!"

"……."

말문이 막혔는지 시라는 입을 쩍 벌렸다. 잠시 혼란상태에서 헤매던 그녀는 겨우 정신을 차려서 마지못해 대답했다.

"네네, 훌륭한 생각이네요. 꼭 성공하시길 바래요."

"뭐야, 그건? 마치 못할 거라고 비아냥대는 것 같잖아!"

"비아냥거림은 아니지만 말이 안 되는 소리 같긴 해요."

"뭐가 말이 안 되는데?"

"페나인 제일의 기사라면 귀족이잖아요? 귀족이 뭐가 아쉬워서 언니 같은 평민에게 청혼을 하겠어요?"

"훗! 청혼하지 않으면 하게 만들면 돼. 것도 안 되면 내가 하지!"

"……."

더 더욱 말문이 막힌 시라는 입을 쩍 벌리곤 물끄러미 그녀를 바라보았다.

"그러게 왜 그런 쓸데없는 걸 묻고 그러니?"

이미 알고 있었던 듯 고개를 젓던 잔느가 한마디 던졌다.

"허참! 왜 내 말을 안 믿는 거야, 잔느?"

"솔직히 말이 안 돼요, 언니."

"뭐가?"

"페나인 제일의 기사가 누군지 알기나 해요?"

"누군데?"

"레스터 가문의 버나드 후작이라고요. 게다가 그분은 아~주 오래전에 결혼했단 말이에요. 설마 첩으로 들어가겠다는 뜻은 아니겠죠?"

"내 성격에 첩 생활을 견딜 수 있을 것 같니?"

히죽히죽, 사악한 미소를 짓는 애드리엔느였지만 시라와 잔느는 냉큼 고개를 끄덕였다.

"네! 언니라면 가능해요!"

"……?"

"아마 본처를 말려 죽인 후에 그 자리를 차지하고 말걸요?"

칭찬인지 야유인지 모를 잔느의 대꾸였지만 뭐가 기쁜지 애드리엔느는 다시 한 번 요사스런 웃음을 흘렸다.

"오호호호호~ 그것도 괜찮은 생각인걸?"

"에에… 설마 진짜로 그런 생각을 갖고 있는 건 아니겠죠?"

시라의 걱정스러운 말에 애드리엔느는 살짝 눈웃음을 지었다.

"걱정은 접어둬. 페나인 제일의 기사는 버나드 레스터 후작이 아니니까."

그 말에 시라와 잔느의 표정이 기이하게 변했다. 애드리엔느의 성격이 괴팍하고 제멋대로이긴 했지만 적어도 헛소리를 늘어놓는 사람은 아니란 것을 알기 때문이었다. 게다가 지금 그녀의 말은 뭔가 확신을 갖고 있는 듯했기에 이상하다는 생각도 들었다.

"근거있는 말인가요?"

"물론이야. 지금은 아직 약할지 몰라도 조만간 형을 따라잡을 테니까."

"……."

"누가요?"

"버나드 후작의 막내 동생이."

"그가 페나인 제일의 기사?"

"물론이야."

대답과 함께 애드리엔느의 표정이 황홀함에 젖어들었다. 뜨개질을 꼬옥 끌어안으며 천장을 향해 뭔가 애원하는 듯한 얼굴로 그윽하게 바라보는 애드리엔느의 모습에 시라와 잔느는 질린 듯 안면 근육을 실룩거렸다.

"그리고 그 페나인 제일의 기사는… 날 맞으러 이곳을 올 것이야. 장담해도 좋아."

벌써 다른 세상에 빠져든 듯한 애드리엔느의 모습에 시라와 잔느는 서로를 바라보며 중얼거렸다.

"저 언니 원래 저래요?"

"달리 '언덕 위의 하얀 집'의 여주인이겠니? 가끔 저러니까 그러려니 하고 신경 꺼."

"그래도 증상이 좀 심한 것 같아요……."

"곧 괜찮아질 거야."

잔느의 대답과 함께 애드리엔느는 벌떡 일어섰다. 동시에 잔뜩 굳어진 얼굴로 뜨개질 바구니를 챙기기 시작했다.

앞에서 쑥덕거리던 두 사람, 잔느와 시라가 놀라 그녀를 쳐다봤다. 시라는 잔느의 말대로 너무나도 빨리 제정신을 차리는 그녀의 모습에 놀란 것이고, 잔느는 평소와 달리 너무나도 빨리 정색을 굳히는 그녀의 모습에 놀란 것이다. 적어도 잔느가 알기에 그녀가 저런 황홀한 표정을 지을 때엔 옆에서 뭐라고 야유해도 꿈쩍도 안 했었다. 한데 오늘은 한순간에 그 표정을 지웠으니 뭔가 끔찍한 보복이 있을 것 같아 두려웠던 것이다.

"왜, 왜 그래요, 언니?"

질문하는 잔느의 목소리가 가늘게 떨렸다.

"어, 가봐야겠어."

"에?"

"어딜 가요? 온 지 얼마나 됐다고?"

"집에 손님이 온 것 같아."

대답과 함께 애드리엔느는 뜨개질 바구니를 잔느에게 내밀었다.

"이것 좀 맡아줘. 내일 다시 뜨러 올 테니까."

그리고 치맛자락을 움켜쥐고 황급히 거실 문을 나섰다. 그러다 문득 떠오른 생각에 애드리엔느는 다시 잔느를 향해 외쳤다.

"어쩌면 내일 오지 못할지도 몰라! 내년엔 꼭 올 테니까 그때까지 잘 맡아두도록 해!"

"무슨 일이에요, 언니?"

놀라 시라가 묻자 애드리엔느는 치맛자락을 살짝 들었다 내렸다. 동시에 고개를 외로 꼬아 화사한 미소를 지으며 대답했다.

"나의 낭군님이 오신 것 같아."

그리고 바람처럼 애드리엔느는 복도를 달려나갔다.

'쾅' 하고 문이 닫히는 소리와 함께 거실에 남은 잔느와 시라는 멍청한 얼굴로 서로를 바라봤다.

"낭군님이 왔다는 게 무슨 소리인 것 같아?"

"나도 모르겠어요. 아마 '페나인 제일의 기사'가 집에 온 모양인가 본데요?"

"진짜?"

"그건 나도 모르죠. 다만……."

시라의 시선이 문 쪽으로 향했다.

"여기에 있으면서 어떻게 집에 손님이 왔다는 걸 아는 걸까요?"

"달리 '언덕 위의 하얀 집'의 여주인이겠니!"

잔느의 대답이 긴 여운을 남기며 거실을 울렸다. 그리고 잔느는 애드리엔느의 말 중에 의아한 구절이 있다는 것을 떠올렸다.

'내년이라니? 아직 봄도 안 됐는데 또 어딘가 떠나는 것일까? 정말 이상한 언니라니까.'

멀리 북쪽 글라디우렌 산맥의 봉우리들이 올려다 보이는 하임 마을은 스고우 어느 마을이 그렇듯 작고 한적했으며 목축이 성행한 곳이었다. 비스듬한 산간 지대를 개척해 정착한 하임 마을은 남쪽 고원의 하임 성에 속해 있었고 특이하게도 성보다 높은 곳에 마련되었다.

그리고 애드리엔느가 달려가는 곳은 그 마을에서도 가장 북쪽, 마을 사람들이 '언덕 위의 하얀 집'이라고 명명한 저택이었다. 이름에 걸맞게 애드리엔느의 집은 가장 높은 곳에 위치했으며 또한 하얀 벽돌로 지어졌다. 그러나 정작 마을 사람들이 그 집을 가리켜 '언덕 위의 하얀 집'이라고 부르는 까닭은 그 집에 사는 사람의 괴팍한 성격 때문이었다. 제멋대로의 성격에 희한한 발상, 그리고 탁월한 카리스마로 사람들을 한순간에 혼란으로 몰고 가는 집주인의 저력에 마을 사람들은 절로 고개를 저을 뿐이었다.

그리고 그 집에 살고 있는 사람은 단 한 명, 바로 애드리엔느 혼자였다. 마을 사람들이 수수께끼로 여기는 것 중에 하나가 바로 애드리엔느의 가족 사항이었다. 그녀는 십 년 전에 갑자기 하임 마을을 찾아왔고 거금을 쏟아 부어 가장 높은 언덕에 하얀 집을 마련했으며 하인이나 시종 따위 없이 혼자 저택에서 살았다.

당시의 그녀는 아직 소녀에 불과했다. 그런 그녀에게 어떻게 그런 거금이 있었으며 어떻게 혼자 살아갈 생각을 했는지에 대한 궁금증이 있었지만 마을 사람들은 결국 알아내지 못했다. 대단한 신분의 여자일지도 모른다는 억측은 있었지만 정작 애드리엔느 본인이 대답을 하지 않았기에 그 누구도 알지 못했다.

그리고 지금 숨을 헐떡이며 애드리엔느는 언덕을 뛰어 올라갔다. 조심히 걸어도 땅에 쓸릴 것 같은 치맛자락은 그녀의 두 손에 반 스커트처럼 접혀졌고 하얀 종아리가 겨울 햇살에 눈부시게 빛났다.

동네 총각들의 휘둥그레진 눈동자가 그녀의 모습을 쫓았지만 그녀는 아랑곳하지 않고 집을 향해 뛰었다. 이윽고 저택 마당 문을 열고 들어선 그녀는 치맛자락을 내려놓고 숨을 골랐다. 그리고 다시 현관문을 걷어차듯 집으로 뛰어들며 소리쳤다.

"엄마, 엄마! 아빠, 아빠!"

물론 마을 사람들은 이곳에 애드리엔느 혼자 산다는 것을 안다. 그리고 애드리엔느 본인도 그녀 혼자 살고 있다는 것을 안다. 하지만 그녀는 급한 마음에 그렇게 소리쳤다.

"이런! 나만 놔두고 먼저들 간 모양이군!"

투덜거리는 그녀의 말투를 누군가 옆에서 들었다면, 설사 마을 사람이라도 정말로 그 집에 애드리엔느 이외의 다른 사람, 엄마라든가 아빠로 불릴 만한 사람이 같이 살고 있었다는 착각이 들 정도였다.

혼잣말로 투덜거리던 애드리엔느는 그제야 조심스럽게 집 안을 둘러본 후 창밖을 살폈다. 혹시 누군가 자신의 행동을 눈여겨보지는 않았는지 살핀 후에 창가의 커튼을 닫았다. 그리고 자신의 방으로 서둘러 뛰어 들어갔다.

"그래도 첫 만남인데 예쁘게 꾸미고 가야지. 아아~ 정말 멋진 청년으로 자라났을 거야. 그때로부터 십팔 년이 흘렀으니까!"

무슨 일인지 모르겠지만 혼자 들뜬 애드리엔느는 얼른 화장을 마치곤 붉은색의 화사한 드레스를 입었다. 그리고 망토처럼 보일 정도로 큼직한 로브를 꺼냈다. 그것을 어깨 위로 걸치고 금빛 나는 사슬로 연결을 하여 고정을 하니 로브 자락이 바닥에 끌릴 정도였다. 요즘은 이렇게 긴 로브는 아무도 입지 않는다. 대개는 어깨를 살짝 가리는 정도에 불과했다. 하지만 까만 로브 사이로 그녀의 붉은 드레스가 더욱 화사한 빛을 뿜어내어 오히려 어울렸다.

애드리엔느는 다시 옷장 위에 손을 넣어 뾰족 모자를 꺼냈다. 꽤 오랫동안 쓰지 않았던 듯 모자는 낡았으며 먼지가 수북이 쌓였다. 그러나 애드리엔느는 별로 개의치 않는지 모자를 툭툭 턴 후에 머리 위에 푹 눌러썼다. 까만 로브와 한 벌인 듯 모자 역시 까만 윤기가 흘렀다. 다음에 그녀는 반대 편 벽장 깊숙한 곳에서 어른 팔 길이만한 지팡이를 꺼냈다. 지팡이 끝에는 깊은 어둠과 같은 까만 보석이 박혔다. 주먹만한 크기였지만 일반 보석과는 다르게 그것은 빛이 나지 않았다. 그녀는 그것을 쥐고 잠시 거울 앞에 멈춰 서 자신의 모습을 비췄다.

망토처럼 긴 로브와 뾰족 모자, 그리고 짧은 지팡이.

그것은 백여 년 전 마법사의 복장에 들어가는 것 중에 하나였다. 지금은 긴 로브도, 뾰족 모자도 사용하지 않았지만 오래전에는 마법사라면 당연히 갖춰야 할 정식 복장이기도 했다. 순식간에 그녀는 오래전 마법사의 복장을 갖춘 것이다.

당당하게 좌우로 몸을 틀어 자신을 비춰본 후에 마음에 들었는지 그녀는 혼자 중얼거렸다.

"음~ 맘에 들어. 자, 이제 가볼까?"

그리고 애드리엔느는 눈을 감고 지팡이를 들어 마력을 집중했다. 그녀의 손에 쥐어져 있던 지팡이에서 희미한 빛이 생성되었다고 느껴진 순간, 그녀는 짤막하게 외쳤다.

"텔레포트!"

그리고 그녀의 모습이, 그녀의 로브와 뾰족 모자가 한순간에 사라졌다.

놀랍게도 그녀는, 하임 마을의 '언덕 위의 하얀 집'의 여주인 애드리엔느는 마법사였다. 그것도 마법진을 사용하지 않고도 충분히 워프할 수 있는 상당한 경지의!

애드리엔느가 모습을 드러낸 곳은 어느 계곡의 분지에 있는 오두막이었다. 봉긋한 분지 위에 지어진 오두막으로 그녀의 한여름 피서지이기도 했다. 또한 그 분지에는 특별한 장치가 되어 있었는데 누군가 외부의 침입이 있을 경우엔 하늘과 대지를 덮는 하얀 안개가 생성되어 시야를 가리는 것이다. 바로 지금처럼!

그렇다. 그녀가 도착한 곳은 레온 일행이 들어간 글렌 계곡의 오두막이었다.

약간 지저분한 오두막이었지만 애드리엔느는 살짝 인상을 찌푸렸을 뿐 서둘러 창밖으로 시선을 향했다. 지금 그녀의 관심을 끄는 것은 오직 한 가지, 누가 이 오두막을 방문했느냐는 것이었다. 그녀의 추측으로 이런 험하고 외진 곳으로 올 사람은 딱 한 명, 바로 그녀의 낭군이 되어줄 참(?)하고 얌전(?)하며 어여쁜(?) 청년 기사, 레스터 가문의 막내 공자뿐이었다.

원래 외부로부터 사람이 침입할 경우 오두막 지붕에 그려진 마법진에 의해 상공 10미터 위에선 안개가 생성되고 안개가 분지를 장악했을 때 골렘이 움직인다. 그와 동시에 애드리엔느의 왼손 팔찌가 미세하게 떨리며 침입자가 있음을 알려준다. 잔느의 집에서 뜨개질에 열중하고 있던—물론 그 당시에 그녀는 황홀한 상상에 빠져 있었지만—애드리엔느가 갑자기 이곳으로 온 이유가 여기에 있었다.

그리고 언젠가 이런 때가 있을 것을 막연히 상상하던 애드리엔느는 그 침입자가 분명 레스터의 막내 공자라고 추측했다. 그렇기에 첫 만

남이 기념비적인 추억으로 남을 수 있도록 온갖 치장을 한 것이다.

기대에 부풀어 창밖을 바라보던 애드리엔느는 잠시 후 투덜거렸다.

"뭐야? 아무것도 안 보이잖아?"

자신이 직접 설치해 놓고도 애드리엔느는 안개를 탓했다. 그러나 성급히 안개를 거두려는 생각은 하지 않았다. 이곳에 들어올 사람을 막연히 막내 공자뿐이라고 생각하긴 했지만 영악한 애드리엔느는 만일의 경우도 염두에 뒀기 때문이다.

그녀는 손을 펴 살짝 눈을 가리며 주문을 암송했다. 자신은 안개의 영향을 받지 않게 하려는 주문이었다. 그리고 주문이 끝난 후 그녀의 눈에 창밖의 풍경이 환희 보였다.

"어, 어랏? 아주 난장판이네?"

바깥 풍경이 보였을 때 그녀가 꺼낸 말은 어이없다는 투였다. 제일 먼저 시야에 들어온 것이 어느 한 지점에 무수히 쌓여 있는 골렘의 산인 탓이었다.

제법 덩치가 큰 청년이 두 자루의 엄청 큰 대검을—애드리엔느는 검사가 아니므로 검의 종류 같은 건 모른다!—양손에 쥐고 휘둘렀다. 그리고 그의 곁으로 다가가는 수많은 골렘들이 무수히 붕괴되며 원래의 모습, 흙으로 돌아가는 장면이 그녀의 시선을 제일 먼저 끌었다.

그 모습을 보고 애드리엔느는 순간 열이 확 뻗쳤다. 자신이 온갖 애정을 쏟아 소환한 골렘들이 산산조각 나는데 '어머, 멋져!' 라는 탄성이 나올 리는 만무하지 않은가!

"왜 내 골렘을 부수는 거야? 그 녀석들은 단지 길 안내를 해주려고 만든 것뿐인데 말이야! 건방진 녀석 같으니라고!!"

물론 애드리엔느는 혹시라도 있을 '길 잃은 침입자' 를 위해 수많은 골렘을 만들어 길을 안내해 밖으로 보내줄 생각이었다. 하지만 그것은 어디까지나 그녀의 생각일 뿐, 과연 누가 안개를 동반한 채 갑작스럽게 등장하는 골렘에게 '안내해 주시겠습니까?' 하고 순순히 따르겠는가?

"아쭈?"

또 하나의 골렘이 두 동강나며 키렌의 발 앞에 으스러졌다. 그리고 그녀의 입에선 또 한 번 어이없다는 비명이 터졌다.

"저게 진짜! 내가 골렘들을 온순하게 만들어놓으니까 아주 만만한 모양인데? 한번 해보자는 얘기야, 뭐야?"

혼잣말로 신경질을 내는 애드리엔느.

하지만 그것 또한 어디까지나 그녀의 생각일 뿐이었다. 골렘을 상대하고 있는 이가 키렌이었기 때문에 지금과 같은 일이 벌어지는 것이지 보통 사람이었다면 불가능한 일이었다. 그녀는 '온순한 골렘'이라고 주장하고 싶겠지만 어디에 내놔도 충분히 '위협적인 골렘'이었다. 상대하고 있는 이가 마스터이기에 골렘을 베어 넘길 수 있는 것이지 보통 사람이었다면 대적할 생각은 꿈도 못 꾸었다.

아마 순순히 골렘의 손아귀에 잡혀 죽음을 상상하며 그간 자신이 살아온 인생을 반추하다가 바깥으로 나가는 길에서 놓아주는 골렘에게 감사의 눈물을 흘리며 '앞으론 정말 열심히 살겠습니다'라는 맹세를 할 것이 분명했다. 또한 그것이야말로, 누구도 그녀의 터전을 발견하지 못한 채 안전하게 계곡을 나가는 것이야말로 애드리엔느가 바라는 것이기도 했다.

다만 지금과 같은 경우, 설마 골렘을 부술 수 있는 자가 침입할 것이란 예상을 하지 못했기에 황당함을 넘어서 화가 치미는 것이었다.

"대체 몇 마리나 부숴야 속이 시원한 거야?!"

혼자 투덜거리던 애드리엔느의 시야에 또 하나의 묘한 광경이 눈에 들어왔다.

키렌을 향해 오른쪽에서부터 이어지는 골렘의 행렬 사이에 사람이 언뜻 보였던 것이다. 골렘의 어깨 위에 태연하게 걸터앉은 그는 골렘의 안내(?)를 받아 다른 일행을 찾고 있는 로딘이었다. 하지만 그 광경을 보는 순간 애드리엔느의 마음은 무겁게 내려앉았다. 아무리 봐도 그것은 자신의 의도대로—과연 어떤 의도였는지 의심스럽지만—골렘에 의해 계곡 밖으로 길을 안내받는 모습이 아니었기 때문이다. 로딘을 어깨 위에 메고 있는 골렘은 물론 주위의 골렘들도 그를 전혀 의식하지 못하는 것 같았다.

애드리엔느는 손으로 왼쪽 눈을 살짝 가린 후 주문을 외웠다. 바로 생명체의 마나를 감지할 수 있도록 하는 마법으로 골렘에게도 이와 같은 주문을 씌워뒀었다. 즉, 자신이 같은 마법으로 로딘을 확인하려는 것이었다.

그리고 결과적으로 애드리엔느의 마음은 더 더욱 무겁게 가라앉았다. 그녀의 눈에 로딘은 조금의 마나도 느껴지지 않는 무생명체로 감지되었기 때문이다. 한 명은 벌써 수십 마리의 골렘을 동강 내어 흙으로 귀환시켰고 또 한 명은 자신의 마나를 감춘 채 골렘들을 농락했다.

애드리엔느 생애 최초, 최고, 최대의 강적이 나타났다. 아니, 자신의 비밀 터전에 침입했다. 그것도 그런 강한 실력을 지닌 사람이 하나도 아니라 둘씩이나!

바짝 긴장한 애드리엔느의 시야에 또 다른 두 사람의 모습이 보였다. 오두막 바로 앞에 나란히 서서 다른 일행을 기다리고 있는 듯한 두 청년, 바로 레온과 수요의 모습을 발견한 것이다.

"뭐냐, 이것들은?"

기이한 듯 애드리엔느는 고개를 갸웃거렸다. 그들 두 사람에게도 골렘이 전혀 다가가지 않았다. 마나를 감지하는 주문을 걸어둔 왼쪽 눈에도 선명하게 두 사람의 마나가 잡히고 있는데 골렘은 전혀 접근할 생각도 하지 않는 것이다. 그 기이함에 애드리엔느가 고개를 갸웃거리며 두 사람을 주시했다.

그리고 그 순간, 그 한 청년의 허리춤에 매달린 그것을 보았다.

그것, 바로 카논의 세이버를!

"꼬마야, 넌 누구야? 어째서 너에게 카논의 세이버가 있는 거지?"

라고 애드리엔느는 물으려고 했다. 하지만 끝내 그녀는 '꼬마야'라는 말만 꺼냈을 뿐 엉덩방아를 찧은 채 멀거니 레온과 수요를 쳐다봤다.

하얀 안개 탓에 주위가 보이지 않았지만 레온과 수요는 끈기있게 일행을 기다렸다. 셋 모두 탁월한 검사들이었기에 웬만한 일로는 위험에 처하지 않으리라 믿었기 때문이다. 하지만 시간이 자꾸 흘러감에 따라 두 사람은 점차 불안감이 치밀었다. 생각보다 안개는 짙었고 기다리는 일행은 나타나지 않았다. 그리고 언제 어느 순간에 위험이 닥칠지 몰랐기에 특히 레온의 신경은 극도로 곤두섰다.

바로 그 순간 오두막 방향에서 인기척이 났다.

겨우 몇 미터 벗어난 것에 불과했지만 안개의 영향으로 오두막은 검은 그림자의 형체로만 보였다. 그리고 소리가 차단된 까닭에 문이 열리는 소리조차 나지 않았다.

그렇기에 레온은 갑자기 뒤에서 느껴진 마나에 당황했다. 잠시라고 해도 일행이 머물렀던 오두막에는 어떤 생명체도 없었다. 한데 난데없이 안개를 헤치며 마나의 느낌이 감지되었고 그것이 일행이 아님을 레온은 눈치 챘다.

"꼬마야……."

안개를 헤치며 누군가 나타나 말을 걸었다.

그리고 그 순간 레온의 검은 허리에서 빠져나와 미끄러지듯 허공에 은빛 호선을 그리며 상대의 목줄기에 붙었다. 뒤에 누군가 나타났다는 것을 수요가 깨달았을 때엔 벌써 상황은 종료된 채였다.

등 뒤의 마나를 감지했을 때 레온의 몸은 반 바퀴 회전을 하여 비스듬하게 검을 겨누었다. 그저 상대의 접근을 막으며 정체를 파악하려는 움직임이었다. 하지만 레온은 다가온 상대의 목소리가 여자였다는 것과 놀라 엉덩방아를 찧는 반응을 보건대 검술을 전혀 모르는 평범한 사람이라는 사실에 미안함이 들었다.

위협적인 목소리로—그래 봐야 레온의 어투는 전혀 위협적이지 않지만—'누구냐!' 라고 외치려던 레온은 곧 말을 바꿨다.

"괜찮아요?"

그리고 이내 검을 거두고 상대에게 손을 내밀었다.

바짝 굳은 얼굴의 창백한 미녀가 안개 사이로 나타났다. 그는 부들부들 온몸을 떨더니 겨우 입을 열었다.

"이, 이게 괜찮은 걸로 보여?"

"어디 다치진 않았죠?"

"너, 미쳤니? 그, 그 검이 어떤 검인데… 그걸 아무렇게나 사람에게 들이대는 거얏!"

한바탕 소리를 치는 애드리엔느의 등줄기엔 식은땀이 주르륵 흘렀다.

레온의 정체를 몰랐으니 그의 검술이 어떤지도 당연히 몰랐다. 그저 그가 지니고 있던 검이 '카논의 세이버'라는 것과 왜 그가 이것을 지니고 있는지 확인하고 싶었을 뿐이었다.

글렌 계곡에서 골렘의 안내를 받지 않아도 되는 유일한 사람, 그는 바로 카논의 세이버를 소지한 자였다. 당연히 레온과 수요의 주위엔 골렘이 다가가지 않았다.

원래 마법을 건 당사자가 자신인 탓에 애드리엔느 역시 의아함 다음에 즉시 카논의 세이버를 알아본 것이다. 카논의 세이버를 알아봤다는 얘기는 그 검의 능력도 알고 있다는 얘기였다. 세상에 그 어떤 것이라도 베지 못할 것이 없는 신의 금속이라고 일컬어지는 미스릴이 순도 100%로 사용된 최강의 검이라는 것을 말이다.

그런 검이 자신의 턱밑에서 빛을 발하고 있는데 말짱한 정신으로 상대의 정체를 파악하기 위해 질문할 여력은 없었다. 애드리엔느의 다리에 힘이 쫙 빠지며 털썩 주저앉은 것은 매우 당연한 것이었다. 그녀는 방금—물론 이것도 어디까지나 그녀 혼자만의 생각이지만—레온의 검에 목숨을 달리할 뻔했다.

그녀 혼자만의 착각이었지만 적어도 완전히 틀린 생각은 아니었다. 상당한 경지에 들어선 검사라면 뒤에서 인기척이 들렸을 때 상대를 겨누기 위해 검을 뽑는 행동을 취할 수 있을 것이다. 문제는 앞이 보이지 않는 안개 속에서 상대와의 거리가 얼마이며, 상대의 목이 어디인지 알 수 없다는 점이다. 즉, 자칫 실수라도 하면 겨누려던 행동에 상대는 목숨을 달리할 수도 있는 것이다.

반대로 애드리엔느는 안개의 영향을 받지 않아 레온의 행동을 처음부터 지켜봤다. 물론 두 사람의 뒤로 다가서며 '꼬마야'라고 물었을 때부터 검끝이 자신의 목덜미에 닿는 순간까지는 찰나에 가까워 그녀의 눈으론 쫓을 수도 없었다. 하지만 은빛 호선이 길게 그려지며 자신의 목으로 다가오는 느낌만은 아직도 생생했다. 한순간 상대가 안개 때문에 자신을 발견하지 못한다면, 아니, 적으로 간주하고 있기라도 한다면 그녀는……

부들부들.

혼자 생각에 잠겨 조금 전의 일을 떠올린 애드리엔느는 다시 한 번 온몸을 부르르 떨었다.

그때 레온이 심각한 표정으로 그녀를 바라보며 물었다.

"이 검에 대해 알아요?"

"그건 카논의 세이버잖아!"

퍼뜩 정신을 차린 애드리엔느는 고함과 함께 곧 얼굴을 굳혔다. 그리고 빤히 레온을 바라보다가 엄숙한 표정으로 물었다.

"넌 누구야? 왜 네가 그 검을 가지고 있는 거지?"

기어이 그녀는 원래 하려던 질문을 꺼냈다.

"전 레온이라고 합니다. 성은 레스터. 이곳엔 마법사를 찾아왔어요."

"레… 스터?"

애드리엔느의 표정이 기묘하게 변했다. 그녀를 지켜보던 수요가 문득 생각난 것이 있어 되물었다.

"당신이 백 년 전의 마법사 로이니스의 후손입니까?"

흘깃 수요를 쳐다본 애드리엔느는 천천히 고개를 끄덕였다.

"그래, 로이니스는 바로 나의 할아버지야. 그리고 내 이름은 애드리
엔느……."

파랗게 질렸던 얼굴에 혈색이 돌아온 것도 잠깐, 애드리엔느는 다시
멍청하게 굳어진 얼굴로 레온을 바라봤다.

"네가 그럼 에드워드님의 증손자야?"

"네."

레온은 당당하게 대답했다.

"에드워드님은 저의 증조부가 되십니다."

이제야 9써클의 마법사, 카논의 세이버로 연결된 첫 번째 맹약자를
만났다는 기쁨에 레온의 목소리는 당당하게 울려 나왔다.

반면에 애드리엔느의 표정은 더 더욱 일그러졌다. 들어선 안 될 말
이라도 들은 듯, 아니, 믿고 싶지 않은 말이기라도 하듯 그녀는 허탈한
표정이었다.

"그, 그럴 리가 없어. 네가 정말 에드워드님의 마지막 증손자란 말이
야?"

"사실인 것 같다, 애드리엔느."

안개 사이로 작지만 넓은 어깨를 지닌 타바비아의 모습이 나타났다.
그러나 말한 이는 타바비아가 아니었다.

"말도 안 돼요, 할아버지! 내 상대가 이런 꼬맹이라니? 이럴 리 없어
요! 내가 이십 년 전에 확인했다고요!"

"하지만 사실인 걸 어쩌겠니."

여전히 타바비아의 곁에서 누군가의 목소리가 들려왔다. 깊은 지혜를 담은 목소리는 다시 한 번 애드리엔느에게 말을 걸었다.

"어서 골렘을 치우고 안개를 거두도록 해라. 저쪽에 있는 두 사람도 이들의 일행이라고 하는구나."

허탈한 듯 멀거니 앉아 있던 애드리엔느는 한숨과 함께 고개를 끄덕였다.

"알았어요."

그녀가 한쪽에 서서 주문을 외우는 동안 레온과 수요는 타바비아에게 다가갔다.

"지금껏 어디 있었어요?"

"로이니스님과 얘기를 나누고 있었지."

"방금 그 목소리가 로이니스님입니까?"

수요의 질문에 타바비아는 긍정을 표했다. 그러자 두 사람은 의아한 듯 고개를 갸웃거렸다. 분명 타바비아의 주위에서 목소리가 들리긴 했지만 어디에도 사람의 형체는 보이지 않았던 것이다.

그때 다시 로이니스의 음성이 들렸다.

"만나서 반갑네, 젊은이. 옛 친구의 증손자라니, 참 오랜 시간을 기다려 왔군."

"아, 저… 안녕하세요?"

얼결에 인사를 마친 레온은 다시 주변을 둘러보며 조심스럽게 물었다.

"한데 제 눈엔 로이니스님의 모습이 보이질 않는걸요?"

"여기에 있지."

갑자기 타바비아가 오른쪽 어깨를 내밀었다.

두 사람이 얼른 어깨를 보니 그 위엔 금색의 슬라임이 얹혀져 있었다.

"설마?"

"그렇다네. 내가 바로 로이니스이지."

놀랍게도 그 금빛의 슬라임은 말을 했다.

레온이 자세히 바라보니 계곡에서 봤던 슬라임과 형태는 같지만 여러 가지로 다른 점이 많았다. 금빛과 은빛이란 차이 이외에 눈동자 밑으로 쭉 째진 입이 보였고 머리 뒤로—그게 머리인지 몸통인지는 알 수 없지만—하얀 날개가 달렸다.

그리고 로이니스라 자신을 칭한 슬라임은 날개를 퍼덕이더니 허공을 날아올라 레온의 어깨 위로 내려앉았다. 레온이 깜짝 놀라 어깨 위를 바라보니 로이니스는 만족한 듯 미소(?)를 짓고 있었다.

그때 갑자기 안개가 걷히고 맑은 하늘이 나타났다. 여전히 허탈한 표정의 애드리엔느는 어깨를 축 늘어뜨린 채 조그맣게 중얼거렸다.

"어쨌든… 안으로 들어가요……."

그리고 힘없는 발걸음으로 오두막을 향해 걸었다.

각자의 소개가 이어진 후에 레온 일행은 '골드 슬라임'이라고 자신을 소개한 금색의 슬라임을 유심히 바라봤다. 레온의 어깨에 자리를 잡은 로이니스를 비롯해 금빛의 슬라임은 두 명이 더 있었다. 각각 애드리엔느의 어깨 위, 옛날 마법사의 로브 위에 자리 잡은 에르다몬과 엘리샤가 그 둘이었다. 에르다몬은 로이니스의 아들이자 애드리엔느의 부친이었고 엘리샤는 모친이었다.

먼저 입을 연 이는 타바비아였다.

"음, 로이니스, 혹시 슬라임을 연구하겠다던 건 지금처럼 모습을 변화시키기 위함이었습니까?"

"바로 맞췄네, 타바비아. 슬라임은 한순간에 태어나 한순간에 사라지는 존재로 알고 있지만 난 다르게 생각했거든. 그리고 여기에서 연구를 하던 끝에 그들은 사라지는 것이 아니라 자신의 존재를 감추는 것이라고 판단했지. 결국 내 생각이 옳았던 거야. 슬라임이야말로 불사에 가까운 존재였어."

"하지만 왜 슬라임이 되어야 했습니까?"

"당시에 내가 제일 염려스러웠던 것은 나의 지식이 전달되지 않는 것이었어. 자네도 알다시피 마력은 전수할 수 있지만 또한 생명을 잃게 만드는 것이거든. 그렇게 되면 그동안 내가 쌓은 지식과 경험은 전할 방도가 없단 말이야. 난 그 점이 두려웠지."

"혹시라도 있을… 그 싸움에서 당신의 후손이 제대로 힘을 발휘하지 못할까 봐 말입니까?"

"그렇지. 해서 난 마력을 전수한 후에 남은 생명력으로 트렌스포메이션을 하기로 결심했지. 그러자면 아주 소량의 마나로 살아가는 존재여야 했고 끝내 생각해 낸 것이 슬라임이었단 말이야. 결국 난 내 아들에게 마력을 전수한 후에 슬라임이 되어 마법을 가르쳤네. 물론 내가 경험한 것들이나 지식들도 한꺼번에 전할 수 있었지."

"그리고 나 역시 내 딸에게 마력을 전수한 것이오."

에르다몬의 저음이 방 안을 울렸다.

타바비아는 고개를 끄덕이고는 문득 둔 족장이 하던 말이 떠올랐다. '로이니스도 참 엉뚱한 짓을 했더군' 이라고 말한 이유를 알 것 같았다. 그리고 둔의 말대로 로이니스는 건재했고 그의 마력과 마법, 그리고 지식과 경험도 백 년이 지난 지금까지 고스란히 남은 것이다.

'정말 엄청난 짓을 했군, 로이니스님도!'

타바비아가 속으로 그렇게 생각하고 있을 때 키렌이 말문을 열었다.

"어쨌든 여러분을 만나뵙게 되어 진심으로 반갑습니다."

짧은 헛기침과 함께 키렌은 정리해 뒀던 말을 꺼내기 시작했다.

페나인에 닥친 위기와 그간의 사정을 일목요연하게 설명한 키렌은 드디어 수요를 가리켰다.

"이분이 바로 히드리크의 저주를 받은 리처드 폰 카프입니다."

음, 하고 골드 슬라임 셋이 유심히 수요를 바라봤다. 그러나 오두막에 들어설 때부터 입을 꾹 다문 채 뾰로통한 표정을 짓고 있던 애드리엔느는 전혀 볼 생각을 하지 않았다.

"확실히 저주로군."

"땅 계열인 것 같아요."

로이니스와 엘리샤가 한마디씩 하는 동안 에르다몬은 날개를 파닥이더니 크게 웃었다.

"아버지, 혹시 오십여 년 전에 계곡에 들어왔던 멍청한 마법사를 기억하십니까?"

"음? 안개 속에서 골렘에게 번개를 던져 대던 그 멍청한 녀석 말이냐?"

"네, 그 녀석 말입니다. 그 이름을 기억하십니까?"

"그런 멍청한 녀석의 이름 따위 기억도 안 나."

"하지만 전 잘 기억하고 있습니다. 평생 동안 만난 사람이 워낙 적으니까요. 분명 히드리크라는 이름이었을 겁니다."

"오호!"

감탄과 함께 로이니스는 다시 수요를 유심히 바라봤다.

"그럼 저 솜씨는 너에 대한 도전이겠군?"

"그런 것 같습니다. 그간 꽤 열심히 땅 계열의 마법을 연구한 흔적이 보입니다만, 끝내 저의 실력을 알아채지 못한 바보인 것 같군요."

"그래도 보아하니 7써클은 되었겠군."

두 골드 슬라임의 대화를 듣고 있던 키렌은 감탄을 금치 못했다. 자신이 설명할 때 '히드리크'라는 이름은 언급했지만 그의 실력은 말하지 않았었다. 한데 두 사람은 수요의 저주 상태를 보고는 벌써 상대의 능력을 알아채지 않았는가!

"고칠 수 있겠습니까?"

조급한 마음에 키렌이 끼어들었다.

그러자 두 골드 슬라임은 입을 다물고 애드리엔느의 눈치를 살폈다.

"우린 고칠 수 없네. 마력을 잃었으니까. 하지만 애드리엔느는 고칠 수 있겠지."

키렌의 눈이 그녀에게 향했다.

"부탁드립니다. 왕국을 위해 왕자의 저주를 풀어주십시오."

"싫어!"

냉랭한 애드리엔느의 대답에 일순 방 안이 얼어붙었다. 자신의 귀를 의심한 키렌이 의아하여 되물었다.

"네? 뭐라고 했습니까?"

"싫다고 했잖아! 왜 귀찮게 두 번씩이나 묻고 그래?"

황당한지 키렌은 말을 잇지 못했다.

아무리 봐도 이십 대 초반이거나 자신과 비슷한 또래의 여자가 귀족이자 친위대의 기사인 자신에게 당당하게 반말을 지껄이고 있으니 어이가 없었다. 성질 같아선 당장이라도 요절을 내고 싶겠지만 부탁하는 입장에 그럴 수도 없어 키렌의 속은 부글부글 끓었다.

"물론 힘드신 줄은 압니다. 하지만 저희의 사정을 봐서……."

"풋! 그게 뭐가 힘들어? 그냥 주문 하나 외우면 끝날 일인데."

"그렇다면 제발……."

"아~ 싫다니까 그러네?"

냉담한 대답과 함께 애드리엔느는 처음으로 키렌에게 눈길을 건넸다. 고개를 살짝 뒤로 돌려 다신 말도 꺼내지 못하게 매섭게 째려봤다.

"왜? 아까 골렘을 부수던 기개는 다 어디로 갔담?"

그녀의 심사가 왜 틀어졌는지 키렌은 단번에 알아챘다. 그는 곧 미소를 머금으며 상냥하게 말했다.

"그것은 제가 실수한 것입니다. 설마 안개와 함께 나타난 골렘이 길 안내를 위해서라곤 생각도 못했기에……."

"어, 그래! 나 멍청해. 그래서 그런 방법 썼어. 그리고 나 멍청해서 저주 주문 푸는 법도 까먹었다, 어쩔래?"

애드리엔느의 반응에 키렌은 살짝 눈살을 찌푸리며 레온을 돌아봤다.

아무래도 골렘을 부순 것 때문에 토라져도 단단히 토라진 것 같다는 판단이 든 것이다. 어쩌면 도움을 주지 않을 수도 있겠기에 키렌은 입을 다물고 레온에게 눈치를 줬다. 전후 사정은 몰라도 여하간에 에드워드와 로이니스, 그리고 드워프 족 간에는 모종의 맹약이 성립되었다는 것을 알고 있었다. 카논의 세이버를 중심으로 이루어지는 그 맹약은 적어도 대를 이어도 지속되는 것이라고 키렌은 생각했다.

그리고 지금 '에드워드의 마지막 증손자'라는 조건을 갖춘 레온이 카논의 세이버를 소지하고 앉아 있었다. 설마 레온의 부탁까지 저버리진 않으리라 키렌은 생각했고 얼른 그에게 눈치를 주는 것이다.

레온 역시 계곡에 들어서기 전부터 키렌과 상의를 해뒀기 때문에 곧 입을 열어 부탁을 하려 했다.

"레스터 가문도 아니면서 당신은 왜 여기에 있는 거지? 그리고 그다 보이는 눈짓은 그만둘 수 없어?"

레온보다 한발 먼저 애드리엔느가 소리쳤다. 돌아앉아 있는데도 그녀는 방 안의 사정을 자세히 알고 있었다.

찔끔하며 키렌은 다시 그녀의 까만 머릿결을 바라보았다.

"골렘을 부순 것은 진심으로 사과드립니다. 하지만 골렘을 부순 것은 저 혼자였고, 또한 저 혼자의 판단에 의한 것이었습니다. 레온이나 리처드 전하와는 상관이 없으니 그만 노여움을 풀고 저희를 도와주셨으면 좋겠습니다."

"싫다고 했잖아! 나랑 상관없는 사람에게 이래라저래라 하는 소리 듣고 싶지 않아!"

"그리고 죄송스런 말씀입니다만 저 역시 레스터 가문의 사람입니다. 여기 있는 레온은 저의 동생입니다."

마지못해 사과를 연발하는 키렌의 애처로운 모습이었다.

한데 그 간절함이 통한 것인지 갑자기 애드리엔느의 태도가 돌변했다. 방금 전까지 등을 보인 채 앉아 벽만을 바라보던 그녀는 일순 몸을 돌렸다. 키렌을 똑바로 바라보는 그녀의 눈에는 굉장한 관심이 어렸다.

"지금 뭐라고 했어요?"

"네?"

갑작스런 그녀의 존대에, 그리고 돌변한 태도에 이번엔 키렌이 당황했다. 하지만 곧 침착하게 다시 답변을 했다.

"아까는 사정이 급해 이름만 말했지만 사실 전 레스터 가문의 사남 키렌 레스터라고 합니다."

"그렇다면 혹시……?"

애드리엔느의 눈빛에 강한 기대가 내비쳤다.

"십팔 년 전에 검술을 연습한 적이 있지 않나요?"

"네?"

너무나도 황당한 질문이라고 생각했는지 키렌은 오히려 반문했다. 그러나 곧 고개를 저으며 그녀의 질문을 정중히 답변했다.

"그 당시라면 제가 아주 어렸을 때인데 설마 지금까지 기억하고 있겠습니까?"

"난 다 기억하고 있는데?! 그런 것도 못한단 말이에요?"

별로 만족스럽지 못한 대답이었는지 애드리엔느의 표정은 다시 토라질 기색이 역력했다. 그러자 당황한 키렌이 변명하듯 소리쳤다.

"잠시만요! 십팔 년 전이라면 제가 여덟 살 때입니다. 아, 그래요, 그래! 분명 그때부터 검술을 수련했습니다. 저희 가문은 여덟 살이면 검술을 배우기 시작하니까요. 정확하게 기억하는 것은 아니지만 저 역시 그랬을 겁니다. 그렇지, 레온?"

"어, 맞아, 형."

"그것 보십시오. 레온도 증명하고 있지 않습니까? 만약 믿지 못하시겠다면 버나드 형이나 하이렌 형에게 물어보시면 됩니다. 전 어렸을 때이지만 형들은 나이가 있었으니 기억하고 있을 겁니다."

"오호~!"

삐질삐질 식은땀을 흘리며 키렌은 열심히 설명했다. 하지만 애드리엔느는 살풋이 미소를 짓고는 손을 저었다.

"됐어요, 그 정도면 충분해요. 그러니까 지금 나이가 스물여섯이란 말이죠?"

"그렇습니다. 그건 왜 묻습니까?"

"흐음, 그렇다면……."

잠시 뭔가를 골똘히 생각하던 애드리엔느는 고개를 갸웃거리며 키렌과 레온을 번갈아 쳐다봤다.

"당시에 왜 당신이 막내였죠? 레온이 있는데 말이에요."

"그거야 당연하지 않습니까? 제가 여덟 살 때 레온은 아직 어머니의 뱃속에 있었으니까요."

당연한 질문이라 담담하게 대답했지만 일순 애드리엔느의 얼굴빛은 크게 바뀌었다.

"아!"

하고 탄성인지 비명인지 모를 감탄사를 터뜨린 후 애드리엔느는 섭섭한 눈길로 레온을 쳐다봤다.

"제 얼굴에 뭐가 묻기라도 했나요?"

"아니! 하지만 아쉽네."

그리고 다시 골똘히 뭔가를 생각하던 그녀는 갑자기 자리에서 벌떡 일어났다.

그녀의 갑작스런 움직임에 모두의 이목이 집중되었다. 시시각각 돌변하는 그녀의 말투와 행동에 바짝 긴장하여 지켜볼 뿐이었다. 게다가 자리에서 일어선 애드리엔느의 표정은 찬바람이 쌩쌩 불 정도로 냉랭했기에 모두의 긴장을 더욱 고조시켰다.

애드리엔느는 방 안을 가로질러 레온 앞에 이르렀다. 레온이 당황하여 주춤거리는 동안 애드리엔느는 손을 뻗어 그의 어깨를 짚었다. 아니, 다들 레온의 어깨를 애드리엔느가 짚으려 했다고 생각했다. 하지만 그녀의 손에 잡힌 것은 날개를 퍼덕이는 로이니스였다.

"잠시 저 좀 봐야겠어요, 할!아!버!지!"

"자, 잠깐만! 나의 귀여운 손녀야!"

로이니스의 다급한 목소리가 방 안을 울렸지만 애드리엔느는 전혀 개의치 않았다. 그저 로이니스를 손에 꽉 움켜쥐고—사실 슬라임은 주먹만한 크기지만 고무처럼 탄력이 있어 한 손에 움켜쥐기 편했다—문을 열고 밖으로 나갔다.

잠시 방 안에 썰렁한 공기가 감돌았다. 애드리엔느를 비롯하여 그녀의 양 어깨에 앉아 있던 에르다몬과 엘리샤, 그리고 그녀의 손에 잡힌 로이니스가 오두막을 나갔기 때문에 안에는 일행만 남았다.

잠시 적막이 흐른 후 머리를 긁적이며 타바비아가 중얼거렸다.

"정말 굉장한 아가씨로군."

성격이 굉장하다는 것인지, 아니면 제 할아버지를 한 손에 움켜쥐고 나가는 행동이 굉장하다는 것인지 알 수 없었지만 일행 모두 그 말에 깊이 동감했다. 어떤 쪽으로든 '굉장하다'란 단어가 어울리는 그런 아가씨인 것만은 틀림없다고 생각했다.

문득 한쪽 구석에 쪼그리고 앉아 있던 로딘이 고개를 들고 물었다.

"어떻습니까? 저 마법사가 우리의 부탁을 들어줄 것 같습니까?"

"어떻게든 해봐야지."

대답하는 키렌도 그다지 장담하지는 못하겠는지 평소처럼 목소리에 힘을 싣지는 않았다. 다만 레온을 바라보며 강렬한 시선을 보냈다.

"결국 너 하기에 달린 것 같다."

"물론 그건 그래. 하지만 저 아가씨 성격이라면 당장 죽을 지경에 빠져도 마음에 들지 않으면 부탁을 들어줄 것 같지는 않은걸?"

타바비아도 걱정스러운지 중얼거렸다. 그녀의 말 한마디에 종족의 생사가 걸린 탓에 타바비아의 얼굴도 키렌만큼이나 어두웠다.

그때 밖에 나갔던 애드리엔느가 골드 슬라임 둘을 꼭 쥐고 생글생글 미소와 함께 들어왔다.

생긴 것만으로는 누가 누구인지 전혀 짐작할 수 없기 때문에 일행은 멀거니 그녀의 손과 어깨 위에 남은 한 명의 골드 슬라임을 번갈아 쳐다봤다. 그러자 애드리엔느는 벽을 향해 두 명의 골드 슬라임을 집어 던지며 외쳤다.

"감히 날 속이다니! 그러고도 할아버지, 아버지라고 할 수 있어욧!"

벽에 부딪치며 비명을 지르는 로이니스와 에르다몬. 그리고 비명 소리가 들리기 전에 애드리엔느의 외침에 손에 쥐어진 두 명의 정체를 파악한 일행은 멍청한 얼굴로 애드리엔느의 하는 양을 지켜볼 뿐이었다. 아무리 트렌스포메이션을 하여 인간의 모습이 아니라고 해도 그 둘은 애드리엔느의 유일한 가족이 아닌가? 그런 두 명을 벽을 향해 집어 던지고도 그녀의 표정엔 일말의 후회하는 감정도 내비치지 않았다.

실로 무서(?) 아가씨라고 다들 생각할 때, 애드리엔느의 눈빛이 레온에게 향했다. 아주 화사한 얼굴로 요사한 미소를 지으며 매혹적인 손을 들어 레온의 어깨를 짚고 애드리엔느는 다정하게 말했다.

"나랑 잠시 얘기 좀 하지 않겠어, 동생?"

"저는 몸집이 커서 벽에 던지기 힘들 텐데요?"

레온의 눈동자가 큼지막하게 커지며 놀라 외쳤다.

"레, 레온에게 무슨 짓을 하려는 겁니까?"

"어머? 왜들 그래요? 우린 그냥 앞으로의 일에 대해 상의하고자 하는 것뿐이에요."

마치 억울한 누명이라도 쓴 것 같은 가증스러운 표정을 지으며 애드리엔느는 모두를 향해 손을 저었다. 그러나 방금 전의 행동을 지켜본 모두는 쉽게 그녀의 말을 믿을 수 없었다. 혹시라도 레온을 데려다가 이상한 짓을 하려는 것은 아닐까—물론 이상한 짓에는 온갖 것들이 포함된다—걱정스런 생각에 애드리엔느를 쳐다보는 시선은 그리 곱지 않았다.

주위의 분위기가 심상치 않다고 판단했는지 애드리엔느는 곧 레온의 어깨 위에 올렸던 손을 치웠다. 그리고 아~주 상냥한 어조로 말문을 열었다.

"음, 카논의 세이버에 맹약이 걸려 있다는 것은 다들 알고 있겠지요?"

레온과 수요를 비롯하여 키렌과 타바비아, 그리고 로딘이 고개를 주억거렸다.

애드리엔느는 슬쩍 타바비아에게 눈웃음을 치곤 태연하게 말했다.

"아마 내가 맹약을 갱신하지 않으면 상당히 곤란할 텐데? 타바비아 본인은 물론 용감한 드워프 족 전부가 말이야."

"헛!"

애드리엔느는 다시 수요와 키렌에게 눈웃음을 치곤 상냥하게 말했다.

"그리고 또 내가 무슨 이유로 왕자의 저주를 풀어주겠냔 말이야."

"우웃!"

애드리엔느는 흘깃 로딘에게 눈웃음을 치곤 말문이 막혔다.

"근데 당신은 뭐지?"

"저는 캐러디안의 로딘이라고 합니다. 아까 소개했습니다만."

"당신은 내게 뭐 부탁할 거 없어?"

"불행하게도 없군요."

"……"

물끄러미 로딘을 바라본 후에 별로 신경 쓰지 않겠다는 듯 애드리엔느는 가볍게 손뼉을 쳤다. 그리고 로딘을 제외한 다른 일행을 향해 큰 소리로 말했다.

"자! 다들 알겠지요? 내가 레온과 맹약을 맺지 않으면 손해보는 쪽은 내가 아니라 여러분들이란 것을 말이에요! 그러니 나와 레온이 상의할 시간을 갖는 것을 반대할 수는 없지 않겠어요?"

"하지만 맹약을 비밀스럽게 할 필요는 없잖아?"

타바비아의 퉁명스런 말에 키렌과 수요의 고개가 끄덕여졌다. 그러나 애드리엔느는 곧 손등으로 입을 가린 채 가증스러운 웃음소리를 냈다.

"오호호호호~ 내 맘이야!"

웃음을 그치는 것과 동시에 주변을 훑어보는 애드리엔느. 그리고 그녀의 말에 기가 막혀 할 말을 잃은 일행들. 잠깐의 적막이 흐른 후 애드리엔느는 레온을 돌아봤다.

"자, 어떻게 하겠어, 동생? 서로 바쁜 처지인데 빨리빨리 조건을 맞춰 나가야 하지 않겠어?"

"그럼 제가 어떻게 해야 하는데요?"

대답을 기다렸다는 듯 애드리엔느는 레온의 팔을 잡아 일으켜 세웠다. 얼결에 일어선 레온이 주춤거리자 그녀는 다시 어깨동무를 하곤 바깥으로 레온을 이끌었다. 하지만 마스터의 경지에 이른 레온을 평범한 애드리엔느의 힘으로 움직일 수는 없었다. 몇 번 용을 쓰던 애드리엔느가 샐쭉한 눈으로 흘겨보자 레온은 어쩔 줄 몰라 하며 키렌의 눈치를 살폈다.

"꼭 나가서 얘기해야 하는 겁니까?"

"좋아요. 솔직히 말하죠."

키렌의 질문에 그녀는 어깨를 으쓱하고는 레온의 어깨에서 팔을 거뒀다. 그리고 담담한 어조로 입을 열었다.

"레온과 단둘이 얘기할 게 있어서 그래요. 우리 둘만의 얘기였으면 하기 때문에… 괜찮다면 여러분의 양해를 구하고 싶군요."

"처음부터 그렇게 말했으면 좋았잖아!"

타바비아의 투덜거림이 이어진 후에 키렌과 수요의 눈빛이 마주쳤다. 수요의 고개가 끄덕여지자 키렌은 레온을 향해 얼굴을 돌렸다.

"조심해라, 레온."

"알았어요, 형."

"뭐야, 그 말뜻은 대체?! 내가 뭐 잡아먹기라도 한다는 건가요?"

약간 역정을 내긴 했지만 애드리엔느는 곧 밖으로 나갔다. 그녀의 뒤를 레온은 천천히 따라갔다. 처음으로 무엇인가에 대해 호기심보다 두려움을 품은 채.

레온과 함께 바깥으로 나온 애드리엔느는 한쪽으로 그를 데리고 갔다. 흘깃 오두막을 살핀 후에 그녀는 레온을 안심시키려는 듯 다정한 미소를 지었다. 물론 레온이 눈치 채지 못하게 두 사람의 대화를 들을 수 없도록 마법의 장벽을 만드는 것을 잊지 않았다.

25살의 애드리엔느는 지금까지 마스터를 본 적이 단 한 번도 없었지만 로이니스와 에르다몬을 통해 그 능력만큼은 잘 알고 있었다. 엿들으려고 맘만 먹는다면 능히 할 수 있다는 것을 알기에 충분히 대비를 한 것이다.

"무슨 일이죠?"

불안한 표정이었지만 레온은 애드리엔느를 빤히 쳐다봤다. 그의 순진한 표정이 마음에 들었는지 애드리엔느는 화사한 미소를 지었다.

"뭐, 별거 아니야."

그렇게 운을 뗀 애드리엔느는 로브를 걷어올리고 자리에 앉았다. 레온도 옆에 앉아 그녀를 주시하자 담담한 어조로 애드리엔느가 말문을 열었다.

"여자의 결혼 적령기에 대해서 알고 있니?"

"네?"

생각지도 못했던 질문이라 레온이 반문했다.

"남자든 여자든 이십 세가 성년이긴 하지만 여자는 대개 19세에서 22세까지 결혼 적령기인 셈이야. 생각보다 빨리 결혼하지?"

"그렇군요."

달리 답할 말이 없어 레온은 평범하게 답했다.

"음, 십팔 년 전이었으니까… 네 나이가 그럼 열여덟이란 얘기지?"

"네."

"좋아."

애드리엔느는 미소와 함께 레온의 손을 꼭 쥐었다. 움찔, 레온이 몸을 떨었지만 애드리엔느는 그 순간을 놓치지 않고 잽싸게 말했다.

"동생 같아서 하는 말인데 내가 나이가 좀 많아. 25살이거든."

"그래요? 하지만 매우 젊은 것 같은데요."

"오호호호호~ 얘도 참! 여자 보는 눈이 있구나?"

간드러진 웃음소리와 함께 애드리엔느는 마냥 기쁜 표정을 지었다.

반대로 그녀의 요사한 웃음소리에 레온은 등줄기에 식은땀을 죽죽 흘리며 어색한 미소로 겨우 화답했다.

"단도직입적으로 묻자. 카논의 세이버에 얽힌 맹약과 맹약자들의 이야기에 대해 알고 있니?"

"아뇨, 전혀 몰라요."

"그래? 맹약이 시작된 이유라든가 전승하는 이유에 대해서도 전혀 모르니?"

"네, 전혀 몰라요."

"그래? 그렇단 말이지?"

곤란하다는 말투였지만 눈빛만은 더욱 화사하게 빛나는 애드리엔느였다. 그녀는 재빨리 머리를 굴리며 다시 말을 이었다.

"뭐, 중요한 것들은 차차 알아 나가면 될 일이고… 우선 나와 관련된 맹약에 대해서만 간추려 얘기하도록 할게."

"네!"

"카논의 세이버에는 총 여섯 개의 맹약자가 차례대로 이어져 있어. 각각의 맹약은 단계가 있어서 첫 번째가 성립되지 않으면 두 번째를 맺을 수 없는 이치지. 그래서 용감한 드워프 족의 족장 둔은 널 돕기 전에 나에게 보낸 거야. 이해하겠니?"

"네. 하지만 왜 그런 복잡한 절차를 거쳐야만 하는 거죠? 그냥 편하게 맺을 수 있으면 좋을 텐데 말이에요."

"그러게 말이야. 하여간에 이 검이 만들어질 때 주문을 완성한 녀석이 멍청해서 그래. 어쩌면 순서대로 맹약을 맺어야 자신이 유리하다고 판단했기 때문인지도 모르겠지만. 뭐, 그런 건 별로 중요하지 않아. 우선 나는 첫 번째 맹약자로서 맹약의 이름은 '우정의 맹약'이라고 해.

너의 증조부 에드워드님과 나의 조부 로이니스는 젊은 시절 검사와 마법사로서 같은 파티에서 만난 사이지만 그 후 오랫동안 우정을 맺어왔거든. 그리하여 두 사람의 맹약은 우정의 맹약이란 이름이 되었어."

잠시 말을 끊고 레온의 표정을 살피던 애드리엔느는 레온이 잘 이해하고 있는 듯하자 대견하다는 듯 머리를 쓰다듬어 준 후 다시 말을 이었다.

"한데 전승 의식을 치르면서 두 사람은 엉뚱한 조건을 걸었던 거야. 뭔지 알겠니?"

"아뇨, 전 검에 대한 것은 거의 듣지 못해서 잘 모르거든요."

"응, 그래. 그것 참 안됐구나."

하지만 말투와 달리 애드리엔느의 입가엔 사악한 미소가 흘러넘쳤다.

"전승 의식 자체가 에드워드님의 죽음을 전제로 하는 것이었고 모든 맹약자들 중에 단 두 사람만 인간이었기에 로이니스의 죽음도 불가피했지. 즉, 에드워드님의 후손이 검을 가지고 맹약을 갱신할 때 첫 번째 맹약자인 로이니스도 없게 된다는 뜻이야. 그러니까 로이니스 역시 후손에게 맹약을 갱신할 수 있도록 해야만 했지. 이해하겠어?"

"네. 그래서 저와 애드리엔느님이 맹약을 맺게 되었군요?"

"오호호호호~ 님은 무슨 님이니? 그냥 편하게 누나라고 불러. 괜찮으니까."

"네, 그럼 누나라고 부를게요."

혼을 빼놓을 듯한 웃음소리를 다시 듣고 싶지 않아 레온은 순순히 응낙했다.

"자, 여기서 두 분은 오랜 우정을 결합시킬 수도 있겠다고 생각하신 거야. 어차피 둘 다 인간이었고 미래란 알 수 없는 것 아니겠어? 후손이라고 지칭하긴 했지만 그 후손이 남자일수도 있고 여자일수도 있는

법이지. 마치 넌 남자고 난 여자인 것처럼 말이야."

"그렇죠."

"해서 두 사람은 이런 조건을 걸었던 거야. 만일 두 사람의 후손이 모두 똑같은 남자이거나 여자라면 의형제를 맺도록 하자고 말이야."

애드리엔느는 짐짓 말을 끊고 레온을 바라봤다. 당연히 궁금증이 치민 레온은 그녀의 기대를 저버리지 않고 질문을 던졌다.

"그럼 두 사람의 성별이 다르면요?"

"결혼시키기로 했지."

"에엑?!"

대답이 황당했던지 레온이 경악을 터뜨렸다. 하지만 이미 예상이라도 했다는 듯 애드리엔느는 그의 어깨를 다독였다.

"괜찮아, 괜찮아. 지금 네 기분 이해할 수 있어. 네 아버지도 태어나지 않은 훨씬 오래전에 결혼 상대자가 생기다니 이해할 수 없겠지. 게다가 너보다 나이 많은 여자가 말이야. 너도 받아들일 수 없겠지?"

"그, 그건 좀… 황당스럽긴 해요."

"알아, 알아, 안다고! 한데 두 분이 조건을 걸던 때에 예상치 못했던 일이 하나 더 벌어졌어. 바로 지금 말이야. 그게 뭔지 알겠니?"

두려운 시선으로 레온은 고개를 저었다.

애드리엔느의 눈빛이 기이한 빛을 뿜었다.

"에드워드님의 후손이 예상외로 많았다는 거야. 이게 무슨 뜻인지 알겠니?"

잠시 궁리하던 레온이 고개를 저었다.

지금 그의 정신은 눈앞의 애드리엔느가 자신의 결혼 상대로 지목되어 있다는 것에 혼란 상태로 치닫고 있는 중이었다. 당연히 그녀가 하는 말을 이해하고 있을 리 만무했다.

"나의 결혼 상대가 굳이 네가 아니어도 된다는 거지."

"……."

뜻밖의 말에 마치 구원이라도 받은 듯한 표정으로 레온은 멍청히 그녀를 바라봤다.

"네?"

"잘 생각해 보면 해답이 나와. 전승의 조건은 '두 사람의 후손이 결혼한다' 는 것이었지 '두 사람의 맹약자가 결혼한다' 는 것이 아니었거든. 이해 가?"

애드리엔느는 특히 '후손' 이란 단어와 '맹약자' 란 단어를 강조했다.

"아……!"

그렇게 해석할 수도 있구나 하고 레온은 감탄했다. 게다가 전승의 조건을 걸었던 당사자 중에 로이니스가 아직 존재했으니 확인할 수도 있었다. 아마 조금 전 애드리엔느가 로이니스를 움켜쥐고 밖으로 나갔던 것은 그 조건을 확인하기 위해서였을 것이라고 레온은 확신했다.

그러다가 문득 레온은 뭔가 이상하다는 생각이 들었다.

"하지만 첫째 형과 둘째 형은 벌써 결혼했는데요? 그리고 셋째 형은 얼마 전에 세상을 떴고요."

"그래. 하지만 아직 한 명이 남아 있지."

"키렌 형이요?"

"그래."

대답과 함께 방긋방긋.

"……?"

"이해 안 가니?"

"저에게 뭘 말하려는지 잘 모르겠어요."

"간단해. 네가 하려는 일에 내 도움이 필요하다면 적극적으로 돕겠어. 대신."

다시 한 번 방긋방긋.

"네 형수가 되게 날 도와줬으면 해."

"…키, 키렌 형하고 말인가요?"

당혹스러운지 질문하는 레온의 목소리가 가늘게 떨렸다.

"오, 이제야 이해했구나? 귀여운 것!"

"하, 하지만 그건… 형에게 물어야 하는 거잖아요? 내가 대답할 수 있는 문제가 아니에요."

"오, 그런 것도 알다니, 우리 레온 다 컸구나."

어르고 달래는 수준이 경지에 다다른 애드리엔느였다. 그녀는 다시 한 번 오두막을 돌아본 후에 조심스럽게 말을 꺼냈다.

"원래 남녀 문제란 것이 아주 복잡한 거란다. 당연히 나도 네 형의 의사를 존중할 거야. 하지만 네가 돕는다면 좀 편할 것 같아서 말이지."

"어떻게 도와야 하는데요?"

"그저 봐도 못 본 척, 들어도 못 들은 척하면 돼. 간단하지?"

"에? 그 정도로 충분해요?"

그 정도라면 충분히 할 수 있을 것 같아 레온은 다소 안심을 했다. 그의 표정이 승낙하는 것 같다고 판단한 애드리엔느는 회심의 웃음소리를 터뜨렸다.

"오호호호호~ 그래, 그래! 그 정도면 충분해. 그저 가끔씩 눈치껏, 소신껏, 재주껏 날 돕기만 하면 되지."

"그건 또 뭔가요?"

"이해 못하겠니? 넌 날 형수로 삼기 위해 최선을 다하란 뜻이야."

"에……?"

잠시 머리를 굴리려는 레온의 표정. 하지만 애드리엔느가 가만히 지켜볼 까닭이 없었다.

"아니면 너랑 나랑 결혼할까? 어쨌든 전승의 조건은 갖춰야 하지 않겠니?"

"음, 형의 나이가 26이고 누나의 나이가 25이니 그 편이 더 어울릴 것 같아요."

"그렇지? 그럼 너도 수락한 거다?"

"그, 그럴게요."

뭔가 속는 것 같다는 느낌이 들었지만 레온은 얼른 그녀의 제안을 받아들였다.

"후훗!"

애드리엔느는 마지막 확답을 위해 재차 반복했다.

"혹시라도 맹약을 맺은 후에 딴소리하기 없기야. 알았지?"

"아, 그런 수도 있었네요?"

"오호호호호~ 그랬다간 죽어!"

"알았어요, 누나. 어쨌든 약속은 지킨다고요."

"좋아!"

애드리엔느의 입가에 환한 미소가 번졌다. 벌써 그녀의 머리 속엔 황홀한 연애와 단꿈의 신혼, 그리고 행복한 가정이 넘쳐흘렀다. 물론 그전에 저 덩치 큰 기사를 어떻게 찜 쪄 먹을지 고민해야겠지만! 척 보기에도 레온처럼 호락호락하진 않을 것 같았지만 애드리엔느는 굉장한 자신감으로 충만했다.

'까짓! 열 번 찍어 안 넘어가겠어? 나의 이 탁월한 재능과 미모에 반하지 않겠냐고! 뭐, 안 되면 백 번이고 천 번이고 찍어줄 테닷!'

속으로 그런 생각을 하며 애드리엔느는 지그시 레온을 바라봤다.

그녀의 생각을 알 수 없었지만 그 화사하고 요사하고 사악한 미소에 담긴 의미만은 확실히 전달되었기에 레온은 온몸을 부르르 떨었다.

애드리엔느가 먼저 자리에서 일어섰다. 그리고 슬쩍 손을 내밀어 마법의 벽을 치우며 오두막으로 걸어가기 시작했다.

"자, 레온! 서두르자꾸나! 어서 위기에 처한 페나인을 구해야 하지 않겠니? 그러자면 우리 두 사람이 맹약을 맺어야 하지 않겠어? 지금 당장 말이야!"

모두에게 들으란 듯 목청을 애드리엔느는 소리쳤다.

그녀의 목소리에 수요의, 키렌의, 타바비아의 마음 한구석이 안도감으로 잦아들었다. 아마도 레온이 그녀를 잘 설득한 것이라고 그들은 생각했다.

이제야 9써클의 마법사이자 땅의 마법사 애드리엔느가 일행으로 합류했다.

〈7권으로 이어집니다〉